穏やか貴族の休暇のすすめ。

A MILD NOBLE'S VACATION SUGGESTION

7

著

岬

TOブックス

もくじ

穏やか貴族の休暇のすすめ。7

A MILD NOBLE'S VACATION SUGGESTION

CONTENTS

イラスト：さんど
デザイン：TOブックスデザイン室

A Mild Noble's Vacation Suggestion

CHARACTERS

人物紹介

リゼル

とある国王に仕える貴族だったが、何故かよく似た世界に迷い込んだ。全力で休暇を満喫中。冒険者になってみたが大抵二度見される。

ジル

冒険者最強と噂される冒険者。恐らく実際に最強。趣味は迷宮攻略。

イレヴン

元、国を脅かすレベルの盗賊団の頭。蛇の獣人。リゼルに懐いてこれでも落ち着いた。

ジャッジ

店舗持ちの商人。鑑定が得意。気弱に見えて割と押す。

スタッド

冒険者ギルドの職員。無表情がデフォルト。通称“絶対零度”。

ナハス

アスタルニア魔鳥騎兵団の副隊長。世話焼かれ力の高いリゼルと出会って世話焼き力がカンストした。

団長

流れの劇団“Phantasm(ファンタズム)”の団長。演劇への情熱が激しい。コンニャロ！

宿主

リゼルたちが泊まる宿の主人。ただそれだけの男。“やどぬし”と読む。

82.

ジルは目の前に広がる光景に絶望していた。

唐突に突き付けられたそれを理解できず、そして受け入れられない。何故こうなってしまったのかと、止まりかける思考を無理やり回す。

咄嗟《とっさ》に声を上げれば良かったのだろうか。手を伸ばせば良かったのだろうか。それとも、抱えて逃げれば良かったのだろうか。そうしたら、パーティを同じくする二人は今も無事だったのだろうか。

「そういえばイ……えっと？」

「ネルヴ。なんでいきなりおれのナマエわすれてんだよ、バーカ」

「ばかじゃないです、何でかちょっとわからなくなっただけで」

いや、多分何をどうやってもどうにもならなかった。

ジルは迷宮のど真ん中で場違いな幼子《おさなご》二人を見下ろし、一体どうすれば良いのかと盛大に溜息をついた。


事の始まりは、その日の朝まで遡《さかのぼ》る。

〝人魚姫《セイレーン》の洞《ほら》〟攻略後のだるさも引き、体の感覚も取り戻した三人は数日ぶりにギルドを訪れていた。鎧王鮫《オリハルコンシャーク》を倒した冒険者の登場にギルドは沸き立ったが、リゼル達のあまりに普段と変わらないテンションに直《す》ぐに落ち着いていた。

「そういえばイレヴン、ナイフって出来たんですか？」

「まだ。硬すぎて歯が立たねぇっぽいんスよ。何とかするっつってたけど」

職人達にしてみれば未知の素材。

とにかく頑丈な鎧王鮫の鱗《うろこ》は、随分と職人を悩ませているようだ。しかし彼らにも職人としての意地がある。イレヴンが煽《あお》った事もあり、宣言通り必ず注文通り、あるいはそれ以上の品を用意してみせるだろう。

「出来たら見せて下さいね」

「ん」

「手合わせで使うなよ」

「何で？」

「折っても文句ねぇなら良いけどな」

三人は言葉を交わしながら依頼ボードへと歩く。

押し合い圧《へ》し合い良い依頼を取り合う冒険者達を避け、空いている低ランクの元へ。張り出された依頼用紙を眺めながら、リゼルはどうしようかと二人を見た。

「何かやりたい依頼、ありますか？」

「好きにしろ」

「水ん中じゃなければ何でも」

流石《さすが》に連続して水中迷宮は嫌なのだろう。

苦手意識を持った訳ではないが、潜るなら時々で良いと思う程度には面倒だった。リゼルも出来れば避けたいので、その意見に否はない。

ならば、と彼は髪を耳にかけながら依頼ボードの低い位置を覗き込む。

「ひたすら魚の頭を落としていくだけの仕事」

「止《や》めろ」

「ヤだ」

「ひたすら果実をタルへと搾《しぼ》っていくだけの仕事」

「止めろっつってんだろうが」

「無理」

「君達って何でも良いって言う割に、遠慮なく嫌がりますよね」

可笑《おか》しそうに笑う姿を、言わせているんだろうがとジルは呆れたように見下ろした。

まさかリゼル本人も、そんな作業をしたい訳ではないだろう。いや、やる事になれば嫌がるでもなく喜々《きき》として取り組むのだろうが。

決定的にこれだという依頼もなく、何となく意見が聞きたい日なのかとジルとイレヴンは所狭しと貼り付けられた依頼用紙を見渡した。混み合う冒険者の隙間《すきま》を縫《ぬ》うように、低ランクから高ランクの依頼ボードへ。

「久々にちょっと変わった迷宮も良いかもしれないですね。前が、水中って点を抜かせば王道な迷宮でしたし」

内容に興味を惹《ひ》かれる依頼がないのなら、依頼人か迷宮で選ぶしかない。

変な迷宮ばかり潜っているイメージのある三人だが、普段は変わり映えしない迷宮に潜る事が多い。とはいえ迷宮なので、積極的に奇をてらわないというだけなのだが。

「んー、じゃあコレは？」

イレヴンが一枚の依頼用紙を指さした。とある迷宮での毒草採取だ。

「〝毒沼《どくぬま》の谷底〟。階層の最初に人数分の解毒剤《げどくざい》が置いてあって、それ効いてる間に突破しないと毒喰らうってとこ」

「イレヴンは一人の時に凄《すご》い迷宮に行ってるんですね」

「俺効かねぇし、薬一個浮くッスよ。リーダーにあげる」

機嫌の良さそうな笑みを浮かべ、覗き込むように反応を窺《うかが》うイレヴンの頬をリゼルは苦笑しながら撫でてやる。そして、少しだけ咎《とが》めるように柔らかく叩いた。

分かって言っているのだからタチが悪い。流石のリゼルも遠慮したい迷宮だ。

「つってもなァ」

イレヴンは満足したように顔を上げ、依頼ボードを見上げた。

「俺も大して潜ってないんスよね。ニィサンが踏破《とうは》してるトコのが楽なんじゃねッスか」

「ジルって今、どれだけ踏破してるんですか？」

「いちいち数えてねぇよ」

平然と答えるジルに、そこを誇るのが冒険者だろうにと周囲の冒険者から視線が集まる。

そもそも、迷宮を一つ完全踏破するだけで十分に誇れるのだ。それは、最奥《さいおう》に待つ強大なボスを倒すに足る実力を持っているという証明なのだから。

そこで、見栄張りやがってと笑い飛ばされないのがジルだろう。むしろ周りは然《さ》して疑いもせず、何であの三人はそれを当然のように話しているのかと真顔になっていた。

「何処か、変わってる迷宮とか」

「お前が好きそうな所っつうのがな……」

問いかけるようなリゼルの視線を受け、ジルは依頼用紙に次々と目を通していく。

その中には踏破済みの迷宮に関する依頼が幾つか。だが、即決するには決め手に欠けた。

何せ、難易度的には低すぎない方が良い。魔物が雑魚《ざこ》すぎるとイレヴンが拗《す》ねる。そして迷宮の変な特性が最大限に発揮されるのは深層、その方がリゼルは喜ぶ。

ならばBランク以上が良い。ジルはそう結論付けて、高ランクの依頼の中から条件に当てはまるものを探した。

「〝対価を払う道〟、此処《ここ》とかやりにくかったな」

ジルが指した用紙を、リゼルもイレヴンも覗き込んだ。

「やりにくいっていうのは？」

「階層の最初に何か奪《と》られんだよ。触らねぇと進めねぇ水晶玉があって、それに色んなもん奪われる。階層突破すりゃ返ってくるが」

「色んなもんって？」

「攻略に関係すんなら無節操だったな」

ジルが当の迷宮へと潜った時にも色々と奪われた。

それは所持金であったり、装備であったり、武器であったり、時には身体能力の一部まで持っていかれた事もある。身体能力は筋力や跳躍《ちょうやく》力などに限定され、それらに依存する筈《はず》の他の能力は何故だか変わらず使えた。迷宮だから仕方ない。

「それ、何も知らずに入ったら驚きますよね」

「あー、返って来るとか分かんねぇし？」

「はい。取り返しのつかないものとか奪われかねないですし」

「だろうな」

頷《うなず》いたジルを、はてとリゼルとイレヴンが見る。

「ニィサン焦ったんだ？　何奪られても舌打ちで済ませそうなのに」

「最初に持って行かれた物がそんなに大切だったんですか？　あ、剣とか」

「パンツ」

それは焦る。リゼル達も思わず頷いた。

流石のジルも当時、思わず一回迷宮を出ようかと思った程だ。しかし彼は事前情報として返ってくると知っていた上、迷宮から出てパンツが戻って来る確証はなかった為、ノーパンでその階層を攻略した。

「迷宮は何を思ってニィサンのパンツ奪《と》ってったんスかね」

「知らねぇよ」

「確かに一番困りそうではありますけど」

だが面白そうだ、とリゼルは微笑んだ。

仕組みが〝制限される玩具箱《おもちゃばこ》〟と何処となく似ている。そういった迷宮では、迷宮が全力で空気を読んでくることが多い。リゼルにとって、冒険者の暗黙の了解である〝迷宮だから仕方ない〟は未《いま》だに慣れないものだ。だからこそ非常に興味深いし、楽しい。

「ルールが厳しい分、魔物は弱めですよね」

「ああ」

「イレヴン、良いですか？」

「リーダーが良いなら良いッスよ」

ならこれにしよう、とリゼルは依頼用紙をボードから剥《は》がした。

【ナイフバッドの羽が欲しい】というBランクの依頼だ。目的の魔物が例の迷宮に出る。

「何階に出るんですか？」

「あー……中層」

「パンツ奪《と》られたらどうする？」

三人はギルド職員の待つ依頼窓口へと向かう。窓口では、相変わらず冒険者に負けぬ体格を持つスキンヘッドの職員が待っていた。

彼はリゼルから用紙を受け取り、手続きを始めながら何処か誇らしげな笑みを浮かべてみせる。

「まさか俺の代で鎧鮫《よろいざめ》を倒す冒険者が来るとはなぁ。ギルド自体の評価も上がってるみたいだし、俺も鼻が高いぞ」

「それは何よりです」

微笑むリゼルに、職員も厳《いか》つい顔を緩めた。そしてザリザリと顎鬚《あごひげ》を撫でながら頷く。

職員にしてみれば、信じがたい偉業を達成しておきながら普段通りの三人に激しい違和感を抱かずにはいられない。しかし、諸手《もろて》を上げて大喜びする姿が想像出来ないのも確かだ。

鎧王鮫《オリハルコンシャーク》を倒した事は真実なのだと、彼は手続きの終わったギルドカードから討伐《とうばつ》記録を引き出した。見ようと思えば討伐した魔物の一覧は勿論、どの迷宮を何処《どこ》まで踏破しているのかもギルド側は把握《はあく》出来る。

折角だから目に焼き付けておこうと鎧王鮫《オリハルコンシャーク》の文字を確認した彼は、確かな満足感と共に踏破記録へと移る。もしやリゼル達ならばボスの手前まで行けたのではと、期待を込めてそれを見下ろした。

「…………」

「あ、終わりましたか？」

ピタリと手を止めた職員に、リゼルが手続きが終わったらしいと手を伸ばす。

その手に無意識にギルドカードを返した職員だったが、魔道具からカードが抜かれた事でふっと消えた記録に我に返った。彼は激しい混乱の中、いまや何も映さない魔道具と去りつつある三人の

82.

後ろ姿を見比べる。

「ちょ、待て、それ踏、踏破、ォオイ!!」

職員はその巨体をガタガタと色々な場所にぶつけながら受付から出ようとするが、焦るあたり膝《ひざ》をしこたま机へと打ちつけて動きを止めた。痛みのあまり唸《うな》る彼は、一体何があったのかとポカンと口を開けている冒険者達の視線を一身に受けつつ、バッと顔を上げる。

「〝人魚姫の洞《セイレーンほら》〟踏破したのか⁉　ちょ、もう一回確認、あッ、いねぇ!!」

既に目当ての姿のないギルドで吠《ほ》える職員に、彼の周りからは一切の音が消えた。


強いて言うならば自分が原因か、とジルは現実逃避を止めた。軽々しくこの迷宮の名を挙げた事を彼は今、心の底から後悔している。

最初は良かったのだ。迷宮の扉を潜り、目当ての階層までは魔法陣を使って移動した。

移動した先の階層で奪われた対価は、ジルとイレヴンが魔力。リゼルは力と、なくとも戦闘に全く支障《ししょう》のないものだった。

その階では目当ての魔物に出会えず、進んだ次の階層。つまり今ジル達が立っている階層での対価がまさかの年齢だと、一体誰が想像出来ただろうか。

意識して見下ろさないと、もはや視界にすら入らないリゼルとイレヴン。以前、最悪の迷宮の名を持つ〝懐古《かいこ》の館《やかた》〟で見た六歳の頃より更に小さい。ジルでは子供の年齢など見ただけで分からず、四歳か五歳かだろうかとあたりをつける。小さいというより、とにかく幼い。

「そういえばイ……えっと？」

「ネルヴ。なんでいきなりおれのナマエわすれてんだよ、バーカ」

「ばかじゃないです。何でかちょっと、わからなくなっただけで」

互いに存在を知らない訳ではない。ならば、記憶がなくなっている訳ではない。

今の二人がそのまま子供になっており、思考や行動もそれに準じている。しかし本人達にその自覚はない。全て忘れて子供になるよりはマシか、とジルは溜息をついた。

「ジル、ジル、どうしたんですか？」

初対面の子供にはまず怯《おび》えられる自分に、何の躊躇《ためら》いもなく近付いて来る姿を見ると一層そう思う。きゅっとズボンを握って精いっぱい見上げてくるリゼルを、こいつは小さい頃から無意識に自分の見せ方知ってるな、と無言で見下ろす。

「オッサンなんてほっとけよ、はやく行こーぜ」

そしてこいつは小さい頃からクソ生意気だな、と無言でそちらを見る。

「……おい、一体どこまで把握してんだ」

「はーく？」

「めいきゅうの中にいて、まもののそざいが必要で、この階もすすまなきゃダメです」

「あー、そゆこと」

幸か不幸か、なかなか都合の良い状態で子供になっている。迷宮だから仕方がないとはいえ、相変わらず何でも有りだ。

もはやジルは、迷宮を恨めば良いのか感謝すれば良いのかも分からない。全員が子供になってしまえば攻略は完全不可能だからと一人だけ残されたのだろうが、出来ることなら全員でパンツを奪われた方が数百倍マシだった。迷宮の気遣いは大抵がナナメ上を突き進む。

「おいいつまで止まってんだよオッサン！」

「勝手に行くんじゃねぇ」

ジャストサイズまで縮んだ服を翻《ひるがえ》し、忙《せわ》しなく駆けて行こうとするイレヴンのフードをジルは鷲掴《づか》んだ。ぎゃんぎゃんと不平不満を叫ばれる。

「ジル、へんな石です、みてください」

「変だと思うもん拾ってくんな」

一体何処で見つけてきたのか。精巧《せいこう》に魔物が彫られた小さな石を思わず凝視したが、すぐにイレヴンを確保している方とは逆の手で奪って放り投げた。

迷宮なのだ。怪しいものに手を出して何かあっては困る。しかし空になった小さな手をきょとんと見下ろし、徐々に悲しそうな顔になっていくリゼルに思わず顔を引《ひ》き攣《つ》らせた。

子供の相手などした事がないのだ。言い聞かせて捨てさせるような真似が出来る筈もない。内心で言い訳するが伝わる筈もなく。

「……行くぞ」

ジルは逃げた。

掴んでいたイレヴンのフードを離し、二人でいるよう指示を出す。イレヴンはぶつぶつ言いながらもリゼルの隣に並んだ。そしてその腕を握って歩き出す。

「いこーぜ」

「はい」

不満を忘れたかのように楽しそうに歩き出す二人を、あれで良いのかとジルは眺めた。

よく分からなさすぎて理解しようという気も起きない。これはさっさと階層を抜けるしかないと結論付け、意気揚々《ようよう》と歩いている割には歩みの遅い子供二人に合わせて歩を進める。

「魔物が出たら集まれよ」

「はい」

「はぁーい」

自らの腰にも届かない小さな頭二つを見下ろし、ジルはそう言いつけた。ふわふわと笑う顔と、やや不満そうな顔が素直に頷き、これなら良いかとジルも一つ頷く。

普段から、冒険者関係についてはジルの教えをしっかり守っているリゼルだ。言われていない事に関しては時に色々やらかす事もあるが、恐らく問題ないだろう。

イレヴンも、ひねくれまくっている割に獣人らしく変な所で素直ではある。今の幼い彼も、不満げながら反発はない。とはいえ、大人しくしろと言われて大人しくしているタイプでは確実にないので油断は出来ないが。

そんな事を考えながら、ジルはぴたりと足を止めた。

「ジル？」

「けものくせー。リゼル、こっち」

魔物の接近に気付けるのは、流石は幼くとも獣人《じゅうじん》だろう。

イレヴンがリゼルの腕をぐいっと引き寄せ、ゴソゴソと服の下を漁《あさ》る。そういえば無数にナイフを仕込んでいるのだったか、とジルはその様子を見下ろした。

だが、あの量のナイフを幼子が運べる筈がない。一体どうなっているのかと眺めていれば、取り出されたのは普段より二回り小さなナイフだった。

デザインは一切変わらないまま、握る柄《え》は細い。刃の部分もご丁寧にバターナイフのように、握っても切れないようになっている。迷宮のこだわりが止《とど》まる所を知らない。

これならば持たせておいて良いか、と剣を抜く。

「俺の傍を離れるな、これだけ守れ」

イレヴンも護身の為にナイフを構えはすれど、流石に自分が戦えるとは思っていないだろう。念を押せば、リゼルと揃ってやはり素直に頷いた。

それに微《かす》かに安堵《あんど》する。

子供としては普通でなくとも、ジルにとっては泣き叫ばれないに越した事はない。そうなれば、たとえリゼル達が相手といえど間違いなく嫌気がさす。

「(楽で良い……)」

自分達より大きな狼に襲いかかられようと、一人はマイペースだし、一人はむしろ楽しんでいるしで全く怯える様子を見せない。そこにはジルに対する信頼もあるだろう。

これが幼いリゼルとイレヴンだけだったなら、流石の二人も平常心とはいかない筈だ。平常心でも不思議ではないが、それでも危機感は抱くだろう。

「(にしても)」

ジルは幼子二人に血が飛ばないよう魔物を斬り伏せ、ふと気付いた。

「(失敗した)」

〝離れるな〟の言葉を守り、動く度に足元をついてくる二人を蹴《け》り飛ばしそうで怖い。

しかし、すぐに納得する。戦闘に適した距離と場所など幼い子供に分かる筈がないだろう。

「いてっ」

「悪《わり》ぃ」

「ネルヴ、だいじょうぶ?」

「へーき」

引いた足が軽くイレヴンに当たった。

指示を間違えたのは自分だと特に苛立《いらだ》ちはしないが、何とかしなければとは思う。今まさに最後の魔物を倒したは良いものの、これはいわゆる第一波《だいいっぱ》。この迷宮では、魔物が波状《はじょう》的に襲い掛かってくる。

「ジル、へいきですか?」

「ああ」

ちょこちょこと近付き、此方《こちら》を窺《うかが》うリゼルを見下した。

その後ろには、何故か唇を尖《とが》らせるイレヴンがいる。普段の年齢差がなくなったからか、随分と世話を焼きたがっているようだ。

「まぁ、確かにくっついてくれてんなら楽か」

「何が？」

「ジル？」

珍しい光景を少しばかり面白く思いながら、ジルはポーチを漁った。

何か書く物は持っていただろうかと探すが、残念ながら見つからない。暫《しばら》く考え、ふと思い付きで剣を振るう。

甲高《かんだか》い音と共に、決して傷がつかない筈の迷宮の床に歪《いびつ》な円が刻まれた。

「……幼児に甘《あめ》ぇよ」

ジル自身、まさか出来るとは思っていなかった。

イレヴンのナイフへの配慮といい、この二人の為の円といい、ここまで甘やかすなら最初から小さくするなと考えずにはいられない。本物の子供相手に迷宮が容赦《ようしゃ》したという話は聞かないので、小さくした責任感とでもいうつもりか。

重ね重ね、以下略。

「試すだけ俺も大概か」

冒険者にとっての常識を捨て、取《と》り敢《あ》えずやってみた自分自身にも思う所はある。

「何がですか？」

「お前の所為《せい》だっつう話」

不思議そうに見上げてくる大きな瞳を一瞥《いちべつ》し、唇を笑みに歪める。

そしてリゼル達へ向けて円を指差して見せた。そろそろ魔物の第二波が訪れそうだ。

「良いか、ここから出るなよ」

勝手にちょろちょろされると危ない。傍にいても蹴りそうになる。

ならば、一か所に固めておけば良い。数多の魔物が相手だろうと、場所さえ把握していれば守れるジルだからこその解決策だった。

「ちょっとでも円のなかならいい？」

「全身出すな」

何やらやらかす気なイレヴンに釘を刺す。

ジルは二人が大人しく円に入ったのを確認し、振り向きざまに襲いかかる巨大な蜘蛛《くも》の魔物を斬り捨てた。リゼル達が一か所に止まってくれるなら常に視界に入れる必要もない。

「んー」

「リゼル、何やってんの？」

そうして順調に魔物を減らしていた時だった。

聞こえた声に、ジルは視線だけでちらりとそちらを窺う。水を掬《すく》う様に両手を合わせたリゼルが、何やら難しそうな顔をして唸っていた。

魔物に迫られようが全く気にせず、一体何をしているのか。しかしイレヴンも大人しくしているし、放って置いて良いだろうと次の魔物へ視線を向けた時だった。

「Fogo（火を）、redor（丸めて）、agasalho（包んで）、lancamento（投げます）」

聞こえた詠唱に嫌な予感がして咄嗟に振り返る。

掌《てのひら》に小さな炎の塊《かたまり》を作ったリゼルが、今まさに魔物に向かってペイッとそれを投げた所だった。

炎の塊は弧を描き、魔物の複眼の一つに命中する。然《さ》して威力のないそれに周囲の毛をチリチリと燃やされ、蜘蛛がブンッと頭を振った。

「あ、あたりました」

「すげー」

何故やろうと思ったのか。いや、間違いなく何となくだ。

幼かろうが貴族の子供。黙って守られているのは得意な筈で、それにも拘《かかわ》らず動いた理由など考えるまでもない。

「(小せぇと露骨《ろこつ》に出してくんだな)」

全幅《ぜんぷく》の信頼が何とも有難いことだ。今回に限っては控えてもらいたかったが。

ジルは二人へ足を向ける。蜘蛛が空気を裂くような鳴き声を上げ、威嚇《いかく》するように前足を振り上げた。そして、怒濤《どとう》の勢いで幼子二人へ襲い掛かる。

迫りくる魔物に、流石に驚いたのだろう。リゼルがぎゅっとイレヴンの服を握り、イレヴンはそんなリゼルを引っ張るように背に隠した。

「分かった、俺が言ってねぇのが悪い」

そして魔物が二人へと食らい付こうとした瞬間、ジルは全ての魔物を斬り伏せた。溜息をつき、低い位置にある二つの旋毛《つむじ》を見下ろす。

「戦闘中は一切手を出すな」

「はい」

イレヴンの背中から顔を覗かせたリゼルが、こくりと頷いた。

素直な癖に時々やらかす、その変な特性は既にこの頃から身についていたらしい。普段と大して変わらないなと溜息をつき、ジルはこれを御《ぎょ》していた彼の父親を思わず尊敬した。

「ありがとう、ネルヴ」

「んー」

そしてジルは歩みを再開させる。

その後ろ。庇《かば》ってくれたからと礼を告げられたイレヴンが、満足げに笑いながらもすぐに笑みを消し、何処かもどかしげに眉を寄せたのには気付かないまま。

歩幅の狭い二人にあわせての迷宮攻略は、順調とは言えないものの充分に許容範囲内だ。

戦闘面での問題は解決し、あれから二人は大人しく円の中に納まっている。後はジルが足元をちょろついている二人を蹴飛ばさないよう、それだけ気をつけていれば良い。

「離れんなよ」

言い付けを守ろうという姿勢は見えるものの、興味を惹かれるものがあれば無意識にそちらに行く。目は離せないが、この年頃かつ迷宮の中にしては手がかからないのではないか。

子供と接する事が全くない所為で分からないがと、そんな事を考えていた時だ。

「あっ」

ふいに何かを見つけて駆け出そうとするイレヴンを、ジルは指一本フードに引っかけて止めた。つんのめった小さな体を猫の子のように持ち上げ、姿勢を戻してやりながらその視線の先を見る。

通路の先に並んだ二つの宝箱。二つ、という所が何とも思わせぶりだ。

「……」

ふむ、とジルは考えた。自分が開けるべきだろう。魔物が出たり罠が発動したりする事もある。むしろ二人は下がらせておくべきかもしれない。

だが、とリゼルを見下ろす。きょとんと此方《こちら》を見上げる、いつもより甘やかなアメジスト。普段の彼が手に入れる一風変わった迷宮品を思えば、小さくなった今では何が出るのかと気になってしまうのも仕方がない訳で。

「開けてみろ」

好奇心に負ける悪い大人なジルだった。

「リゼルどっち？」

「じゃあ、こっちにします」

「ん」

二人が宝箱の前に立ち、同時に宝箱を開く。

大きめの宝箱は幼子の力でも随分とすんなり開き、ジルが後ろから覗き込めばご丁寧に底上げまでされていた。確実にリゼル達に配慮されている。

そして、最初に宝箱から何かを取り出したのはリゼルだった。嬉しそうにふわふわと笑って、両手で持ったそれをジルに掲《かか》げてみせる。

「ジル、本です」

「本だな」

絵本だった。

果たしてこれは迷宮のどういった意図なのか。いつも通り冒険者らしさから対極のものなのか、それとも純粋に喜ぶだろうという配慮なのか。むしろ両方か。

縮んだぐらいでは冒険者らしい迷宮品を用意してもらえないリゼルの運命に、若干の同情を覚えないでもない。

「よんでいいですか？」

「仕舞っとけ」

「じゃあ、もつだけ」

「駄目だ」

名残惜しげに見つめられるも、無言で見下ろす。リゼルは渋々と片付けた。

「えほんとかだっせー」

「ださくないです」

宝箱に上半身を突っ込んでいたイレヴンが、ふいに顔を出す。

「おれは剣だった」

じゃん、と誇らしげに見せているそれを、ジルはぱっと取り上げる。

一見、何処にでもありそうな短剣だ。文句を言いながら蹴っているイレヴンに「蹴るな」と返しつつ鞘《さや》から抜けば、予想通り鋭利な刃物が姿を現した。

迷宮の癖に空気を読まなかったのか、と舌打ちしつつ眺めていると、ふと刃と柄の境目に隙間を見つける。

「……」

指の腹を、刃物の先端にあてる。

足元でぴゃっと跳ねたリゼルとイレヴンを適当に流し、そのまま押し込めば刀身がスコンッと柄の中に消えた。更には見た目は完璧な短剣だというのに、刃をなぞろうと全く斬れない。謎のクオリティの高さを見た。

「……おら」

「返すならさいしょからとんなよ！　ばーか！」

迷宮が空気を読みすぎていて怖い。そして甘い。

それは何度目かの戦闘中だった。

今まで色々やらかしては一通り禁止された二人も、今は大人しく円の中に納まっている。ジルの戦う姿を眺めたり、話したりしながらのんびりと過ごす姿は戦闘中とは思えない程だ。

大人しくて何より、ジルがそんな事を思いながら一匹のコウモリを斬り伏せた時だった。

「いたっ」

聞こえたリゼルの声に、咄嗟に振り返る。

魔物は近付けていない。取り逃した魔物もいない。振り返ると同時に踏み出しかけた足は、しかし目の前の光景に動きを止めた。

「いたい、ネルヴ、はなして……っジル、ジル」

「うっせーバーカ！」

何がどうなってそうなったのかは分からないが、イレヴンがリゼルの髪を掴んで引っ張っていた。見るからに加減のない力と痛がるリゼルに、襲い掛かる魔物を瞬時に殲滅《せんめつ》しながら止めに入る。

「おい、何やってんだアホ。やりすぎだ」

イレヴンは今まで、仕草は乱暴かもしれないがリゼルを守っていた筈だ。

魔物から庇ったり、引っ張って歩いたり、何だか嫌だからと手袋を取ろうとしてもたもたしているのを手伝ったりしていた。幼い頃とはいえ、嫌いな者に構うような人物ではないとジルも確信している。なのに、何故こうなっているのか。

「一回離せ」

ジルは膝をつき、柔らかな髪を握りしめる手を掴んだ。

その掌を振り払う様にイレヴンが手を離し、ジルはその拍子にふらついたリゼルの背を思わず支える。掌一つで覆えてしまいそうな小さな背中だ。

それにも露骨に顔を顰《しか》めたイレヴンに、一体何が気に入らないのかと口を開きかけた時だった。

「いたいです……」

細い声に色素の薄い旋毛を見下ろせば、細い髪が乱れに乱れていた。

引っ張られた痛みが残っているのか、小さな掌がしきりに頭を擦っている。余計に乱れる髪を、ある意味レアな光景だよなと若干の現実逃避をしつつ眺める。すると、ふいにリゼルが顔を上げた。

少しだけ水分を蓄《たくわ》えた大きな瞳がジルを見上げ、その両手が真っ直ぐに伸ばされる。

「ジル」

そうするのが当然と、拒否される事など一切考えていない瞳を前にジルは固まった。

幼子を抱き上げた事など一度もない。だからこそ今の今まで一度も触れはしなかった。普段のリゼルに対してでさえ加減しているというのに、小さな体など何かの拍子にバキッといきかねない。

「？」

かろうじて両手を差し出しかけたまま動かないジルへ、リゼルが首を傾げる。その時だ。真っ直ぐにジルへと伸ばされていた手首が、ふいに横から強く引かれる。

「オッサンいやがってんじゃん、おれといればいいだろ！」

「ネルヴ、て、はなして、いたい……っ」

「なんでイヤがんだよ！」

幼いといえど獣人だ。同年齢の唯人《ただびと》と比べれば力は強い。

しかしイレヴンにはそれが分からない。森で育った彼は、周囲に同じ年頃の子供がいなかったからだ。普段のイレヴンでさえ、獣人と唯人の力の差など考えた事もないだろう。

「っもういい……！」

だから、痛がるリゼルが自分の事を嫌がってるのだと思ってしまった。

苛立って髪を引っ張ったのは確かだ。けれど、今は違うというのに。ただ腕を引いているだけなのに嫌がっているのだから。

「バーカ！」

引っ張られていた腕が逆に押しのけられ、べしゃりと地面に倒れ込みそうになったリゼルをジルは咄嗟に受け止めた。今までこんな扱いを受けた事などない幼子は、そのまま暫《しばら》くきょとんとしていたが、じわじわと涙を溜めていく。

今にも溢れそうな涙に揺れる瞳、震える小さな手はぎゅうっとジルの服を握りしめる。もう諦めるしかないと溜息をついた。

「ジル……っ」

縋《すが》るような声を、どうしても拒否出来そうにない。ジルは伸ばされた両手を受け入れるように抱き上げた。

子供の相手をするくらいなら、一人で迷宮のボスを相手にする方が余程楽だ。腕の中の温かな体温にジルはつくづくそう思った。

「なー、おこってんの？」

足元を歩くイレヴンが、此方を見上げながら隣を歩く。

短い腕をジルの首に回し、しがみついているリゼルは既に泣き止んでいる。突然の乱暴に衝撃を受けただけで、痛みなどとっくに引いているのだろう。割と直ぐに泣き止んでいた。

しかし降りたい素振りを見せないので、ジルはどうしたら良いのか分からず抱え続けている。

「おこってんのっつってんじゃん」

自分から堂々と怒られるような事をしておいて、平然とそう尋《たず》ねられる辺りがイレヴンらしい。今の内に何とかすれば元のひねくれまくった性格が直るかと思ったが、既にこれだけひねくれまくっているのだから無駄な事なのだろう。

だからこそ今、こんな事になっているのだから。

「おい、俺に当たんじゃねぇよ」

「うっせーオッサン」

先程から、手に入れたばかりの短剣もどきでガンガン足を攻撃されている。

しかも刺せば引っ込む本来の使い方ではない。刃が押されない側面をビシビシ打ち付けてくる。斬れないとはいえ地味に痛い。むしろ痛みは小さいがむず痒《がゆ》い。非力なりに着実にダメージを与えてくる辺りに何らかの才能は感じる。

「……おこったの、ネルヴです」

もぞりと動いたリゼルが、そんなイレヴンを見下ろした。珍しいことに、少しだけむっとしている。

「おこってねーじゃん」

「おこりました」

「……おこってねーし」

「おこった」

ぐっとイレヴンが口を噤《つぐ》む。

その時、魔物が近付いてくる気配を感じてジルは足を止めた。ぱたぱたと足を忙《せわ》しなく動かしていたイレヴンを脇に抱えるように抱き上げる。抵抗はない。

直後、壁から無数の蛇の魔物が現れた。踏みつぶし、蹴り上げる動きは普段より緩やかで。そんな中、何事もないかのように幼子二人は会話を続ける。

「おこってねーよ……イラついただけ」

蹴りつぶされる蛇を見下ろし、イレヴンがぽつりと呟いた。

だって仕方がない、と彼は内心で言い訳する。確かに自分はジルのように戦えないが、それでも何故か酷くもどかしいのだ。自分も守れる筈だと、彼の為に動ける筈だと知らないのに知っている。

でも、実際は出来ない。出来る筈がない。それが当然だ。なのに、何かが違う。そんな中、戦っているジルを微笑みながら眺めているリゼルを見て、その目は自分にも向けられる筈なのにと苛立った。

「……かみのけ、ひっぱったのはごめん」

魔物を全て倒し終え、ジルは平然と歩みを再開させる。

なるべく自身の存在を消しながら、イレヴンから出た謝罪にこれで解決してくれと無言で考えた

時だ。腕の中のリゼルがもそもそ動き、てしてしと肩を叩いてくる。

下ろせという事か、と膝を曲げて床へと下ろしてやれば、リゼルは脇に抱えられたままのイレヴンの前に立った。イレヴンは目を見開き、バツが悪そうにぐっと唇を引き絞って顔ごと視線を逸《そ》らす。

「イレヴン」

そんな彼に、リゼルがそっと呼びかけた。

「おこってないです。わたしもごめんなさい」

イレヴンがばっと顔を正面へと戻す。

目にしたのはまるで、自身が苛立った事さえ嬉しいと伝えるかのようなくすぐったそうな笑み。イレヴンはビシッと動きを止め、直後じたばたと暴れてジルの腕から抜け出した。そして若干恐る恐るながら、ぎゅっと目の前のリゼルの体を抱きしめる。

そんな満足げに、嬉しそうに笑い合う幼子の微笑ましい光景を、ジルはようやく喧嘩《けんか》が終わってくれたかと溜息交じりに見下ろした。


まるで夢から覚めるような感覚に、リゼルはふと目を瞬《またた》かせた。

目の前には浮かんだ水晶玉。そして何故かジルに抱えられている。隣を見ればイレヴンも同様に訳が分からんという顔をしていた。

直前の記憶は、何かを対価に奪われる筈の青い水晶玉。だが目の前にあるのは、奪われた何かを取り戻す事が出来る赤い水晶玉。何が起こったのかは分からないが、階層は突破したのだろう。

「えーと……この階は抜けたんですよね」

首を捻ってジルを見上げれば、何故だかやけに疲れきった顔があった。

「何がありました？」

「聞くな」

「えー、俺凄《すげ》ぇ気になんだけど」

「聞くな」

こうなったジルは口を割らない。

地面に降ろされながらリゼルは依頼の品が集まっていない事だけを確認し、まぁ良いかと次の階層へと向かう為に足を踏み出した。何が対価で奪られるのか楽しみだ。

その後に続くイレヴンは、何があったのか酷《ひど》く気になるのだろう。聞きたい聞きたいとジルへ絡んでいる。

面倒そうにそれを流すジルの姿に、全く記憶にはないが随分と頑張ってくれたのだろうとリゼルは苦笑した。労《ねぎら》わなければとイレヴンを窘《たしな》める。

「あんまり無理を言っちゃ駄目ですよ、ネルヴ」

「は⁉」

「あれ」

自分が口にした事ながら、何故だと足を止めてイレヴンを見た。

彼は心からの驚愕《きょうがく》と共に此方を凝視し、そして何故かジルが全力で顔を顰めている。

「すみません、何だか自然に出ちゃって」

「あーびっくりした。驚かせんじゃねぇよリゼ、ル……」

「え？」

イレヴンが固まった。リゼルもそちらを見た。そして相変わらず何故かジルが訳知り顔で複雑そうな表情をしているのが気になる。

何が起こったのか分からないリゼルとイレヴンは、そういう時もあるだろうかと違和感を抱きながらも一応納得してみせた。間違いなく今通って来た階層の影響なのだろうが、一体何があったのか。

しかし肝心のジルが口を開かないのだから仕方ない。不思議に思いながら、歩みを再開させようとした時だ。

「あ、そういえば」

ふいにリゼルが足を止め、水晶を振り返る。

「役目を終えた水晶玉って、ちょっと色が」

隣を歩くジルの手が伸ばされ、リゼルの後頭部を覆うように添えられた。そして前へと促すように引き寄せられる。

「俺から離れんじゃねぇって言……」

リゼルはジルを見た。イレヴンもジルを見た。ジルは全ての視線を見なかった事にして手を下ろし、顔を逸らす。

そしてリゼル達は、その後も何らかの名残《なごり》を時折みせつつ、その度に疑問を抱きながらも無事に依頼の品を集める事が出来たのだった。

83.

王宮の深部にある半地下の書庫は薄暗く、しかし不思議と息苦しさはない。

広い筈の部屋は本棚に埋められ、慣れていなければ少しばかり圧迫感を覚えるだろう。しかしその部屋の中心だけ、まるで本棚自身が避けたかのような空間がぽっかりと空いている。

そのスペースの真ん中で、何かがもぞりと動いた。

アスタルニア独特の刺繍《ししゅう》が施《ほどこ》された布が幾重《いくえ》にも重なった、布の塊。その隙間から時折覗く、金の装飾を身に着けた褐色の手足が中に人が入っているのだと告げている。

「ほら、やっぱり、攻略してた、ね」

低く、艶《つや》のある声がぽつりと書庫に落ちた。男の声だ。

鎧王鮫《オリハルコンシャーク》を港へ持ち込んだパーティ。それを知ろうと思えば苦労はしない。相手はただでさえ人目を引くパーティで、更には堂々と鎧王鮫《オリハルコンシャーク》を引き取りに港に現れた。

彼らに目立とうという気はなく、至って普通に行動しているだけなのは分かっている。誇るでもなく、隠れるでもなく。

「おかげで、情報は入ってくる、けど」

そんな噂のパーティが、長きにわたり未踏破であった〝人魚姫《セイレーン》の洞《ほら》〟を踏破していたと更に噂になっている。その噂が冒険者に留まらないのは、かの迷宮の知名度と特異性ゆえか。

男にとっては、その程度の情報で充分だった。

興味があるのは、古代言語の解読を為し得ているかどうかの一点のみ。そうならば興味は尽きず、違うのならばその全てを失うのだから。

「踏破を、自分から告げたんじゃないのは何故、かな」

ふと、疑問を抱く。

ギルド職員が気付いて、ようやく踏破が知れ渡ったという。全く以て冒険者らしくないが、古代言語が解読出来るという点でそれは分かりきった事だ。

噂に聞く彼らの人となりを思えば、〝ただ何となく〟という理由もあるだろう。ふむ、と男は布の中で一度頷いた。

「多分、獣人じゃなくて、一刀《いっとう》じゃなくて、もう一人」

どこぞの王族なのでは、と噂されている冒険者。それも事実無根であると、魔鳥《まちょう》騎《き》兵団《へいだん》の隊長から報告は上がっているのだが。

随分と本を買い漁っているようだ。よく外で読書している姿も見るという。ならばアスタルニア屈指《くっし》の蔵書数を誇る、王宮の書庫に興味を持つのは間違いない。

「おれなら、持つ」

本に囲まれて生きる男は至極当然のように呟き、手にした本のページを捲《めく》りながら思考を巡らせる。それなのに、接触してくる様子がないのは何故なのか。

男が古代言語に通じていると、迷宮の暗号の解読に最も近付いた王族がいると、気付かない筈がない。実力ある冒険者にとって、王族と繋がるチャンスは手放しがたい筈だ。自意識過剰の気《け》はないが、極上の金蔓《かねづる》を手に入れられるのだから普通ではないだろうか。

折角、同じ分野を学ぶ者を見つけたのだから、話してみたいというのに。

「迎えとか出して、来てくれるか分からない、し」

台本をそのまま読み上げたような、抑揚《よくよう》のない笑い声を男は零《こぼ》した。

思った通りに動いてくれない冒険者を相手に、もう少し試行錯誤《しこうさくご》する現状を楽しみたい。結論の出ない問題を解き明かすのも、学者の本分なのだから。

そしてそれ以降、書庫にはページを捲る音だけが微かに響き続けていた。


リゼルは一人、のんびりとアスタルニアの街中を歩いていた。

昨日、依頼終了の際に冒険者ギルドへと戻ったら職員に摑まったからだ。〝人魚姫《セイレーン》の洞《ほら》〟の踏破について質問攻めにされたが、リゼル達も迷宮帰りであったし、更にはジルも何故かやけに疲れていたのでその時は断った。その話の続きをしに、今日改めて向かっている。

リゼルとしては後日暇な時にでもと思ったが、なにせ必死の形相で「頼むから明日来てくれ」と訴えられた。話だけなので一人で充分だ。

からりとした陽気と人々のざわめき。向けられる視線を気にせず、それらを堪能しながら歩いていると直ぐにギルドに辿り着く。

「ん？」

視界に入ってきたギルドの様子が、いつもと少し違った。

扉のすぐ横に出来た人だかりに一体何があるのかと歩み寄る。すると、張りのある若い女の声が聞こえた。

「はーい見てってー！　冒険者なら持っとらなあかん必需品！　格安で売ってんでー！」

冒険者相手の商人らしい。

今まで見た事がないので、恐らく流れの商人か。各地で仕入れをしつつ、国から国へと回る商人も少なくない。

リゼルは人だかりの後ろに立ち、前に立つ冒険者達の隙間から中を覗きこんだ。地面に厚い絨毯《じゅうたん》が敷かれ、商品が並べられている。そこに座り、強面《こわもて》の冒険者を相手に全く引く事なく言葉を交わしていたのは、金の髪を二つに結んだ活発そうな少女だった。

「兄さんお目が高いなぁ。それ掘り出しモンやで、滅多に出ぇへんよ！」

日に焼けてはいるものの、白い肌。アスタルニア出身ではないのだろう。そんな事を思いながら眺めていると、ふと前の冒険者が振り返った。

リゼルを見て驚いたようにびくりと肩を揺らし、どうぞとばかりに横にずれてくれる。リゼルは流されるままに一歩前へ出た。

「ん、まけろ？　まけるかボケェ！　稼いで来いや！」

しかし、まだあまり商品が見えない。順番待ちというよりは冷やかしの多い冒険者達だが、リゼルも同じようなものなので無理に前に出るのは憚《はばか》られた。

ギルドでの話が済んでから、また来ようか。そう考えて踵《きびす》を返そうとした瞬間、目の前の冒険者が先程と全く同じリアクションと共に前を譲ってくれた。

「お、それ有ると便利やで。あの有名なSランクパーティ、〝ジョイアス〟も使っとるっちゅう噂やしな！」

それを二回ほど繰り返し、リゼルは何故か前列に立っていた。

もはや前にいるのは、しゃがんで商品を見ている冒険者と商人のみ。お陰で品はよく見えるが、良いのだろうかと振り返る。すると、何故か「やりきった……」とばかりに意味もなくハイタッチを交わし合う冒険者達がいた。

本人達が楽しいなら良いけど、とリゼルは髪を耳にかけながら改めて商品を見下ろす。

「(本、は流石《さすが》にないか。あ、でも凄く冒険者らしいのが……迷宮品かな)」

何故こういった迷宮品が自分には出ないのか、と物凄く真面目に考えていた時だ。少女相手にビタ一文も値引き出来なかった冒険者が、肩を竦《すく》めながらも購入を終えて前をどく。

「おおきにな！　ほんなら次は誰が」

そんな客を見送り、満足げな笑みで顔を上げた少女が固まった。

面と向かってみれば、少女という程に幼くはない。しかし女性という程に成熟もしておらず、一人で国から国へと渡れるようにも見えない。流れの商人グループの一人なのだろう。

「こら驚いた。冒険者さん以外が来ることあんま無いねんけど……見て面白いモンあるかもしれんし、どうぞ見てってたって下さいー」

少女が組んだ両手を頬に沿え、可愛らしく首を傾げる。

その輝かんばかりの笑みに、隠し切れない期待を見つけてリゼルは苦笑した。明らかに、興味本位で覗きに来たどこぞの金持ちだと思われている。

リゼルは前にいた冒険者にならい、露店の前でしゃがみ込んだ。曲げた膝の上に両肘をつき、少女と同じように両手を組んで、とんっと顎を乗せてみせる。

そして満面の営業スマイルを崩さない相手へと、真似るようににこりと微笑んだ。

「冒険者、なんです」

「……」

びしりと、少女の完璧な営業スマイルにひびが入る。

「……嘘やろ」

「本当です」

「あんさんが冒険者っちゅうならウチかて冒険者や」

「冒険者です」

「嘘やて！」

信じられるかとばかりに両手を地面へと叩きつけた少女に、そこまで拒否しなくてもとリゼルはギルドカードを取り出してみせた。

それを目にした彼女が、ふらりと体を起こす。そしてそのまま後ろへ。絨毯の上にどすんと尻もちをつき、空を見上げた。

「世界って広いんやなぁ……」

「そうですね」

黄昏《たそがれ》るように呟いた相手に、リゼルも頷いて同意した。

何だか噛み合ってない気がする、というのは相変わらず露店を囲んでいる冒険者達の談。これも通過儀礼だと商人の少女に同情する程度には、彼らもリゼルの存在に慣れてきているのだろう。

「まぁええ、冒険者っちゅうなら客やな。どんどんウチの店に貢《みつ》いだってや！」

何とも正直な事だとリゼルは笑い、ならばと商品を見下ろした。

ロープなどの基本的な必需品から消耗品まで。所狭しと並んだそれは、今から迷宮へ出かけようという冒険者が目にすれば「そういえば買っておかなければ」と思ってしまう物ばかり。

しかし、見慣れたそれらとは別に見覚えのない道具も多数ある。一体何に使うのかと、円柱状の何かを指差した。

「これは？」

「そんなん折りたたみハンマーに決まっとるやろ。ゴーレム相手にする度、ギルドから解体用のハンマー借りとったら高くつくで！　この際マイハンマーどないですかお客さん！」

「そうですね、確かに持ってないですけど」

ゴーレムの解体はハンマーが必須なのだとリゼルは初めて知った。

何故知らない、という視線を前から後ろから無数に受けながら、リゼルは折りたたんであるハンマーの柄を伸ばしたり畳んだりしながらあっさりと告げる。

「うちにはジルが居るので」

「居るから何やねん!! 何やそれ、新種のハンマーの名前か!?」

こんな断られ方した事がない、と少女は金髪を振り乱しながら叫んだ。そして何もかもが分からないと、息を乱しながら彼女が顔を上げた時だ。

「何やねん! 何〝分からんとか素人やな俺らは分かっとんのに〟みたいな顔しとんねん! そのハイタッチめっちゃイラッとする!」

「え?」

「あんさんやないて! 後ろや後ろ!」

リゼルが振り返ると、至極真面目な顔で何かを話し合う冒険者達の姿があった。

前に向き直れば、突っ込みやら何やらを発散するかのようにバンバンと絨毯を叩く少女がいる。

商人として冒険者に愛されているようで何より、とリゼルは微笑んだ。

「じゃあ、これは何ですか?」

「はっ、そやった商《あきな》い中や……ああ、それな。これまた珍しい迷宮品でな、暗視眼鏡っちゅうて、真っ暗闇でも先が見えるっちゅう超高性能なもんやわ」

「真っ暗というと」

「まぁ月のない夜なら余裕やな。ウチ試したもん」

かなり高性能な部類に入る迷宮品だ。実際、欲しがる者も多いだろう。迷宮内でも度々、暗闇の中を進まなければならない状況に出会う。

しかし、売れずに残っているのは相応の値段故か。ジャッジがいないので正式な値が分からないが、少女から聞いた値段は他の商品とは一線を画《かく》す。だからこそ、金を持っていそうな相手に売りつけたいのだろう。

だが、これをかけてもレンズ部分以外は暗闇のままなのでは。そんな事を考えながら、リゼルは思ったより軽い眼鏡を木箱の中へと戻した。

「でも、うちにはイレヴンが居ますし」

「だから誰やねんて!!」

パァンッと己の膝を叩く少女に、何だか何も買わずに去ろうとすれば怒られそうだと絨毯の上を眺める。

しかし、リゼル達のパーティは消耗品をあまり消耗しない。必需品は王都を出発する際にジャッジによって万全に準備された。今の所、不足しているものがない。

ハンマーを買って解体を手伝ってみようか。いや、ジルが蹴り壊した方が早い。暗視眼鏡を買ってみようか。いや、イレヴンが拗ねそうだ。そんな事をつらつらと考えながら、さてどうしようかと思った時だ。

すぐ隣のギルドの扉が、バンッと勢い良く開く。現れたのは、筋骨隆々《きんこつりゅうりゅう》ないつものギルド職員だった。

「どうやら来たみてぇだと緊迫感を持って待ってる身にもなれ！　〃人魚姫《セイレーン》の洞《ほら》〃の踏破証明なんて重要な用事の前に何で店を覗いてんだよ!!」

若干涙目だった。

待たせてしまったのは申し訳ないが、そもそも時間の指定はなかった筈では。そう疑問を抱くリゼルだが、口にはしなかったお陰で〃そういう事じゃない〃と突っ込まれはしなかった。

「……お前かい!!」

「え？」

代わりに、ぽかんと口を開けていた少女から突っ込まれる。

立ち上がりかけていたリゼルがそちらへと向き直れば、慌てたように商品を漁る彼女に詰め寄られた。

「今めっちゃ話題になっとる冒険者やん、何で黙っとった！」

「話題になってるんですか？」

「そっからかい……ほれ」

ふいに、小さな布袋をポイッと投げ寄越される。

にんまりと笑った顔と袋を見比べ、リゼルはもぞもぞと縛られた袋の口を開けてみた。中には堅そうな殻《から》に包まれた丸い木の実が幾つか。

「これは？」

「栄養満点、カロリーも満点、迷宮探索の心強いお供でダイエットの敵な非常食や」

「食事には困った事がなくて」

「何やねん、迷宮じゃ困るモンやろ普通。まぁえぇ、迷宮踏破記念や持ってき」

ニッと得意げな笑みを向けられ、ならばとリゼルは素直に受け取った。

読書に集中したい時に便利だろう。そんな、ジルが聞いたら呆れそうな事を考えながらギルドへ向かう。職員が仁王立ちで待ち構えていた扉を招き入れられるままに潜った。

「はいはい見てってー！　今話題の〝人魚姫《セイレーン》の洞《ほら》〟踏破しおったパーティも持っとる非常食！　今なら何と五袋で一割引きしたるで野郎共!!」

後ろから聞こえて来た溌剌《はつらつ》とした声に、何とも逞《たくま》しい事だと可笑しそうに笑いながら。


王都《パルテダ》の冒険者ギルドは、歴史ある街並みに合わせた造りをしていた。

応接室ともなれば国賓《こくひん》を招く事も出来るのではと思わせる程のもので、実際にリゼルがレイと顔を合わせたのもそこだ。最初から応接用の部屋を設けていたのだろう。

そして今、リゼルが通されたのはアスタルニア冒険者ギルドの一室。大きな窓から日差しが差し込み、時折風が通り抜ける。そんな気負わず居られるような、開放感のある気持ちの良い部屋だった。

応接用ではないのだろうが、そのように使えるよう整えられている印象だ。壁に飾られたアスタルニア刺繍の一枚布は美しく、敷かれた絨毯に靴が柔らかく沈む感触が心地良い。

リゼルは促されるままにソファへと腰掛けた。

「部屋まで用意して貰って、破格の待遇ですね」

「仕方ねぇだろ、あんな場所じゃ落ち着いて話も出来ねぇからな」

言ってしまえば、ただの情報提供。本来ならばギルドの窓口で済んでしまう事だ。

しかしギルド職員はこの部屋を用意した。時間帯としては決して多くはならないが、しかしギルドから冒険者の姿が消える事はない。

噂のパーティが、その噂の真相を話そうというのだから、そんな彼らが盛り上がっても仕方のない事だろう。実際、職員がギルドカードの踏破記録を確認している最中、見せろ見せろと覗き込もうとする冒険者で溢れた。

「ったく、蹴散らしても寄ってくんだからな……」

「確かに、あれじゃ消音器《サイレンサー》も使えなそうです」

ドスリと向かい側のソファへ腰掛けた職員へ、リゼルは微笑んだ。

いつかの商業国、レイラが使っていた消音器。一定範囲内の音を外に漏らさない為の魔道具は、範囲指定はあるものの実は普通に出入り出来る。

「お、知ってんのか」

「マルケイドのギルドで」

「金のあるギルドだな。ありゃかなりするぞ」

どうやら此処にはないようだ。

流石《さすが》は商業国のギルド、といった所か。迷宮見学などという独自の金策に出ていただけある。

「よし、じゃあ本題に入るか」

「そうですね」

腕を組み、気を引き締める職員を平然とリゼルは見返した。

「とはいえ、何をお話しすれば良いでしょう」

本来ならば冒険者の情報提供は任意だ。

それはただ、今までギルド側から促す必要がなかったからに過ぎない。しかし、だからこそリゼルは会話の主導権を握れる。握った所で何かしようなどとは思っておらず、ただの職業病なだけだが。

「踏破を疑っている、という段階は過ぎたと思うんですけど」

「そりゃ当然だ、疑っちゃいねぇ！」

変な誤解をされては堪《たま》らない、と職員が慌てて否定する。

それもそうだろう。ギルドカードの記録に嘘はなく、それを誰より知っているのはギルド職員なのだから。

「分かってますよ」

「いや……俺が反応しすぎた」

可笑しそうに目元を緩めたリゼルに、職員が安堵の息を漏らす。しかし彼は、すぐに戸惑うように視線をうろつかせた。

「あー、けどな……俺らアスタルニア民にしてみりゃ、〝人魚姫の洞《セイレーンほら》〟が未踏破なのは当たり前の常識だ。いや、常識だった、か」

職員が気難しい顔をしながら、やや申し訳なさを滲《にじ》ませる声色で続ける。

「疑ってる訳じゃねぇが、信じがたいってのは正直、ある」

「そうですね」

そういう事もあるだろう、とリゼルは頷いた。

頭で理解はしても感情が追い付かない、というのは珍しい事ではない。生粋のアスタルニア国民である職員にとって、今回の件がそれ程に衝撃的だったのだろう。

「でも、それは俺じゃお手伝い出来なくて」

「ああ、いや、そうじゃねぇんだ」

それは自身で納得しなければならないと、そう言いかけたリゼルに職員が首を振る。

彼は巨体をそわそわと揺らし、視線をあちこちへと泳がせた。もどかしげな様子は、言葉を探しているように見える。

「職員の義務だとか、そりゃ多少はあるが、そういう堅苦しいもんじゃねぇ。ありゃ正真正銘未踏破の迷宮で、最深層の扉の向こうの景色を知ってんのは何日か前まで誰もいやしなかった。今でも、三人しか知らねぇ」

職員としては失格だが、と彼は少しばかり照れたように笑ってスキンヘッドを撫でる。

「ようは、俺が聞きてぇだけなんだ」

正直な事だと、リゼルはゆるりと微笑んだ。

もっともな理由をつけて聞き出す事など、いくらでも出来ただろう。情報提供は冒険者の任意ではあるが、そうでなければならないという規則もないのだから。

それを良しとしないのはきっと、彼が〝人魚姫《セイレーン》の洞《ほら》〟に思い入れのある生粋《きっすい》のアスタルニア冒険者ギルドの職員だからなのだろう。

「情報提供料、出ますか？」

「お、おう！」

情報提供の報酬はギルドが自腹を切っている。情報の重要度、詳細度によって金額は変わって来るが、冒険者がそれだけで稼ぐのは難しく小遣い稼ぎにしかならない。

金に困ってはなさそうだがと、職員は不思議そうながらもリゼルの言葉の意味を察したのだろう。

彼は勢いよく頷き、早速とばかりに紙を取り出しペンを構えた。

「じゃあボスから。姿は皆さんが想像するような美しい人魚姫で」

「おお！」

「水中エレメントがそれを形作ってました」

「おぉ……」

露骨にテンションが下がった。

そうしてやや出鼻をくじきながらも、情報提供は滞りなく進んでいく。普段、他の冒険者のニュアンスと勢いだけの説明を聞いているからだろう。リゼルの要点を摑んだ詳細な説明に、実は職員は密かに感動していた。

「そうだ、魔物図鑑にも絵があんだろ。良けりゃ、ボスを描いてほしいんだが」

「そういうの、得意じゃないんですけど」

「良い良い、大抵はこっちで清書するしな」

そんな彼の提案に、リゼルはうーんと寄せられた一枚の紙を見下ろした。

リゼルも絵画の良し悪しは分かる。だが、自分で描くとなると別だ。描く事自体は全く問題ないが、果たして出来上がった絵が説明の役に立つかと聞かれれば全く以《もっ》てならないだろう。

「意外と他の二人は上手そうですけど」

「ハハッ、あの二人か。器用そうではあるか？」

ペンを受け取り、さてと真《ま》っ新《さら》な紙に向き合う。

「そもそもあいつら、情報提供しねぇからな。一刀とかどんだけ迷宮の情報持ってんだか」

「ジルはもう、何が新規の情報かも分かってないんだと思います」

「地図も買わずに潜るしなぁ」

普通は買うのか、と今更ながらリゼルは冒険者の常識を知った。

そんなこんなで、時折言葉を交わしながらひたすらカリカリとペンを走らせる事およそ五分ほど。最後に人魚の持っていた三又《みまた》の槍《やり》を描き終え、職員へとパッと紙を掲げてみせた。

「こんな感じです」

「………………お、おぉ」

いまいちだったようだ。

「いや、まぁお前の説明は分かりやすいし、それで描き起こせんだろ。それより、ボスの素材についてだが」

しかもなかったことにされた。

そんなに酷いだろうか、とリゼルは自分が描いた絵をまじまじと見下ろす。結構酷い。だがこれはこれで、と言って貰った事もあるのだ。元の世界での事なので、地位的に世辞が入っていないと断言は出来ないが。

「これも資料としてお渡ししておきますね」

まぁ良いか、と頷いて描いた絵を渡せば、やや複雑そうな顔をされた。だがリゼルにも必要がないので、流して押しつける。

「素材は三つですね。鱗と、エレメント核と、人用サイズまで小さくなった槍です」

「現物はあるか？　一応、素材引き取り額も決めておきてぇんだが」

「鑑定、出来るんですか？」

「安いか高《たけ》ぇか凄ぇ高ぇぐらいしか分かんねぇけどな」

リゼルは鱗とエレメント核を一つずつ取り出し、机へ並べる。

鱗は何枚もあったので三人で等分し、エレメント核は二つだったのでリゼルとイレヴンで分けた。一本しかない槍は、使えるのがジルしかいなかった為に彼が持っている。

「……ちなみに、鱗は自力で剥がすのか？」

「いえ、倒したらエレメント本体が溶けたので。これだけ残りました」

「そうか！」

「核は目玉の部分から出て来たんですよ」

「そ、そうか……」

アスタルニア国民にとって長年、憧れの存在であった人魚の真実がやや生々しい。

職員は気を取り直すように並べられた素材を暫く眺めていたが、難しい顔をして唸った後、匙《さじ》を投げるように上を向いてしまった。鑑定が終わったのだろうと、リゼルも素材を片付ける。

「凄ぇのは分かるが、どんくらい凄ぇかは分からねぇ。もし鑑定屋に見せる機会がありゃ、結果を教えてくれると嬉しい」

「分かりました」

売る為に持っている訳ではないので鑑定するかは分からないが、機会があればとリゼルは頷いた。職員もそれで良いらしく、特に促す様子はない。

「それで、肝心の扉の開け方なんだが」

ふと、職員の顔が真剣味を帯びた。

長い年月、冒険者の迷宮踏破を阻んだ最大の要因。最深層にそびえる、巨大で荘厳《そうごん》な扉。その表面に刻まれた不可思議な紋様を解き明かせる者など、今まで一度も現れなかったというのに、一度目の攻略でそれを成し遂げる者達が現れた。

ギルドにとっては、その方法はボスより重要だ。なにせ一度は王族も介入したのだから。

「扉の文様はギルドでも把握してる。それが暗号で間違いは」

「先に一つだけ」

ついにそれが明かされるのかと急くように投げかけられる問いを、リゼルは微笑み一つで留める。

「質問、良いですか？」

「あ？　お、おう」

「扉の紋様って、入るパーティによって変わったりするんでしょうか」

迷宮内の仕掛けは、時と場合によって多種多様に変化する。

どのパーティにも共通したもの、同じパーティでも入る度に変わるもの。攻略上必須、かつ難易度の高いものは迷宮を出てもリセットされない事が多いので、恐らく今回の件もその類《たぐい》の筈だ。

ならば確認すべきは、パーティ毎に文様が変わるのか。全てを理解するリゼルが言うならば、質問と回答は共通なのか。

「つってもあそこまで行けるパーティ自体が少ねぇし、水中じゃあな」

職員がざりざりと顎鬚を親指の腹で撫で、唸る。

「まぁ、魔法陣使って出たり入ったりしながら描き写した奴らもいるし、パーティ毎に固定だな。それだけ見りゃ全く同じって訳じゃねぇ」

恐らく描き写されたそれを利用し、様々な者が解読に挑戦したのだろう。

リゼルは何かを考えるように口元に触れ、視線を流す。それがどうしたのかという目をした職員をちらりと窺い、微かに首を傾けた。

「そのメモ、まだありますか？」

「ああ、情報提供でギルドが買い取った」

職員が一度部屋を出て、木枠とガラスに嵌《は》められた紙を何組か手に戻ってくる。

恐らくこれまでに何組も最深層まで辿りつき、メモを残すパーティが現れたのだろう。古い物は随分と色あせていた。机の上に慎重に並べられたそれらを、リゼルは頬に落ちる髪を耳にかけながらじっと見下ろす。

「やっぱり違いますね」

同じ形式で描かれてはいるものの、全て違う。

リゼルは暫くそれらを眺めていたが、ふいに一つ頷いて顔を上げた。

「俺も描いた方が良いですか？」

「いや、絵はもう充分だ」

「じゃなくて。この紋様の方です」

つっと指差してみせれば、職員は机に並べられた紋様とリゼルとを見比べる。

「つってもこんな訳分からんもん、覚えようと思って覚えられるもんでも……」

図形か文字かも分からない全く馴染みのない紋様。にこりと笑ったリゼルに、彼はまさかと言わんばかりに紙を寄越した。

リゼルは机に置いたペンを持ち、机に並べられた木枠の中へ一切視線を向けることなくペン先を紙面に乗せる。躊躇《ためら》いなく滑り始めたそれは一度も止まる事なく、見る見るうちに真っ新の紙面を埋めていった。

謎は解き明かされたのだと職員に信じさせるのは十分だろう。

「情報提供料、アップですね」

ペンを置き、背筋を伸ばして紙を差し出すリゼルに職員が目を見開いた。

「本当に解けたんだな……」

ゆるゆると職員の口元が緩む。

「これで、こいつをクリアして迷宮を踏破出来るパーティが他にも……！」

「どうでしょう。俺がとった方法をそのまま真似ても、扉は開かないので」

苦笑すれば、怪訝《けげん》そうに職員が眉を寄せる。

筋骨隆々な巨躯《きょく》と相まって異常な程に迫力が増すが、リゼルは変わらぬ穏やかな様子で彼の手にある紙を指さした。

「紋様は問いで、その答えを差し出す必要があります。けど問いは、パーティによって違う」

「答え？　暗号なら、解き方さえ教えてもらえりゃ」

「答えも、問いの形式に合わせなきゃいけないので。必要なのは理解ですよ」

でも、とリゼルはふと言葉を切った。アメジストの瞳を悪戯《いたずら》っぽく緩ませ、ゆっくりと唇を開く。

「俺、二度手間って好きじゃなくて」

「……どういう意味だ？」

職員が手にした紙を置き、腕を組む。しかし直ぐに解いて、身を乗り出すように両膝の間で両手を握りしめた。

彼は、目の前のリゼルが一体何を考えているのか全く分からなかった。穏やかでほのぼのとしていた男が、全く摑み所のない人間であると思い知った。微かに細められた優しい瞳の奥、高貴な色が見え隠れしているようで何故か目が離せない。

「説明するにも、多少理解のある人相手じゃないと厳しいです」

「あ？」

「この紋様に理解がある人も、二度手間になりそうな人も、ちょうど一緒ですし丁度良いと思いますけど」

何の事だと声を上げかけた職員が、開いた口を閉じられず愕然《がくぜん》とリゼルを見る。

そもそもリゼルが二度手間だというのがおかしい。誰に尋ねられようと無視すれば良い。それが出来る奔放《ほんぽう》な男が、まるで断りにくいだろうと言うように。

過去、この仕掛けへ挑み、最も真相に近付いた者。数ある推測の中で、最も理に適った結論に達した者がいた。かの仕掛けの紋様を楽譜だと証明してみせたのは、この国の王族の一人。

「おま、まさか」

「あ、誤解されそうな言い方をしちゃいましたね。渡りをつけて、とかじゃないんです」

あまりに平然と付け加えたリゼルに、職員は拍子抜けしたように肩の力を抜いた。

「もし必要なら、そちらで準備をお願いしますってだけなので」

ほのほのと微笑むリゼルに、職員の顔が引き攣った。

その言葉が示すのは、あくまでギルド側の事情で王族とリゼルらの両者に協力を仰《あお》ぐという事。

本当に二度手間を避けたいだけか、王族と知り合う為の面倒を省きたいのか、真実説明をするなら楽な相手が良いのか、そもそも説明する気がないのか。

リゼルが王族との伝手《つて》を欲しがるとはとても思えず、それが職員を余計に混乱させる。

「悩ませてしまいましたね」

「そりゃ当たり前だろうが……！」

冒険者ギルドとしては、何を惜しんでも知りたい情報だろう。

だが、王族が関わってくるのなら一介の職員一人が容易に決められる問題ではない。頭を抱えてしまった職員に、どうやら情報提供どころではなくなったようだとリゼルは可笑しそうに笑って立ち上がった。

「俺としてはどちらでも良いので、何か決まったら教えて下さいね」

「え、は、おう、いや待て！」

呼び止める声に、踵を返しかけた足を止める。

だが、混乱のあまりの咄嗟の制止だったのだろう。後の言葉は続かず、最終的にがくりと脱力しながら何でもないと挙げられた手に、リゼルはそのまま部屋を出た。

そしてギルドの通路を歩く。背後から聞こえた扉をぶち破るような音と、ギルド長を叫ぶように呼ぶ野太い声、走り去っていく足音に耳を澄ませながら。


「(遅くなったな)」

薄っすらとした雲に月明かりが遮《さえぎ》られ、家々に灯る光を頼りにリゼルは通りを歩く。

ギルドから出た後も商人の少女と話したり、本屋を見て回ったり、偶然世話になった漁師と会って夕食に誘われたりしていた為、すっかりと日が暮れてしまった。

街灯もなく、王都の夜より暗い。明かりの灯る窓を通り過ぎる度、様々な声が近付いては遠ざかる。一枚の壁の向こう側とはまるで別世界のように通りは静寂《せいじゃく》に満ちていた。

人通りは少ない。場所によっては、すれ違う相手の顔すら数歩の距離まで近付かないと見えない。今なら気配とか感じられるかも、そんな事を考えていた時だ。

「ッ何処見てんだテメェ！」

「あ、すみません」

直後、路地裏から出てきた相手とぶつかりそうになり、リゼルは即座に考えを撤回した。一流への冒険者への道は険しい。

「お怪我は？」

「お、おう……ねぇけど……」

気遣うように微笑むリゼルに、男がたじろぐ。

恰好からして港で働く作業員だ。酒が入っているのか顔は赤く、足元はふらついている。日々荷物の積み下ろしをしている体は逞しく、彼はリゼルを無遠慮に見下ろしたかと思えば唇を歪《いびつ》に歪める。

「おい兄ちゃん、ちょい相談があるんだけどよ。飲み足りねぇのに金がねぇんだわ」

「なら今日は我慢して、明日。働いた後に飲むお酒は、きっと美味しいでしょうね」

それじゃあ、とリゼルは何事もなかったように立ち去った。

その後ろで男が固まっている。何故だか酷く納得してしまい、何なら既に明日が少し楽しみでさえあったからだ。しかし、それで良いのかと彼は自問自答してしまった。

優男《やさおとこ》にそう簡単に言いくるめられて良いのか、良いのかもしれない、いや駄目だろうと、酔いに浸りきった思考は一周ぐるりと回る。そして結局、最初に戻ってしまったのは、男にとって何より不幸な事だったのだろう。

「ッおい待てテメェ！　舐《な》めた真似し」

「あんまその人に絡むと消すけど」

夜闇によく馴染む声だった。同時に、キンッと金属を弾くような音。

聞き覚えのある声に振り返ったリゼルが見たのは、後ろから口を塞がれ、首に巻き付けたドッグタグにナイフを突き立てられている男の姿だった。

日に焼けた首に食い込むように、ナイフの先端がタグへと押し付けられている。男が少しでも動けば、すぐさま喉を掻き切られるだろう。だが、そんな状況においてリゼルの視線は命の危機にある相手を捕らえてはいなかった。

「お久しぶりです、精鋭さん」

男の後ろ、長い前髪で隠された両目を見据え、リゼルは柔らかく声をかけた。

「今日着いたんですか？」

「や、ちょい前には来てました。遊んでたんで」

「それは良かった」

イレヴンの率いた盗賊団、その中で実力に秀でた故に生き残った者達。

イレヴン曰《いわ》くただの気狂いだという彼らは、道理で動かない。理屈で動かない。歪みきった存在だ。リゼルといえど、イレヴンを介さず一方的に何かを頼む事はしない。

何かの気まぐれで、次の瞬間に喉を掻き切られるのは自身なのかもしれないのだから。

「離してあげて下さい」

だから、リゼルは苦笑する。

どちらでも良いと。その喉を裂いても文句はないけれどと、そう言外に滲《にじ》ませる。どちらにせよ、目の前の精鋭にとっては挨拶《あいさつ》代わりの戯《たわむ》れだ。

そして、未だナイフを突きつけられている男へと視線を移した。

「君も、冒険者に喧嘩を売っちゃ駄目ですよ」

口を塞ぐ手とナイフが外れ、男は腰が抜けたのか座り込む。

リゼルは彼に手を貸す事なく、何処かへ去ろうとする精鋭を手招いた。ぴたりと動きを止め、諦めたようにリゼルの元へと歩く彼が、座り込んだ男を通り過ぎ様に一瞥する。

それだけで青い顔をして背筋を震わせた男に、唇を歪めるように笑みを浮かべた精鋭を、既に歩き出していたリゼルが目にする事はなかった。

「イレヴンには会ったんですか?」

「や、まだです」

「それって良いんでしょうか」

その場に残された男は、去り行く二人の後ろ姿を呆然と見送る。

彼は底冷えするような恐怖に暫く体を震わせていたが、しかしふと清廉《せいれん》な顔と冒険者という言葉を結び付け、盛大な疑問を抱いたお陰で恐怖が頭の隅《すみ》へと追いやられた為にスッと立って帰路につく事が出来たのだった。

84.

夜空を揺蕩《たゆた》う雲も流れ行き、窓から月明かりが差し込むようになった頃。

リゼルは宿の自室でベッドに腰かけ、本のページを捲っていた。その隣にはまるで月明かりを閉じ込めたかのような光球が、柔らかな光を灯して手元を照らす。魔力を用いて灯した明かりだ。

開いたままの窓からは、もはや人の声は聞こえない。時折森からか何処からか獣の鳴き声が遠く届くだけ。耳を澄ませば、葉擦《はず》れの音が聞こえるかもしれない。

そんな静かな夜を、ゆるりと過ごす。意識せずとも凛と伸びた背を本人しか分からぬ程に少しだけ楽にして、本の世界へと入りこんでいた。

「手」

ふいに、くんっと袖が引かれた。

リゼルが意識を浮かせそちらを見れば、後ろから伸びた手がシャツに微かに皺《しわ》をつけている。少し視線をずらしてみれば、ページの角がやんわりと内側へ丸まっていた。

またやってしまったと苦笑して、袖を摑む指先を褒めるように握る。節くれだった指先は満足げにリゼルの小指に巻きつき、そして離れていった。

「有難うございます、イレヴン」

「んー」

リゼルの後ろに寝ころび、ベッドのほとんどを占領しているイレヴンがごろりと仰向けになって薄っすらと笑う。

そもそも何故、リゼルが机ではなくベッドに座っているか。それは我が物顔でそこへと居座る彼が原因だ。ふらりと部屋に入ってきてごろごろし始めるや否や、早く来いとばかりにベッドを叩いたのだから。

それからは、両者共に裏カジノに行っただだの何だのと話していたのだが、リゼルが少しばかり本へと集中しすぎたのが気に入らなかったのだろう。仰向けのままずりずりとシーツの上を移動したイレヴンが、戯れるように解放したばかりの手を捕まえる。

「なんか今回、リーダー分かりやすーく動いてんね」

「そうですか？」

「そうじゃん」

イレヴンは捕まえた掌を頬の鱗に押し付け、すり寄りながらリゼルを見上げた。

その意図を図るように、一挙一動を逃さぬように。それでも穏やかな表情からは何も窺えない。

ギルドでの話を聞く限り、最近のリゼルを見る限り、学者であり王族でもある一人と随分と露骨に接点を持とうとしている。普段のリゼルを知る者からすれば、あまりにも分かりやすすぎる程に。

それは、イレヴンの望むところではなかった。

「そんなに会いてぇの?」

普段のリゼルならば、王族だろうが何だろうが会いたければ出向かせるだろう。容易にそれを成し遂げて見せるだろう。買い被りすぎだと苦笑されるのは目に見えているので口にはしないが、イレヴンは確信していた。

王に仕える貴族であったと、そう聞いてはいるが疑いもせず。

「当然、会ってみたいですよ」

あっさりとした声が降ってくると同時に、優しく頰の鱗を押された。

一枚一枚、ゆっくりとなぞる指先の感触が心地良い。本来、蛇の獣人は鱗を触られるのを好まず、イレヴンもその例に漏れないのだがリゼルだけは別だった。たとえそうでなくとも、どうやら鱗の感触を気に入っているらしい彼の為ならば耐えようと思えるのだから、救いようがないのは誰より自覚しているのだが。

肌と鱗の境目をなぞる感覚がくすぐったくて、喉を震わせて笑みを零す。

「俺も古代言語の解読には十年近くかかってますし、同じように頑張ってる人がいるのは素直に嬉しいので」

「げ、そんなにかかってんスか」

「俺はまだマシですよ。〝楽譜は手紙〟っていうヒントがあったんですから。あれを言語だとゼロから気付ける人は凄いと思います」

確かに楽譜が現存していようと、それが手紙なのだと言い伝えがあろうと、イレヴンならば「へー」で終わるし本当に言語だとは思わない。誰も疑問を抱かないなか、解読という発想に至ったリゼルも充分だと思うが。

「ふぅん」

イレヴンは呟き、頬から離れていく手を見送った。

仰向けからうつ伏せへ。それでもまだ不服を隠さず見上げていれば、促すように目にかかる前髪をよけられた。

「やっぱ、イヤ」

不快感を露《あら》わにすれば、珍しい事だとアメジストの瞳が緩む。

慰めるように指の背で目元を撫でられ、それで少しばかり機嫌が回復してしまう己を内に仕舞い込み、微かに眉を寄せてみせた。

「リーダーが、ギルド使ってまで会いたがってるとか思われんの、凄ぇイヤ」

相手がもし、そんな勘違いをしていたら。それをもし、当然と思うような相手だったら。

考えるだけで湧きあがる苛立ちに、腕に乗せていた顔をシーツへ埋める。零した舌打ちは布地に吸収されながらもリゼルへ届いたらしく、後頭部を覆うように赤い髪を梳《す》かれた。

「会いたいと思ってるのは本当ですし」

「そーゆーのじゃなくてさァ」

「分かってますよ」

感情の機微《きび》に敏《さと》いリゼルにイレヴンの言いたい事が分からない筈がなく、言葉遊びのように交わされる会話にもぞりと顔を上げる。

「きっと、君が嫌がっているような事にはなりませんよ」

「何で分かんの」

「王族の方って何でも噂になりやすいので。あと、これです」

じゃん、とばかりに膝に置いていた本を立てるリゼルに、「出た」とイレヴンは内心呟いた。デジャビュを感じる、そう思いながら肘をついて上体を起こし、それを覗き込む。

「〝人魚姫《セイレーン》の洞《ほら》〟から出た後に探してみたら、何冊か見つけました」

話の流れからして、件《くだん》の王族の著書なのだろう。

イレヴンには詳しい内容など全く理解出来ないが、どうやら何かの研究書のようだった。王族の癖に学者の真似事など物好きな事だ、と一切興味を引かれず眺めていれば、リゼルがざっくりと説明してくれた。

「〝気になったから仮定を立ててみたら、最終的には合ってた〟って内容です」

「すっげぇざっくり」

流石はアスタルニアの王族、と言って良いのだろうか。

「勿論、ちゃんと理論として証明はしてますよ。ただ落ち着いている文体の割に、少し好戦的な書き方でしょうか」

「喧嘩売ってくるかもって？」

「いえ、論より好奇心って感じです」

「あー」

ただの予想だから参考程度にしかならないとリゼルは言うが、信憑性《しんぴょうせい》は高い。

つまり己のプライドを傷つけられたと絡んで来るような相手ではなく、もし顔合わせを望むのならば興味からという事。古代言語への興味か、それを解き明かした者への興味か、はたまた両方かはイレヴンには分からないが。

「じゃあ、あっちが拒否する理由はねぇワケだ」

「王族との面会って面倒も多いですし、それなら楽な方が良いでしょう？」

「だからギルド使ったんスね」

成程、とイレヴンはスッキリとしたように頷いた。リゼルが分かりやすく動いていた理由にようやく納得いったからだ。

相手が望もうが何だろうが、王宮に閉じこもる王族との面会など手間のかかる過程が付き物だろう。それを「会ってみようかな」と告げるだけでギルドが肩代わりしてくれて、後はのんびりと待っていれば良いだけ。

「ギルド、動いてくれんの？」

「くれると思いますよ」

読書を再開しようとページを捲る手に、イレヴンは差し込むように自身の手を滑り込ませた。まだ意識はこちらへ向けていろと、手持ち無沙汰《ぶさた》を紛らわすように指先で遊ぶ。

「何で？」

「ギルドと国の立場上、どうしても互いに不干渉になってしまうでしょう？　明確な協力関係は築きにくいですし」

「確かに、どこの国でも色々面倒っつうのは聞くけど」

「後は、ギルド長の腕の見せ所ですね」

可笑しそうに微笑むリゼルに、イレヴンが思い浮かべたのは王都の冒険者ギルドだった。

王都のギルドでは、ギルド長が上手く立ち回っているという。レイとも交友があった通り、国の下につかずとも友好的な関係を保っていた。

アスタルニアでは、やはり国柄というべきか。水面下で暗躍するようなタイプも皆無とは言わないが滅多にいない。ギルドと国との関係も悪くはなく、ギルド長など前国王と個人的な交友があったという噂もある。

「接触に問題がないなら、後はギルドと王族が半永続的な協力関係を築くチャンスです。少なくとも現国王の代では、余程の事がなければ関係悪化も避けられると思います」

「んぁ、どゆ意味？」

「一から古代言語を習得するのはギルド側じゃ難しくて、今のところ手っ取り早く習得出来るのが王族の方。今後あの扉を潜ろうという冒険者が現れる度、その方の力を借りる必要があるでしょう？」

ならばギルド側が王族に借りを作るだけでは、と思いかけてイレヴンは即座に否定した。ならば、ギルドが今回のリゼルの申し出を受けなければ良いだけだ。

だが、そうなると〝人魚姫の洞《セイレーンほら》〟の踏破が不可能となる。今や国中がかの迷宮が踏破された事を知り、それが当たり前であった頃には戻れないにも拘《かかわ》らず。気風《きふう》も威勢も良いアスタルニア国民が、それに何を感じるのか。

『余所から来た冒険者が出来て、アスタルニアの民が出来ないとは情けない！』

卑下《ひげ》するでもなく、自嘲《じちょう》するでもなく、胸を張る姿が目に浮かぶようだ。

だからこそ、最後の扉を開く手段が必要なのだ。ギルド側はリゼルの申し入れを受け入れる以外に、それを手に入れる術を持たない。それは王族も同様に。

民の誇りを守る為にも、そして何よりその思いをより強く抱いてこその王族なのだから。

「だから、対等な協力関係ってコトね。こういうの、簡単に用意出来るトコ流石っつうか」

互いの権力介入を極力避けて成立する協力関係。まさに理想的だ。

イレヴンはすっかり機嫌を直し、瞳に笑みを滲ませながら掴んだリゼルの指を引き寄せた、唇を寄せ、鋭い牙の覗く口を開く。そして形の整った指先へとおもむろに噛み付いた。

痛みを感じない程度にやわやわと歯を立てるそれは、まさに甘噛み。彼は時々こうして、他の目がない所で遠慮なく甘える事がある。

「ほら、読みにくいです」

「んー」

平然と片手で本を構えなおすリゼルを、イレヴンも今度は気にしなかった。

獣人としては特別珍しいスキンシップではない。親にさえこれほど甘えた事がないのを思えば、イレヴンにとっては相当珍しい事ではあるのだが。

「あ、そういえば精鋭さん達も来てるんですね」

「何、会ったんスか。どれ？」

「前も会った、前髪の長い子です」

「あー、あの常識人ぶってんの。俺も何日か前に被害妄想酷《ひで》ぇのが酒場で暴れてんの見たし、来てんのは知ってたけど」

酒場といっても、やや宜しくない者達の集う地下酒場。

何か面白い事がないかと訪れたら、見知った顔が泣き喚きながら見知らぬ誰かをナイフで壁に磔《はりつけ》にしていた。鉄臭いし騒がしいしで鬱陶《うっとう》しい、とそのまま店を出たので、それからどうなったのかは分からない。

向こうが此方に気付いていたかどうかは全く興味がないが、リゼルと接触したのならまだ自分達に使われる気はあるのだろう。救いようがないとは思うものの、便利だから良いかと、齧《かじ》っていた指を解放する。

「〝もう使ってもらって良いんで〟って言ってましたよ。挨拶に来てくれたみたいです」

「礼儀なんざ知らねぇ癖に良くやんなァ」

読書に没頭し始めたリゼルの隣で、イレヴンは嘲《あざけ》るように笑った。

それから数日後、三人は久々に揃ってギルドへと向かった。

冒険者の中では、リゼル達は依頼を受ける頻度《ひんど》が低い方だろう。それは金に切羽《せっぱ》詰まっていない為であったり、依頼の入れ替わりを待っている為であったり、何となくそういう気分じゃない為であったりする。

そんな三人に痺《しび》れを切らしたギルド職員が宿を訪れたのは、昨晩の事だった。曰く、準備が整ったと。ちなみに宿主は筋骨隆々の職員にリゼルを呼んでくれと言われて怯えまくった上、更には運悪く三人共外出していたものだから「帰ってくるまで待つ」と言われて呆然とした。

「魔力溜まり近付いてっけど、リーダーだいじょぶ?」

「夜は何だかざわざわしますね。風向きもあるし、仕方ないんでしょうけど」

「魔鉱国《カヴァーナ》ほど濃くねぇしマシだろ」

「あそこは凄かったですね」

三人の様子は普段通りに見えた。

実際に、何を気負うでもない。だがそれこそが、現状にそぐわなかった。今まさにギルドへ向かっている目的を知らない筈がないのだから。

ジルがギルドの扉を開く。三人が足を踏み入れれば、そこはいつになく緊張感に包まれていた。

本来ならばカウンターの向こう側にいる職員が前に出て来て仁王《におう》立ちしており、その手前には魔鳥騎兵団副隊長、ナハスが振り返ってリゼル達を見る。

他の冒険者達も、全く事情が分からないなりにいつもと違う雰囲気に気付いているのだろう。何が起こるのだと騒《ざわ》めいていたが、三人の姿を見て渦中《かちゅう》の存在が現れた事を察し、好奇の眼差しを向けていた。

「副隊長さんが来たんですか？」

ひりついた空気の中、穏やかな声がそれを壊した。

ただの世間話のような口調に、ナハスはガクリと肩を落とす。心なしか頭痛がしてきたと彼は力を籠《こ》めてこめかみを揉《も》んだ。

「お前達に面識があるから丁度良いと言われてな……いつか、やらかすとは思っていたが」

「そういう言い方されると、悪い事をしたみたいなんですけど」

「まぁ良い」

彼は迷宮踏破の祝福を告げながら、一冊の書物を差し出した。

リゼルの視線がその本を追うのを、ジルとイレヴンが横目で窺う。つまりリゼルが興味を抱くに値する本、本に乏しいアスタルニアにおいてそれを用意出来る相手。

その本の表紙には、見覚えのある紋様が描かれていた。〝人魚姫《セイレーン》の洞《ほら》〟の最下層に存在する扉、そこに刻まれたものと酷似《こくじ》している。ギルド職員も腕を組み、こんな本があるのかと驚愕しているようだ。

「贈り物ですか？」

「いや」

受け取った本をくるりと裏返し、何かを確認しているリゼルにナハスはやや言い淀《よど》んだ。

「……それが読めたのなら王宮へと連れて来いと、そう言われている」

ぴくり、とジルとイレヴンが微かに眉を寄せた。

同時に空気が僅かに鋭さを帯びる。顔合わせを望んでおきながら試すのかと、向けられた視線にナハスは口を引き攣らせ、そうではないと首を振った。

当のリゼルが平然としているのが救いだろう。これでもし不快感を抱こうものならジル達は不愉快を示すだけでは終わらない。

「んー……」

古ぼけた表紙を見下ろし、どうしようかとリゼルは零した。

遥か昔の本なのだろう。だが革で作られた表紙は、色あせているものの破れもほつれもない。描かれた金の紋様も崩れず、しっかりと読み取れる。

指の腹でそっと表紙を持ち上げ、少しだけ中のページを覗く。しかし、すぐに閉じてしまった。

次の瞬間、ギルドは完全な静寂に包まれる。

「読めません、とお伝え下さい」

微笑みと共に告げられた否定に、ナハスも職員も言葉を失った。

周囲の冒険者のように、話の内容が理解できていないのではない。読める筈だと、国の誰もが解読出来なかった紋様でもリゼルならば読めて当然だと、そう思っている二人だからこそ絶句した。

「へぇ」

「じゃ、依頼行く？」

ジル達は意外そうではあるものの、読めないと言っているなら読めないのだろうと特に気にした様子はない。リゼルが特に残念そうではないというのもあるし、今回を逃そうとどうにでもするだろうと思っているのもある。

「おいッ、読めないってなぁどういう事だ！」

「言葉通りですけど」

「そりゃ俺には全然分かんねぇが、こりゃあの扉と同じもんだろ⁉」

職員が焦ったように声を張り上げた。

それもそうだろう。王族とギルドとの協力関係を築こうと、数日間動き続けたのだ。それを今になって〝やっぱり駄目でした〟では目も当てられない。

「どうした、具合でも悪いのか？　お前なら読めると思うが」

逆にナハスは心配していた。

差し出された本を受け取り、怪訝そうな表情でリゼルを窺う。その瞳には、微かに気遣いの色が滲んでいた。

「試すような言い方が気に入らなかったか？　あれは殿下……この本の持ち主の提案じゃない。冒険者を王宮の深部に入れるならきちんと証明させろと、頑固な王宮守備兵長が言い張ってな」

「それは当然だと思います」

あっさりと頷いたリゼルに、拍子抜けしようにナハスは一度だけ目を瞬いた。

「王族の方は今回の件、嫌がってませんでしたか？」

「ああ、即答で許可を出したらしいぞ。本を貸すのはかなり渋ったようだが」

「なら良かった」

嫌がられてまで会おうとは思わないし、とリゼルは微笑む。

そんな姿に、ならば何故と職員とナハスが再び口を開いた。

「本当に読めねぇのか！」

「読めません」

職員が声を張り上げ、リゼルも断言する。

「どうしても読めないのか？」

「はい」

ナハスが問い、リゼルも頷く。

その様子に、周囲は一体どういう事だと顔を見合わせた。王宮だの王族だのとんでもない単語が出てきた事はひとまず置いておくとして、何故執拗《しつよう》に一冊の本を読ませようというのか。

〝人魚姫《セイレーン》の洞《ほら》〟の踏破に関連付けて、もしやと思い当たる者もごく少数いたが、大多数には大の男二人がリゼルへと読書を強要している奇妙な光景にしか見えなかった。

「読め、と言われても」

数多《あまた》集まる視線の真ん中で、リゼルが困ったようにくっと顎を引いた。

真っすぐ向けられたアメジストに、職員は不思議な居《い》た堪《たま》れなさを覚えて喉を詰まらせ、ナハスは無理強いをしすぎたかと慌てたように身を乗り出す。

しかし、と言いかけた二人は直後、続いた言葉に開きかけた口を閉じた。

「女性の日記を勝手に読むのは、ちょっと」

ナハスと職員の視線が本へと落ちた。数秒の間。

彼らはそのまま真顔でリゼルを窺い、そして勢い良く再び本を見る。同時に、ギルド中に轟《とどろ》いたのは冒険者達による盛大な変態コールだった。

他人の、しかも女性の日記を読むよう無理強いするなど何とマニアックすぎる変態行為なのか。事情を知らない冒険者にはそうとしか思えない。更には読ませようとした相手が、いかにも他人の日記を覗くような下卑《げび》た真似とは無縁の清廉な空気の持ち主だ。

変態コールは面白半分。つまり半分は本気の非難だった。

「いや、違ぇ、おい聞け！　そういうんじゃ……聞けよてめぇら!!」

「帰るぞ」

「あーあー、リーダーがギルドと騎兵団にセクハラされたー」

「いや、違うと分かっているだろ、おい！　見ろ、当の本人を見ろ！　あの笑顔だぞ！　こら面白がるな！　どうしてお前らはいつもそう……！」

リゼルも嘘は言っていない。だからこそ余計に収集がつかない。

三人は必死の弁明を続ける二人を眺めながら、さていつ出発できるだろうとのんびり話し合っていた。

「全く……どうして何をするにも大人しく始められないんだ」

「大人しくついてってんじゃん」

「今はな」

ギルドでの喧騒《けんそう》が落ち着いた後、リゼルは改めて本の文字が読めるのか読めないのか確認され、予定通りに王宮へと案内された。

遠くから見えていた白亜《はくあ》の王宮は、間近で見ると酷く広大であった。城門を潜ってからも辿り着くのに暫く歩く。時折、守備兵や文官と思しき人々とすれ違っては二度見される。

青空の映える王宮だ、と目を細めるリゼルにとっては、元の世界の地位からして物珍しい場所ではなく。ジルやイレヴンも気負う事はないので視線を引くのだろう。

「俺としては、多少の緊張感は持っていてほしいが……」

分かっていた事だと溜息をついたナハスが、支障のない範囲で解説してくれる。

「あれが魔鳥の厩舎《きゅうしゃ》だ。見習いが世話係をしているが、基本的にパートナーの魔鳥の世話は自分達でやる。当然だな」

「あそこで魔鳥の餌《えさ》が用意される。売り物にならない肉や魚を買い取ったり、狩りにも出るぞ」

「魔鳥の訓練場があそこだ。とはいえ、魔鳥は飛んでいる時こそ生き生きとするからな。ほとんど俺達の訓練場だ」

「窓の外に飛んでいる魔鳥が見えるだろう、あれはわざと騎乗せずに飛ばせて、指示に従うよう訓練しているんだ」

彼はブレない。

自らのパートナーの事ではないからだろう。テンションこそ平素の通りだが、魔鳥関係の情報しかない。これがナハスでなければ、王宮内の情報も漏らしたくないのだろうと思うが、彼は間違いなく素で語っている。

とはいえジル達はとっくに興味を失っているので、聞いているのはリゼルだけだが。

「今から会う方は、どういった方なんですか？」

庭に面して柱が並ぶ、開放感のある廊下を歩きながらリゼルは問いかけた。

噂で知れる程度の事ならば知っている。十二人兄弟の次男で、兄が現国王。この国では年功序列《ねんこうじょれつ》があまり意味を持たない上、本人の望みにより継承権をほぼ持たない。

それでも冒険者が王宮の奥に足を踏み入れ、気軽に面会できる相手ではないだろう。ギルドも相当頑張ったのだろうが、何より当の王族が望んだに違いない。それで通るあたり、流石はアスタルニアだ。

「人となりについては全く分からんな、ずっと書庫におられる」

「良かったな、お前の同類だ」

「俺はちゃんと外に出てました」

揶揄《からか》うようなジルの言葉に、失礼なと可笑しそうに言い返す。

リゼルも確かに、元の世界では〝大図書館〟の異名を持つ自身の屋敷の書庫に足繁《あししげ》く通っていた。

だが公爵家当主として宰相《さいしょう》としてこれでも忙しい身、入り浸るという程ではない。それが出来れば幸せだろうとは思うが。

「外見を知る者など、ほとんどいないんじゃないか」

「そんな事あんの？」

「それに関しては理由があるんだが……まぁ会えば分かるだろう」

さんさんと日の光が入る通路を通り抜け、角を曲がり、少し影になった廊下へ。

ふと存在する短い階段は、半地下の部屋へと続いているのだろう。奥には木製の大きな扉が存在しており、本が傷むのを防ぐ為に日が入らないようにという配慮が見える。

そして四人が階段を下りた扉の前。ふいにナハスが振り返った。

「武器を預けてもらう」

「げ」

「そんな声を出しても駄目だ。いっそ鞄《かばん》ごと預か……おい、目の前でナイフを仕込み直すな！」

〝人魚姫《セイレーン》の洞《ほら》〟を踏破できる実力の持ち主を招くのだ。

王宮側も武器を取り上げただけで無力化できるとは思っていない。王族に手を出すような馬鹿な真似はしないと判断されたからこそ、招かれたのだから。

それでも一応、という事だろう。必要ならばとリゼル達は武器もポーチも預けた。とはいえ、三者三様それぞれ完全に無手《むて》にはならないが。

「開けるぞ。くれぐれも変な真似はしてくれるなよ」

そしてナハスが、目の前の扉を開く。

まず目に入るのは、膨大な量の本と棚だった。一歩でも足を踏み入れれば、隙間という隙間を縫うように並べられた本棚に圧倒される。扉が開かれた事で生まれた空気の流れが、ふわりと古い紙の匂いを届けた。

「……」

「……」

ジルとイレヴンは思わずリゼルを見た。心なしか微笑みが輝いている気がする。

「ほら、行くぞ」

自然と声を潜めたナハスに促され、三人は本棚の海へと身を沈めていった。

真っすぐ歩けば肩が掠《かす》ってしまいそうな程に狭い道を、棚に入りきらず床に積まれた本を避けながら歩く。

「……」

リゼルが気になる本を見つけて歩調を緩める。ジルに後頭部を摑まれ、前へと促《うなが》された。

「おい、進め」

「……」

リゼルが何処を探してもなかった本の続編を見つけて思わず手を伸ばす。その腕をイレヴンに摑まれ、引っ張られた。

「リーダー、止まんないで」

「薄々気付いてはいたが、よほど本が好きなんだな……」

「それ程じゃないですよ」

ナハスは何も言わず、スッと視線を正面へと戻す。

そもそも今から王族に会うというのに、何故本へと意識が飛ぶのかが理解出来ない。それで良いのか、良い筈がない、今更ながら本当に会わせて良いのか。そう不安になっている彼は、そのお陰で背後で交わされている「いっそ気になるのパクれば」というやり取りに気付かずに済んだ。

ちなみに提案者であるイレヴンはジルにどつかれた。


「お連れしました」

本棚の隙間を抜けた先に、ぽかりと丸く開いている空間。

そこに辿り着いたナハスはそれだけ告げて、リゼル達の後ろへと下がってしまった。だが、人の姿など何処にもない。

「?」

リゼルは視線だけで周囲を窺う。

幾つもの本棚に囲まれたスペース。床には本が散乱している。その真ん中には何枚もの布が折り重なった、人一人が座り込んでいるくらいの大きさの奇妙な布の塊。

ジルを見た。冷めた視線を布の塊へと向けながらも頷かれる。

イレヴンを見た。訳分からんという顔で布の塊を指差している。

やはりか、とリゼルも頷いた。ナハスが言っていた〝会えば分かる〟というのはこういう事だったのだろう。

「お目にかかれて光栄です、殿下」

リゼルは視線を真っすぐに布の塊へと向け、書庫の空気を壊さぬよう静かに告げた。

ごそり、と布の塊が動く。色鮮やかな刺繍を施された厚手の布は、アスタルニアではよく見るものだ。重なり合ったそれらが、布擦《きぬず》れの音を立てながら持ち上がる。

まさしく、立ち上がったのだろう。背が高いなとリゼルは内心で零す。

ジルと同じくらいの背だろうか。立った事でようやく見えた足元は裸足で、褐色の肌をアスタルニア王族に相応しい金の装飾で飾っていた。

「うふ、ふ」

台本を読み上げたような棒読み。一瞬、笑い声だとは気付けなかった。

足元以外を覆い隠す布の塊が、地面へ届いた布を引き摺りながら近付いて来る。そして微かに警戒を孕《はら》んだジル達を気にも留めず、リゼルの寸前で立ち止まった。

「読めた、よね」

途切れ途切れにゆっくりと、低く甘く、酷く艶のある声が耳を擽《くすぐ》る。

ふと、布の隙間から手が伸ばされた。褐色の腕、手首を飾る金の装飾が、シャランと細やかな音を立てながらリゼルの横を通りすぎる。すぐに引かれていく手には、ナハスが持っていた一冊の本。

布の中へと消えていくそれを見送り、リゼルは鷹揚《おうよう》に一度瞬いた。戯れのように、唇を開く。

「いいえ」

「嘘」

「本当です」

打てば響くようなやり取りに、リゼルは目元を綻《ほころ》ばせた。

「女性の日記を読むのは気が引けるので」

日記、と零して布の塊はぴたりと動きを止めた。

パラパラと中でページを捲る音がする。女性の日記であろうが誰の日記であろうが、彼にとっては然して躊躇する理由にはならないのだろう。

そして最後にカサリと紙同士が擦れ合う音と、感嘆の吐息が布越しにリゼルへと届いた。

「凄い。教えて、ね、此処は？」

再び布の中から広げた本が現れ、短めに爪の整えられた長い指がページの一端を指す。

両手を差し出した事で広く開いた布から、中にいる人物の首元までが露わとなった。喉仏の目立つ首、その傍で揺れる金糸が目を引く。美しい黄金色の髪だった。

リゼルは向けられたページを覗き込む。日記の持ち主である女性には悪いが、古代言語の書物がこれしかないのならば仕方ない。

「〝――・―〟。つまり〝雨〟です」

指示された単語を読み上げ、隠れた瞳へと視線を持ち上げた。

「ご教授、許可して頂けますか？」

「うふ、ふ。あなたは何が、望みか、な」

布の塊から零された、分かりにくい笑い声にリゼルはにこりと微笑んだ。

ジルは溜息をつき、イレヴンは引いたようにリゼルの背後へとやや下がり、そしてナハスは安堵する。色々な意味でインパクトのある初対面は、何とか無事に終了する事が出来た。

書庫には机も椅子もない。

それでは不便だろうと、次回までに必要なものを準備するとナハスが言い残し、初日は今後の話し合いのみで終えた。布を被った書庫の主は、机など必要ないのではと首を傾げていたが。

帰路につく三人、その中のジルはちらりとリゼルを見下ろす。行きに比べ、明らかに機嫌が良い。

「お前は結局そこだよな」

「何がですか？」

「本」

リゼルの空間魔法付きのポーチには、今や目新しい本が何冊も詰め込まれている。

それは先程まで滞在していた書庫のもの。話し合いの末、ちゃっかり本の貸出の許可を貰ったのだ。件の王族も、古代言語を教えてくれるならと二つ返事で了承していた。

〝人魚姫《セイレーン》の洞《ほら》〟でも王族というより書庫に興味が向いていた事もあり、結局はこの状況へと持って行きたかったのではとジルはそう穿《うが》ってしまう。

「会ってみたかったのは本当ですよ」

「本目当てで？」

「失礼な。そんな不誠実な真似はしません」

揶揄うように目を細めたジルに、リゼルがきゅっと顔を引き締めてみせる。

「それはそれ、です」

そういう所だぞ、とジルは内心で突っ込んだ。

会いたいと思ったのは本当。書庫を利用したかったのも本当。ギルドを巻き込む事で、自分が巻き込まれにくい立ち位置を手に入れ、それを両立させたリゼルの手際の良さについては今更か。

「つか王族って変なの多いんスか。あ、学者か。なら納得っつうか」

「どうでしょう。あちらでも、確かに変わった方は多かったですね」

「こっちとあっちじゃやっぱ違ぇの？」

「国ごとの違いは当たり前ですし、その程度です」

「ふぅん」

だからこそリゼルは、王族ではなく学者としての彼に興味を持ったのだろう。

そもそも休暇中だと堂々と宣言しているので、わざわざ国の権力者に関わる理由など何一つとしてない。今まで散々関わってきて、何ならその中枢《ちゅうすう》にいた当事者なのだから。

そう納得したように頷いたイレヴンを尻目に、ジルはふと顔を顰《しか》めた。

「あれで年上か……」

「お幾つなんでしょうね」

「国王がどうだっけ」

布の塊は謎に包まれている。

「それにしても、時間があったらいつでも来てって言われちゃいましたね」

「逆に難しいッスよね」

「あまり時間をかけるのも何ですし、早めに終わらせた方が良いのかも」

「つっても本読み終わるまで伸ばすだろうが」

「否定はしません」

どうやら暫く王宮通いになりそうだ。

ひとまず明日にも訪ねる事は決まっている。さて何が必要だろうか、と髪を耳にかけながら考えているリゼルを見下ろし、ジルはふっと小さく溜息をついた。

これからは、冒険者活動と並行して古代言語の授業を行うことになる。同時に、リゼルの読書ペースも確実に上がる。借りた本を一晩で読み終え、翌日新しい本を借りにいく姿が容易に想像できた。

それで体調を崩す程、自己管理の出来ない男ではないが。

「毎日は通うなよ」

「え」

思わずといったように見上げてくる瞳に呆れたように視線を逸らし、手の甲でぺしりと向けられた額をはたく。

「今日も徹夜すんな」

「善処《ぜんしょ》します」

断言しろと溜息をつくジルに、イレヴンがけらけらと笑い声を上げた。

85.

つい先日、書庫に用意されたばかりの椅子と机。

その隣。相変わらずの床の上に、布の塊はあった。

国一番の学者であり、王族である彼は考える。手には日記と称された一冊の本。彼には今も楽譜にしか見えず、しかしそれを楽譜だとみなした事ですら誇るべき快挙なのだから、言語として修めるのはどれほどの困難か。

それを成し遂げた者を素晴らしいとは思う。けれど実際に顔を合わせた穏やかな男に対して、期待外れだと思った事も確かだ。

事前に知っていなければ冒険者だとは気付けないだろう、穏やかな物腰と品の良さ。その点については王族である自身ら兄弟と比べても、明らかに勝るとも劣らない。ギルドと国の両方を立てながら自らの意見を通した手腕は見事としか言いようがなく、誘い出そうとした此方の出鼻《でばな》を挫《くじ》くようにあっさりと接触を果たしてみせた。

「わざと、かな」

分かりやすく動いたのはアピールだ。

魔鳥騎兵団より齎《もたら》された報告を思えば、サルスへの配慮なのだろうと予想がつく。自らの希望ではなく、ギルドの事情で必要となった末の王族との接触なのだと。

「でも、それじゃあ、つまらない、よ」

競い合う事を好まない。面倒を避けて効率よく。

それは、王族である前にアスタルニア国民である彼にとって好ましいものではなかった。アスタルニアに住む者は誰しも、立ち向かう姿勢にこそ魅力を感じるのだから。

自身と接触したいのならば、何かしらの思惑があるのかと思っていた。だが先日の姿を見る限り、そこに好ましさを感じさせるような野心も意図もない。真剣な顔で本を吟味する姿は、本こそ目的であると明確に伝えてきた。

「でも、楽しみ」

物足りなさはあるが、人となりに不満がある訳ではない。古代言語に対する興味は何年経とうと薄れる事はなく、その謎がついに明かされるとなれば期待も満ちた。

彼は唯一、習得した〝雨〟の単語を何度か口ずさみ、布の中で薄っすらと笑みを浮かべる。そして清廉な男が扉を開いて現れるのを、まだかまだかと待つのだった。


ナハスに連れられ、リゼルとジルの二人は今日も城門から書庫への道のりを歩く。

『アリムダード。兄弟からは、アリムって呼ばれてる、よ』

リゼルはふと、そう名乗ったアリムの姿を思い出した。

姿といっても、その容姿は最後まで確認できなかったが。初対面の後、ナハスに第一印象を聞かれた際に三人揃って「布の塊」と答え、彼を悩ませた程度にはインパクトが強かった。

とはいえ、此方の意図は自ずと察しているだろうし学習意欲もある。教える側からしてみれば、随分と接しやすい相手だろう。

「誰かにきちんと授業するのは久々ですね」

「ガキ共に教えてただろ」

「あれはきちんと、っていう程でもないじゃないですか」

勿論、教えるとなれば手を抜いていた訳ではないが、片手間であった事も否めない。わざわざ時間をとり、誰かに何かを身につけさせる経験など、元教え子に対して以外にはない。

「ちゃんと出来ると良いけど」

「向こうで古代言語教えた事ねぇのか」

「あれはほとんど趣味だったので。元教え子のお父様に相談したら、公表しない方が良いだろうと」

たとえエルフにしか成しえないとはいえ、本来ならば強大な力を持つ言語だ。

悪用されてはかなわない。また、元の世界でも何処かにいるかもしれないエルフへの配慮として。そういった考えからリゼルの趣味は趣味で終わった。本人的には解読できただけで大満足なので気にしていない。

「緊張感がないな……」

王族への教育、という重圧を感じていないのかとナハスがぽつりと零す。

それも仕方のない事だろう。それがリゼルにとっては慣れ親しんだ事なのだと、彼は知る由もないのだから。

「古代言語と言われても俺にはよく分からんし、頼まれたものは準備したが……正直ぴんと来なくてな。他に必要なものはないか？」

「はい、大丈夫です」

リゼルが快く頷くもナハスは安心できないようだ。

恩を売ろうとがっつくとは思えず、教える立場だからと高圧的に出るようにも、また変にへりくだるようにも見えないリゼル。それでも何か変な事をやらかすのではという不安が拭《ぬぐ》えないのだろう。

「……まぁ、お前達も殿下も、嫌いな相手に関わろうとはしないしな」

「何がですか？」

「いや、何でもない。うちの王族はそういうのを気にしない方ばかりとはいえ、くれぐれも度を越した不敬を働いてくれるなよ」

昨日も散々注意されたそれに、何故それ程に信用がないのだろうかとリゼルは苦笑した。

けれど、素直に頷く。これでもナハスが心配して言ってくれている事ぐらいは分かるのだから。

そして昨日と全く同じルートを歩く。庭沿いの明るい通路を過ぎ去り、角を曲がって日の光を避けるようにある短い階段へ。木製の大きな扉は、変わらず静寂と共に其処《そこ》にあった。

ナハスに続いて扉を潜る。窓一つない部屋は足を踏み入れた瞬間は薄暗く感じるものの、慣れてしまえばそれ程でもない。

「殿下、お連れしました」

「あ、来た、ね」

書庫の真ん中、ぽかりと丸く空いた空間。

先日までなかった筈の机と椅子は、しかし書庫の雰囲気を壊さない。よく見付けてきたものだと感心したように眺めていたリゼルは、ふとその隣の床に布の塊を見つけた。椅子が嫌いなのだろうか、座り込んでいるとスッポリとその姿が隠れてしまう。

「お待たせして申し訳ございません、殿下」

リゼルはアリムへと歩み寄った。膝をつき、視線を合わせる。

その後ろ、ジルはというと近くの本棚に背を預け、腕を組んで目を閉じてしまう。元々、何をしにきた訳でもない。

「今日から宜しくお願いします」

「う、ふふ。よろしく、ね」

微笑むリゼルに、布の塊がもぞりと動いた。机を見たのだろう。

「椅子、座った方が良いの、かな」

「出来ましたら。書き物もあるので」

「あなたは、座ってて良い、のに」

「王族の方より高い位置には座れませんよ」

それもそうか、と机へ向かうアリムを眺め、素直な事だとリゼルは思わず笑みを零す。

もはや古代言語にしか意識が向いていないのだろう。だが、それで十分だ。元教え子など、大人しく机に座って勉強するまでおよそ一月はかかったのだから。

その時は、逃げるほど嫌ならば仕方ないと好きにさせていた。一歩間違えれば怠慢《たいまん》としてリゼルが処分を受ける可能性もあったのだが、その前に不貞腐《ふてくさ》れたような顔で机から逃げなくなったので結果オーライだ。

「前、失礼します」

「うん」

アリムの向かい側に腰かけ、さてとリゼルは話を切り出した。

「建国祭《けんこくさい》のパレードの時も思いましたけど、アスタルニアは音楽に馴染みの深い国ですね。とても助かります」

エキゾチックな衣装と踊り、そして軽快な太鼓《たいこ》の音は記憶に新しい。元々賑《にぎ》やかなことが好きな国民が多いのだろう、実際に国を歩いていても楽しげな音楽が聞こえてくる事が度々あった。

それに対し、アリムも特に疑問を抱くでもなく頷いた。とにかく古代言語は音楽との関わりが深く、むしろ起源とも言えるだろう。もし音楽になど欠片《かけら》も興味がない学者ならば、古代言語の本を手に入れようが、言語どころか楽譜だとも気付けない程に。

「式典の度に、聞いてる、よ」

「それ以外では？」

「それ、以外」

ぽつり、ぽつりと零される声にリゼルは頷いた。

布の塊を目の前に話すというのは、まるで置物と話しているようで少し不思議な感じがするが、意外とやりにくさは感じない。そんな事を想いながら、先日この書庫から借りたばかりの本を次々と机の上に並べていく。

どれも古代言語には全く関係がない、音楽に関連するものばかり。ほとんどが楽譜だ。宮廷音楽家も利用する王宮内唯一の書庫だけあって、膨大な数の楽譜があった。

「昨日ざっと目を通したんですけど、この国らしい賑やかな曲が多いですね」

「そう、かな」

「はい。勿論、それだけじゃないですけど」

アリムが不思議そうにリゼルを見た。

彼は既に、古代言語を楽譜として完全に把握できる。紋様として記されたそれを楽譜化する事には成功している。つまり必要なのは意味や文法であって、何故今更そんな話が出るのかと。

「分かりやすい曲、つまり古代言語でよく使われるような音色ですね。それを幾つか選んできました」

リゼルは並べ終えた本の向こう側、アリムに近い位置に一枚のメモを置いた。少し斜めだが読みやすく整った字が、何十曲かの曲名を綴っている。

「暫くは、これをひたすら聴いてもらおうと思います」

「え……」

「けど、やっぱり陽気な曲が多くて……なので今度、とある劇団に演奏者を借りられるか交渉してみます。公演が終わった後にいつも二時間練習しているって言ってたので、その時間に王宮まで来てもらえるように」

「待って、音にするより、言葉として、知りたい、のに」

流れるように話を進めていくリゼルを、アリムが思わず止めた。

必要な事なのだろう。だが、その意図がまるで分からない。聞いて話せという、そんな単純な話ではないだろう。何より早く解き明かしてみたいという気持ちが強かった。

だからこそ純粋に、一切の不満もなく、何故それが無理なのかと彼は問いかける。

「どうして」

さてどうしようか、とリゼルは苦笑した。

年上の王族相手に物を教えるのは初めてで、それを気にしないような相手だとは分かっているものの、何処まで口に出して良いのかは考えてしまう。

礼儀作法については、冒険者として王族と接するのだからと適度にいこうと決めていた。とはいえ元々の雰囲気と相まって実を結んでいるかは微妙だが。こいつこういうのに関しては空回るよな、というのはジルの談。

「貴方がこれを楽譜だと証明できた通り、音楽についての教養があるのは俺も分かっています」

「ん、それで」

「けど、それでは足りないと判断しました。殿下の場合、演奏の経験もないようですし」

式典の度に聞く。それは好き好んでは聴かないということ。

楽譜に込められた思いや情景を汲み取り、音楽自体を目的とした聴き方をしたことがないということ。

「じゃあ少しだけ実践してみましょうか」

「うん、そうして、みて」

指導方法に横やりを入れられようと、リゼルに苛立ちや戸惑いはない。

あるのは、少しの懐かしさ。自身がぶつかった壁に目の前の王族もぶつかったのだと、いそいそと本を取り出すアリムを眺めながら思う。それを解き明かした時の感慨深さを、彼もまた覚えるのだろうか。

そしてリゼルは、差し出されたとある女性の日記をアリムに向けて置いた。適当なページを開く。

「この日、彼女は山菜を摘みに森へと向かったようですね」

微かに色づいた紙面を指先でなぞり、紋様の一端を指した。

これを楽譜に直す事ができるアリムには、確かにリゼルがその数節を指したのが分かったのだろう。たった数節でも解き明かされた事を喜ぶように、布から差し出された指がリゼルの指した部分をなぞった。

「これが〝森〟です」

そのままリゼルが指先を滑らせ、同じページの違う個所を指す。

「そして、これも〝森〟」

「ん、でも、これ、最初の音が」

「違うでしょう？」

優しく言い聞かせるような声に、アリムが頷いたのが布越しにも分かった。

そもそも同じ音階が同じ単語を指すのなら、解読はずっと容易である筈だ。古代言語の解読を困難にしているのはひとえにこの部分だろう。

「前の音と綺麗に繋《つな》がらないから変えてるんです。次に、この〝森〟ですが」

「全然、違う、ね」

「最初の〝森〟は気分良く出かけたのもあって、音に弾むような抑揚があります。けど、これは目当ての山菜が獲れなくて落ち込んだ状況での〝森〟なので」

テンションが高い時に声が弾んでしまうように、落ち込んでいる時に力が抜けるように、古代言語は音色にそれが現れる。状況によって音は変わり、音の流れで音色は変わり、時には決まった法則などなく遊びを含み、会話など相手の返答によっても変わる。全てにおいて音色が重視され、何より美しい曲も紡《つむ》げるように。

相手の気持ちを汲み、状況に合わせて曲調を変化させ、今の人々が自然と言葉を交わすように、過去に古代言語はあまりにも自然に交わされていた。

実は聞いていたジルは思う。

「（心底面倒臭ぇ）」

後ろで待機していたナハスは思う。

「（全く理解できん）」

じっと本を見下ろしていたアリムは言う。

「だから……うん、分かった、よ」

リゼルの言う〝様々な曲を聴け〟というのは、完成された音色に慣れろという事だ。どう繋げば美しい曲となるか、どんな感情をもって奏《かな》でられているのか。だからこそ陽気な曲だけでなく、喜怒哀楽の音色まで学ばなければならない。

「その劇団員、良いよ、連れて来て、ね」

「分かりました。団長さんから許可を頂いてからですけど、まず大丈夫だと思います。劇団だけあって状況別、感情別の曲を多く扱っていますし、とても良い勉強になりますよ」

にこりと笑うリゼルを眺め、ふとジルは大して顔の思い出せないヴァイオリン奏者を思い浮かべた。そして同情する。恐らくあの団長ならば、宣伝になるし度胸もつくし、更には王族に顔も売れるしとすぐさま無慈悲に彼を追い出すだろう。

「今日は王宮付きの奏者の方々を借りられるよう、副隊長さんに頼んで準備を済ませてもらっています。早速始めましょうか」

「楽士《がくし》は東の間で準備を終えている筈です、殿下」

「そうだ、ね。此処を出るのは嫌だけど、仕方ない、か」

アリムが書庫から出る事は滅多にない。あまりの出たくなさに、隣に生活スペースを誂《あつら》えている程だ。

そんな彼が出歩けば、多くの兄弟姉妹が大騒ぎするだろう。だが、書庫に楽士を詰め込むわけにもいかない。何故かリゼルとアリム周りの事を請け負っているナハスとしても苦渋の決断だった。

「副隊長さん、劇団の演奏者の方ですが」

「ああ、その手配もいるか。俺の方で頼んでおこう」

「有難うございます」

いつの間に自分がこんな立場にと真剣に考えながらも、あっさりと新しい仕事を抱え込むナハスがこうなったのは必然であったのだろう。本人は暫くパートナーとの触れ合いが減りそうだと嘆いているあたり、気付いてはいないのだろうが。

「楽譜はあった方が分かりやすいですよね」

「そう、だね。貰う、よ」

「紙を挟んであるのが選んだ曲です。曲の解釈やイメージを意識して聴いて下さいね」

「ん、有難う。ナハス、運んで」

遠い目をしているナハスに一瞥もくれず、ゆるりと布の塊が立ち上がった。

やはり背が高い。リゼルはそう思いながら、送り出そうと同じく腰を上げた。しかしふと、隣をすれ違おうとするアリムを呼び止める。

布の塊がリゼルの前でぴたりと止まった。どちらを向いているかは分からない。だが恐らく、此方を見下ろしているのだろう。布越しで見えているのかは謎だが。

「終わるまで、ここで本を読んでいても？」

「ごゆっくり、どうぞ」

ぽつり、と笑みを零したアリムに礼を告げ、リゼルは胸に手をあて微かに腰を折った。

その姿勢のまま、立ち去るだろうアリムを見送ろうとしたが、当の布の塊は目の前から動かない。どうしたのだろうかと思いながらも姿勢を崩さないリゼルに、ふと布の隙間から褐色の腕が差し出された。

その指先が、トンッとリゼルの肩を押す。促されるままに顔を上げた先で、幾重にも重ねられた布が一枚、するりと横に流れた。アリムが首を傾けたのだろう。

「あなたが望んで、おれが与えた報酬に、今更礼は必要ない、よ」

望みは何かと問うた時、書庫の利用をと望んだ。

それをアリムが了承したのだから、その権利は既に得たものに違いない。そう言いたいのだろうと、リゼルは姿勢を正しながら隠れた瞳を見上げた。

そして可笑しげに目元を緩める。そうは言っても、自ら集めた愛すべき蔵書の数々に、当然のように無遠慮に触れられるのは好まないだろうに。勝手だと思うが、分からないでもない。

「ね」

肩に触れた指先が、シャランと金の装飾を揺らしながら布の中へと帰っていく。低く、抑揚のない笑い声。

「好みが合えば、良いいん、だけど」

リゼルはそのまま、アリムが書庫を後にするのを見送った。

その変わった後ろ姿が完全に扉の向こうに消えるのを確認し、早速とばかりに動き出す。ひとまず、近くの本棚へ。雑多に詰め込まれているように見える本の数々も、きっと書庫の主の好みで配置されているのだろう。

「より取り見取りって幸せですね」

久しくなかった感覚だ、とリゼルは機嫌が良さそうに何冊かの本を抱えた。

きっと、この中央スペースに近いものほどアリムにとって重要度が高い本だろう。好みが大きく外れていないようで何より。話が合いそうだ、と軽い足取りで机に向かう。

「……お前が言うからには一番有効な手段だと思っているが、読書の為に殿下を他に任せっきりにした思惑が少しでもないと俺の目を見て言えるか？」

「否定は出来ません」

「真っ直ぐな目でこちらを見るな！」

何だか理不尽なことを言われた。

席に着いたリゼルの前で、釈然としない顔をしたナハスが次々と楽譜や本を腕に積み上げていく。視界を妨《さまた》げる程に積み上がった本にも、重さを感じていないのかと考えてしまう程に余裕があり、流石はアスタルニアが誇る魔鳥騎兵団だと頷いた。

「まぁ良い。俺が戻って来るまでこの部屋を出るなよ。本を読んで大人しくしていろ」

「はい」

「お前らは本当に返事だけは良いからな……」

心配しているのか、それとも警戒しているのか。役職的には後者であるべきだが、明らかに前者の雰囲気を漂わせながらナハスは書庫を出て行った。

書庫に残されたのはリゼルとジルの二人のみ。部外者を二人にして良いのかと思うが、警戒が必要な相手ならばそもそも王宮に入れていない、そういう事なのだろう。

リゼルは本棚に凭《もた》れ、扉へと視線を向けているジルを手招いた。

「ジルも座りましょう。はい、君の分です」

「ん」

差し出した本を受け取り、ジルも椅子へと腰かける。

ジルは読書を好みはしないが、嫌いという事もない。リゼルが独断と偏見で〝好きそうだ〟と選んだ本は時々暇つぶしに読んでいるので、きちんと好みを選べているのだろう。

「お前、自分の国王以外にもちゃんとすんだな」

「当たり前じゃないですか」

ふと、本から此方へと向けられた灰の瞳に視線を返す。

公爵かつ宰相という、国王に最も近い位置にいたのだ。他国の王と顔を合わせる機会も何度もあった。礼儀を欠くような真似をして、己の王に恥をかかせる訳にもいくまい。

リゼルは王へと絶対的な忠誠を抱いているが、決して盲目《もうもく》的ではなかった。唯一人を頂点に置きながら、他者にも相応の敬意を払う。その何者にも囚われない思考が広い視野と深い思慮を生み、それこそがリゼルの強みであると言えるだろう。

「今回、分かりやすく接触したのはサルスの事もあんだろ」

「イレヴンも言ってましたけど、俺っていつもそんなに分かりにくいですか？」

ジルが体勢を崩すように机に肘付き、溜息をついた。

そして分かりにくいも何も、と内心で零す。全て終わってからリゼルの真意に気付く事も少なくはない。それはわざわざ隠そうとした結果ではなく、リゼルにとっては当然のように、あまりにも自然と行われる所為だ。

「別に、俺には関係ねぇけど」

「そうですね」

気付こうが気付くまいが、ジルがやる事に変わりはない。リゼルにとってもジルにとっても、それは今更言うまでもない事だ。

「そこまでサルスがこっち気にかけんのか」

「どうでしょう。ヒスイさんには接触したみたいなんですけど」

嫌そうに微かに眉を寄せたジルを横目に、リゼルは読書を開始した。会話に支障はない。読める内に、出来る限り読んでおきたかった。

「どっから」

「精鋭さんが手土産にって教えてくれました」

先日に月の下で挨拶に来てくれた精鋭曰く、ヒスイ達のパーティは予定通りサルスへ向かい、今も滞在しているという。元気そうで何よりだ。

そんな彼らに接触したのは、国の上層部。それもそうだろう、あの大侵攻《だいしんこう》にサルスの要人が関わっていたなどと知る者はごく一部だ。そうでなければ許されない。

よって接触はそれを秘して行われた。表向きはSランクパーティに話を聞きたいというもの。様々な理由で高ランクパーティに接触を図る貴族は少なくなく、ヒスイ達も慣れたものだろう。断るのも面倒だと二つ返事で了承したという。

その接触がSランク目的ではなく、リゼル達パーティと接点があったからだと知っているからこそ余計に、特に驚きもなく。

「サルスで俺達のこと聞かれたら何でも話して良いですよって言ってありますし、上手く流したみたいですね」

「お前あいつに得物割れてんだろうが」

「ヒスイさんは言わないですよ」

そこはリゼルも特別気を遣って隠している訳ではないが。

リゼルの言葉は正しい。精鋭が流石に詳細には知りえない会話の中、冒険者最強である一刀のパーティの話題が出た際に、ヒスイはリゼルの事を魔法使いだと告げている。

それは彼の中で、サルスとリゼルを天秤《てんびん》にかけた結果だ。敵に回して厄介《やっかい》なのはどちらか、という純粋な取捨選択。冒険者としてパーティの利益を考えた末の答えだった。

そもそもサルスもパルテダール側と同じく、リゼル達が元凶の正体に気付いているかさえ把握できていない。下手に突っ込んだ質問をして墓穴《ぼけつ》を掘る訳にもいかないだろう。結果その接触は何事もなく、ヒスイが普段の不貞腐れたような顔を綺麗に隠し通したまま終わった。

「サルスも敵意はなく、一応警戒しておくってだけだと思います」

「その警戒にわざわざ手ぇ振り返してやんだから親切だな」

「そうでしょう？」

その親切も、書庫を利用したいという片手間に行われたものだが。

リゼルの優先順位は国に注視されている程度では揺らがず、まぁ本人が楽しそうなら良いかと結論付けたジルも同様なのだから、結局のところ互いに気にするだけ損という事なのだろう。


アリムへの古代言語の授業が始まって数日。

相変わらずアリムは布の塊のまま書庫を出ては演奏に耳を傾け続け、リゼルは一人黙々と読書に励み、ジルとイレヴンは大抵どちらかがついてきて暇そうに過ごす。そして案の定、話を持ちかけたら大喜びで自らの団員を売り渡してきた団長により、劇団員のヴァイオリン奏者も公演が終わる度に王宮へと訪れていた。

ちなみに彼は毎回書庫に来て、アリムやリゼル達の目の前で緊張に震えながら弾いている。せめて見知った顔が見える所にいてくれないと死ぬ、という真顔の宣言があったからだ。そんな彼は、団長にチキン野郎という罵声と盛大な舌打ちを貰っていた。

「んー……」

そして今まさに、ヴァイオリンの音色が響く書庫。

読んでいた本をつまらなそうに閉じたイレヴンが、凝った首をほぐす様に両手をあてて背を反らした。低い背もたれから赤い髪が零れる。肩ごと後ろへ倒した際、露わになった喉仏からぐぅっと声が零れた。

それを、よく椅子ごと倒れないものだとリゼルは感心したように眺めた。

今日になって暇過ぎたのか、ようやく一冊の本を手にしていたイレヴンだが、やはり暇は潰しきれなかったようだ。元々彼は読書があまり好きではない。

「つまらないですか？」

「んー……」

リゼルは手を伸ばし、投げ出された本を引き寄せる。その名も〝罠百選《わな》〟。古今東西、簡単なものからえげつないものまで、様々な罠が解説されたものだ。

「ほら、この罠とか好きそうですよ」

「あー、良いけどさァ」

ゆっくりと上体を戻し、イレヴンはいまいちピンと来ていない様子でリゼルの手元を覗き込む。

「罠とか意表ついてこそじゃん、本にされてるってのが何かさァ」

そもそも本のチョイスが間違っていたようだ。

成程、と頷いてリゼルはイレヴンも読めそうな本を思い浮かべた。一人でも大丈夫だからなどと、イレヴンやジルの気遣いを無碍《むげ》にするような言葉は決して口にしない。だからこそ、上手く暇を潰してあげられればとは思う。

リゼルにとっては至福である本の山も、人々の心を惹きつけるヴァイオリンの音色も、イレヴンの興味を煽る事は出来ないのだろう。それでもついてきてくれた事を褒めるように一房《ふさ》二房、気だるげに顔へと落ちた前髪を梳いて直してやる。

「宿に帰りますか？」

「ん、良い。読んでて」

欠伸を零しながらの返答に、リゼルは流し見ていた本を閉じた。

最後までざっと目を通したものの、特に興味を引く内容ではない。読み込もうとは思わなかった。

「次の本、探して来ますね」

「いってらー」

そしてリゼルは読んでいた本を抱え、ひらりと手を振られながら席を立った。


一冊の本を棚へと戻したリゼルが、その下段に並べられた本にふと動きを止めた。

まだ全て片付けていないにも拘らず気になってしまったのだろう。空いている片手で棚から引き抜き、腕の上に広げるように器用に読み始める。

頬杖をつきながらそれを眺めるイレヴンが微かに笑ったのを、アリムは布の中から見ていた。

「訊いて、良い？」

ヴァイオリンの音しかしない空間に、ぽつりと疑問を落とす。

常人ならば聞き間違いかと思ってしまうような声量だっただろう。しかしイレヴンは先程までリゼルが座っていた席の向かい側、置物の如《ごと》く鎮座《ちんざ》していた布の塊を一瞥した。

その視線も、すぐに何を言うでもなく外される。沈黙が落ちた。

「何で、彼に、ついて行ってる、の」

アリムは気にせず言葉を続けた。

相手が自身を見てもいなくとも、聞く気がないどころか全くの無関心である事も知っている。しかし聞こえているだけで十分だった。

「彼は凄い、ね。知識が深い、だから教え方も上手い。でも、冒険者のあなたがついていく理由には、ならない」

学者であるアリムにとって、リゼルは膨大な知識量を持ちながらも学ぶ事を止めない優れた人物だ。だが、冒険者から見れば違うだろう。むしろ、彼らがついて行こうと思えるような人物像とは真逆とも思える。

戦っている所など見た事はないが、一刀や目の前の獣人より強いという事はない筈だ。だからこそ余計にアリムには不思議だった。

「かれには、あなたたちが必要かもしれないけど、あなたたちに必要とは、思えない、よ」

リゼルが競う事を避け、安穏《あんのん》を望むならば尚のこと。

「ね、訊いて、良」

「……ッぜぇな」

言葉を遮る様に、酷く退屈そうな声。

相変わらずアリムへと向けられない視線は、本棚の奥へ。移動したのか姿の見えないリゼルを追っているのだろう。話の中心人物はまだ、本の吟味《ぎんみ》に余念がないようだ。

だがそのイレヴンの視線が、ふとそちらから外れる。アリムはヴァイオリンの音色から意識を外さないまま、答えを貰えるのかと布の中で楽譜から視線を上げた。

しかしイレヴンは再び退屈そうに、パラパラと本をめくる作業へと戻ってしまう。

「どうして?」

パタン、と表紙が紙面を覆う音。

それを見下ろしていた赤水晶のような瞳が、微かに瞳孔《どうこう》を広げながら此方を向いた。それはただ偏《ひとえ》に、暇つぶしにはなるかという評価を下されたからなのだろう。

それで構わない。疑問が解けるのならば。

「逆だろ」

「逆」

イレヴンの、頬杖をついていない方の手が持ち上がる。

「俺らにはリーダーが必要で」

指さしたのは本棚の向こう側。姿の見えない、リゼルへ。

「リーダーには、俺らが必要ねぇだけ」

その指が、イレヴン自身の喉元をトンッと叩く。

アリムがイレヴンの言葉を理解するには、数秒が必要だった。国一番の学者と称される彼が、他者の言葉に理解が追い付かない事など一度たりともなかった彼が、しかしイレヴンの言葉の真意を摑みかねた。

言葉を切って考え込むアリムに、ふいにイレヴンの唇が歪む。それは明らかな嘲笑だった。

「分かんねぇなら語ってんじゃねぇよ、雑ァ魚」

受けた事のない罵倒《ばとう》を、しかし気にはしない。

疑問を解き明かすこと以上に優先されるべきものはない。その考えこそが、彼が学者と称される最大の所以《ゆえん》なのだろう。

「かれは」

冒険者最強として高い知名度を誇る一刀、いかに癖が強くとも許されるだけの実力を持つ獣人。そんな二人が必要ないなどと、容易に信じられるものではない。

ならば、何故。

「かれは、あなた達がいないと、絶対、困るんじゃ」

「困んねぇよ」

しかし、当然のように断言される。

「大侵攻を止めんのも、鎧鮫《よろいざめ》食うのも、あの人は俺らがいなくてもコナす」

「そんなに、強くは見えない、けど」

「強くはねぇんじゃねぇの、そこそこだけど」

けれどリゼルは目的を達成するという。

ジル達がおらずとも大侵攻を止める。周囲を動かし、元凶を誘導し、二人がいる時よりは犠牲も出るし手間もかかるが、彼自身には余裕があるままに。鎧王鮫《オリハルコンシャーク》も同様に。

ジルもイレヴンも、そう確信していた。

「だから、リーダーに俺らが絶対必要って事はねぇ」

「じゃあ、何でかれはあなた達を……違う、あなた達は何で、かれを」

まだ分からないのかと言うように、イレヴンの瞳孔が獰猛に細まった。

いまだヴァイオリンは響き続けている。その音色はまるで、静かに煮え立つ何かが溢れ出る瞬間のようだった。

「必要ねぇのに欲しいとか、最ッ高だろ」

アリムは目を見開いた。

捕食者を体現するような瞳が弧《こ》を描く。頬杖をついた手に覆われながらも、指の隙間から覗く唇が笑みに歪む。それが示すのは確かに歓喜であった。

必要がないのに欲しい。有用かどうかなど関係ない。そこにある理由など〝焦がれる程に心惹かれている〟というだけ。そこまでなくとも、欲しがられたのは確かなのだから。

「ま、俺らいねぇより楽だろうし。こっちも欲しがってもらえんなら利害は一致すんだろ」

それは、あまりにも緩い利害の一致だった。

もっと明確なメリットがあるのだと思っていた。しかし彼らにとってはそれだけが重要で、それだけが絶対なのだろう。むしろ緩いからこそ自由でいられる。

慕《した》っている者が相手だろうと、自身の行動を制限されるのを酷く嫌がるジル達だ。そんな誰より

自己中心的な二人にとっては居心地の良い空間なのだろう。

「そもそも必要だとか言われてもうぜぇんだよ」

言いながら、イレヴンが椅子の背へと凭れかかる。

「正面から利用しますって言えねぇだけだろ、殺したくなる」

「あなたが、とてもひねくれているのは、分かった、よ」

縛られるのが嫌いな事も、と付け足したアリムへと、再び彼の視線が向く事はなかった。

どうやら気紛れは終わったのだろう。もう少し話を聞けないかと呼びかけるが、鬱陶しげに机を蹴られるだけに終わる。

そして暫く後、片手に抱えられるだけ本を抱えたリゼルが戻ってきた。

イレヴンが話しかけ、それに応える姿を見ながら思う。彼に求められる事が、それ程に価値があるのか。理性を失う程に喜ばしい事なのか。きっとそれは、求められた事のある者にしか分からない感覚なのだろう。

頭が回るだけ、という評価は取り消さなければならないかもしれない。

「ふふ」

小さく零した声は、リゼルに終了の時間が来た事を告げられたヴァイオリン奏者の盛大な安堵の息に掻き消された。

86.

ジルはその日、何となくアスタルニアの街中をブラついていた。

普段は一人の時には、迷宮に潜るか依頼を受けるかしているが、毎度毎度国の外に出て元気に剣を振り回している訳ではない。何処かで煙草を燻《くゆ》らせている事もあれば、必要なものを買いに店を回る事もある。良い剣はないかと鍛治屋を回ったり、良い酒とツマミを求めて酒屋を巡ったりもする。

最近ではリゼルの部屋に行けば何だかんだ本が何冊かあるので、外に出る気分にならなければ部屋で過ごす事もあった。本の内容を見れば、ジルが読んでも退屈はしないものばかりなので〝良かったらどうぞ〟の意図があるのだろう。遠慮なく持って行く。


ここ数日、リゼルは王宮に入り浸りだ。

恐らくそれは教育熱心という訳ではなく、自身の読書欲求に忠実なだけだろう。相手にしている王族も気付いているようだが、古代言語を学べるならそれで良いと思っているらしい。

元の世界では、世界中の本が集まると噂される程の書庫が屋敷にあったという。そこでほとんどの本を読んでしまったリゼルが、同好の士によって集められた未知なる本の数々に心躍《おど》らせるのは道理だ。ジルも、それはそれで良いと思っている。

幸い、特に何かを話し合った訳でもなく、ジルかイレヴンのどちらかがリゼルが王宮に行く際には必ずついている。彼が連日、大量の本を持ち帰るのは阻止出来ていた。

リゼルも大抵の事は自分で対処できる男だ。お守りが必要だとは思っていないが、それでも王宮について行くのは二人の自己満足に過ぎない。


昼食を終え、再び賑やかな通りへ。

王宮に入り浸りのリゼルの代わりに、ギルドの依頼にでも目を通しておこうかと進路を冒険者ギルドへと向けた時だ。

「ん？　あ、ちょい待て」

偶然見つけたから、とばかりにかけられた声には聞き覚えがあった。

だが、特に接点のない自分を呼び止めている訳ではないだろう。ジルは歩みを緩める事なく人々の行き交う中を進む。

「おい、待てってつってんじゃねぇかコンニャロ。そこのガラ悪ィの！」

そもそも自身に声をかけるという点からして、厄介事の気配がした。

話しかけるなという拒絶ではないが、面倒だと切って捨てられる程度には興味がない。隠さぬそれに、普通ならば声をかけた相手も気が引けるだろう。

本来ならば、ジルに気軽に話しかけようなどという者自体滅多にいないのだが。

「てめぇが私に関心ねぇのは知ってるけどな！　あの品のある奴に関係あんだから止まれ！」

そこでようやく、ジルは足を止めた。

微かに眉を寄せ振り返れば、一番にぼさぼさの髪とサイズの合わない眼鏡が目に入る。駆け寄ってくるごとに視線を下げなければならない低身長、だがリゼル曰《いわ》く恐らく同年代。

そんな劇団〝Phantasm《ファンタズム》〟の団長が、温暖な気候のお陰で額に汗を浮かばせながらジルの前で足を止めた。何故呼び止めて止まらないのかと盛大に不満を浮かべた顔で、何故か少しばかり神妙に道の端に寄るよう親指で促される。

当然の事だが、ただ見知った顔を見つけたからと声をかけた訳ではないようだ。

ジルはさっさと先導する団長に続き、傍にあった露店の後ろへと回った。たった数歩の移動であったが、そこは心なしか涼しく、不思議と少しばかり静かだ。

「てめぇ足長ぇから歩くの速ぇんだよコンニャロ、あっちぃな」

熱の籠《こ》もる髪をぐしゃぐしゃと掻き混ぜ、団長は独り言のように呟いた。

リゼルならば普段の彼女らしい覇気《はき》がないと気付き、どうしたのかと尋ねただろう。だがジルは何も気に留める事なく、用件を促すように団長を見下ろした。

それに対し、彼女は珍しくバツが悪そうに顔を歪める。頭を掻き混ぜた手をそのまま首筋へと滑らせ、言い淀むように視線を彷徨《さまよ》わせた。

「その、余計な事したかって思ってだな……てめぇんトコのが好きそうだから紹介したけど、断ったらしいじゃねぇかコンニャロ」

「あ?」

話が見えない。

怪訝そうにジルが声を上げれば、団長も何かが噛み合っていないと気付いたのだろう。ぴくりと眉を上げ、腰に手を当てて胸を張るように此方を見上げる。

「指名依頼来ただろ、小説家から。断られたっつってたぜ。幾らてめぇらでも、内容聞かずに断るっつうのはねぇだろうがコンニャロ」

気に入らない依頼だったならば悪かった、と団長は言いたいのだろう。

しかし、とジルは思案するように視線を投げた。自身には全く覚えがない。自分の知らない所でリゼルがギルドを覗いている可能性はあるが、まずあり得ないだろう。

確かに指名依頼を断る事もあるが、余程の事がなければ内容は確認する。団長の紹介と知れば、リゼルは断るなりの詫《わ》びの一つも入れるだろう。

そして、本人ではどうにもならない部分で冒険者らしさからかけ離れるリゼルだが、彼は意外と真面目に冒険者をやっている。リーダーとしてメンバーに何の相談もなしに指名依頼を断る事はしない。時折例外はあるが。

「……確認しとく」

「別に受けろっつってんじゃねぇぞ、コンニャロ！」

わざわざ詫びを入れにきたのだから、それぐらい分かっている。

思いつつも口には出さず、ジルは人通りの多い通りへと踵を返した。返事は期待していなかったのか、当然のようにそのまま解散した団長の足音も逆方向へと遠ざかっていく。

目的地を冒険者ギルドから王宮へ。確認するならば早い方が良い。恐らくこれは、リゼルも早めに耳に入れておきたい案件だろう。

こんなすれ違いが起きている理由に想像がつかなくはない。リゼルがそれを好まないだろう確信もある。何より、今は時期が悪い。

「(面倒な事にならなけりゃいい)」

書架《しょか》の海で幸せそうに微睡《まどろ》む男への横槍に、ジルは一度だけ舌打ちを零して歩みを早めた。


リゼルは読んでいた本を閉じた。

パタン、と不思議と大きく響いたそれに、机に突っ伏していたイレヴンが顔を上げる。向かいに座るアリムはといえば、リゼルの用意した歯抜けの譜面を埋める作業を止めない。

カリカリとペン先が紙を引っ掻く音が、書庫の静寂を際立たせていた。

「ここ数日、ギルドには行ってない筈なんですけど」

閉じた本を机に伏せ、表紙に手を置きながらリゼルはゆるりと首を傾けた。

ジルが聞いたという団長の話。指名依頼、小説家、その拒否など、全く以て身に覚えがない。違うとは分かっているものの隣に座るイレヴンを見れば、目を眇《すが》めながら肩を竦められる。

「団長さんの知り合いの小説家、というと……あ、ヴァンパイアの方でしょうか」

「ヴァンパイア?」

「この国の、〝黒き影の館〟っていう迷宮にしか出ない魔物です。蝙蝠《こうもり》の集合体のマントが本体で、その魔物がモチーフの恋愛小説があるみたいですよ」

「へー、訳分かんねぇ」

日々魔物と向き合っている冒険者にしてみれば、思う事などイレヴンの一言に尽きる。

魔物と恋愛、そもそもマントと恋愛。趣味悪いな、というのが小説を読んでいない者の感想だろう。リゼルとて、団長から〝ぼくのかんがえたさいきょうのびけい〟像が完全創作されたものだと聞いていなければ全くイメージが湧かなかった。

「モチーフなので、それっぽい人っていう事だと思いますけど」

「あー、それなら……や、それとレンアイかァ。何、罰ゲーム？」

誤解を解いてみるも、新たな誤解が生まれた。

ジルもピンと来ていないようで、恋愛小説など全く縁のない二人ならば仕方のない事なのかもしれない。恋愛観とかどうなっているんだろう、と少し面白く思いながら、リゼルは考えるように触れた本の表紙を撫でる。

そして、苦笑した。

「これで全く興味のない依頼なら、別に気にしないんですけど」

生憎《あいにく》、リゼルはその小説家からの依頼に興味があった。

リゼル自身、全く手をつけないジャンルだ。しかし団長が自身らを紹介しようと思えるだけの人物なのだろうし、わざわざ自分達を指名した理由も気になる。

冒険者ものが書きたいのだろうか。そう考えるリゼルは、冒険者ものを書きたいと思ったら間違いなく自身は選ばれないなどと微塵《みじん》も気付いてはいない。

何はともあれ、その依頼を誰も断った覚えがないのならば、それはギルドの独断だ。

「んー……」

何かを考えるように視線を伏せるリゼルを、ジルもイレヴンも何も言わず待つ。

この件についてどう動くのか、それを決めるのは自分達ではないと二人は自然と受け入れているし、実際にリゼルがどう動こうと不満を抱く事なく従うだろう。

「ギルド側からしてみれば親切なんでしょうけど、こういうのは困りますね」

「困る時点で親切じゃねぇじゃん」

「一理あります」

リゼルは可笑しそうに笑い、さてどうしようかと本棚を流し見る。

ギルドが勝手に依頼を断ったのは、こちらに対する気遣いだろう。最近は王宮に入り浸りで、ギルドに依頼を受けにいく事は全くなかった。王族への授業という重大な責務を前に、他の指名依頼など些事《さじ》に過ぎないと判断されたか。

一般論ではそうだろう。しかし、リゼル達にとっては違う。

「もしギルドが、何かを勘違いしてるなら」

ふいにリゼルは本へと乗せていた指を一本、持ち上げた。

トントンとその表紙をノックする。それに我関せずとペンを動かしていた褐色の手が止まり、布の塊がごそりと動いた。アリムが顔を上げたのだ。

完全に布に包まれている筈の彼には、確かにリゼルの姿が見えている。伏せていた視線がゆっくりと持ち上がるのも、耳にかけた髪がぱらりと頬へと落ちるのも、アメジストの瞳が高貴な色を深めるのも、全て。

「残念です。こんなに魅力的な場所はなかなかないのに」

言葉に反して、惜しむことなく浮かべられた微笑みから視線を外せぬまま、アリムは暗に伝えられた真意を悟った。

つまり、この授業も終わりだということ。もう此処を訪れる事はなくなるだろうということ。ギルドと王族の関係が悪化しようが、そんなものは些事だということ。

両者の関係を最善へと持ち込む形で始まった古代言語の授業を、容易に捨てるという。摑みどころがない、そう思いながら彼は頷いた。今回はギルドの落度だ。

「……、……うん、分かった、よ」

ようは、授業の中止が嫌ならば王族から苦言《くげん》を呈《てい》せというのだろう。単に向こうから釈明に出向かせろという事かもしれないが。

「今すぐ、呼ぶよ」

告げれば、ふいにリゼルの目元が緩んだ。

まるで褒めるように、甘く、凛と、細められた瞳は、そのまま何事もなかったかのように本へと伏せられた。表紙を開き、ページを捲り、続きから目を通す。

まるでその瞬間だけ時間がゆっくりと流れるような感覚を、アリムは布の中で静かに瞠目《どうもく》しながら抱いていた。彼も学者として名を馳《は》せ、王族という事も相成《あいな》り、称賛など慣れている筈だった。

だが、今まさに与えられたのはそれとは違う。彼だからこそ決して受けた事のない、まるで高位の存在から褒賞《ほうしょう》を賜《たまわ》るような。喜びでは終わらず誇らしさを生み、満たされるとはこういう事なのだと、その感覚を知ったからには二度目を求めずにはいられない感覚。

それが冒険者から与えられたという事実を、しかし彼はすんなりと受け入れた。

「(欲しがられて、応えて、これが貰えるなら分かる、かも)」

以前聞いた、イレヴンの言葉を思い出してアリムは笑う。

そしてすぐに書簡を用意させ、冒険者ギルドへの遺憾《いかん》の意を記し始めた。


筋骨隆々なギルド職員は今、人生で初めて心臓が止まりそうな感覚を覚えていた。

ギルド長は「件の冒険者への対応は任せた」と言いながら国王の元へとご機嫌伺いに向かい、一人通されたのは入った事もない王宮の深部。そこにある書庫の一室。待ち受けていたのは、見慣れながらも覚えのない雰囲気を纏《まと》う三人組。

気だるそうに本棚に凭《もた》れる一刀、椅子に逆向きに座って背もたれに肘をつく獣人、そして本から視線を持ち上げた冒険者らしくない冒険者の瞳が、職員を捉えていた。

冒険者ギルドに王宮から急使《きゅうし》が送られたのは、つい先ほどのこと。渡された書簡の内容にギルド中が騒然とし、事実確認と対応に追われた。

なにせその内容が、要約すると〝王族の名を用いて冒険者の権利を蔑《ないがし》ろにするとは何事だ〟というもの。調べてみれば、とある職員がリゼル達への指名依頼を自己判断で断ったという。

その判断を間違いだと断ずるのはギルドにいる誰にも出来なかった。むしろ自分が対応していても同じ判断を下したかもしれないとすら思えた。ギルド長により厳重注意を受けた職員を誰も責める事はなかった。

しかし、やはり逃げ出したいと、ギルドナンバーツーである彼は思う。

「流石はギルド、対応が早いですね」

王宮の書庫という非現実な場で浮かべられたのは、普段ギルドで見ているものと同じ微笑みだった。だが常と何も変わらないそれに気を抜くどころか、何故か緊張が増す。

「最初に謝罪しておく。お前たちの依頼を蹴っちまって申し訳ない」

「本当です。折角、団長さんが紹介してくれたのに」

残念そうな様子は嘘には見えず、言い淀まない。

下手をすれば、王族より依頼人を優先させたと取られるような発言だ。それを堂々と王宮内で吐きながらも平然としているのは、たとえ誰に聞かれたとしても大した事ではないと思っているからか。

そんな訳がないだろうにと、職員はただ自分達の他に誰もいない現状に感謝した。

「元々、冒険者の活動と並行して古代言語の授業は行うって言ってありましたよね」

「ああ、だが今はそっちを優先するだろうと」

「それは貴方達《ギルド》の事情でしょう？」

言葉に詰まる、リゼルの言う通りだ。

リゼル達が王宮に通いつめているからといって、それが指名依頼を勝手に断る理由にはならない。普段でも、確実に拒否されるような指名依頼であっても必ず冒険者の耳に入れるようにしている。王族を優先するのが当然で、冒険者にとって最も重要度が高く、一番の利益が生じるだろうと疑問にも思わなかったが、確かにギルドがその原則を放棄《ほうき》したのだ。気遣いという言葉では片付かない。ギルドとしても、早々に授業を終えて協力関係を確かなものにしたいという思いがあったのは否めなかった。

「その点については、本当にすまんとしか言いようがねぇ」

職員はぐっと頭を下げて、謝意《しゃい》を示す。

その体勢のまま、誰も何も言わない時間が数秒。しかし、ゆっくりと頭を上げた職員の顔は厳しいものだった。

「だがな、王族を動かすのはやりすぎだ」

どうやって取り入った、などと言うつもりはない。

ギルドへ届いた書簡には、王族としてより学者として、授業の続行に妨げとなる行動は控えるよう綴《つづ》られていた。王族からの書簡というだけで力を持つが、権威を振りかざしたい訳ではないのだという意図があった。

だからこそ、職員は苦言を呈す。そこにあったのは純粋な冒険者としての不満。言ってしまえば、その程度の事に王族を使うなどあってはならない事だ。

「お前なら分かってんだろ。むしろ、知ってて今の状況作ったんじゃねぇか？　ギルドと国が友好的にってよ」

職員の言葉に、リゼルは微笑んで微かに首を傾けるだけだった。

否定も肯定もしない仕草。しかし、職員は自身の予想は外れていないだろうと確信を持っている。

急な事とはいえ成立した、ギルドと国の両者に有益な取引はまるで誰かに導かれたようで。

その誰かなど、王族に古代言語を習得させるという前代未聞の事態を生んだ穏やかな男以外にいない。

「何で今更、そんな」

それを取り消すような真似を何故、と言いかけた職員に、今まで静かに話を聞いていたリゼルの唇がゆっくりと開く。

「最初に、訂正だけしておきましょう」

静かな書庫に零された声は波紋《はもん》のように広がり、その場にいる者全てに届く。職員は咄嗟に口を閉じた。

「王族の方を動かすだなんて、そんな畏《おそ》れ多い真似はしませんよ」

「そりゃ……」

「殿下のご厚意です」

あっさりと告げたリゼルに、職員は曖昧《あいまい》に頷くしかない。

彼にとっては、リゼルの頼みで書簡が用意されていた方が幾らかマシだった。王族が自主的に動いたのなら、その不興を少なからず買ってしまった事に外《ほか》ならないのだから。

それ程に古代言語の習得に熱心だというのは心強いが、それを喜ぶ心の余裕など残念ながら今の彼にはない。

「後は大体、貴方の予想通りだと思います」

逆に言えば、リゼルが敢えて両者の関係悪化を望んでいる訳ではないということ。

ならばギルドからの謝罪を受けて、古代言語の授業は続けてくれる筈。職員はそう安堵した。

「ギルドにはいつもお世話になっていますし、お力になれるならなりたいとも思います」

働きには相応の対価があって然るべきだ。

リゼルは当然のようにそう思っているし、自らをその例外に置かない。貸し借り云々ではなく、純粋に「頑張ってくれたんだから何かあげたいなぁ」というざっくりとした思考が働いている。

今までも、有益な情報をくれたアインには迷宮品を、大侵攻でエルフへと声をかけてくれた少年には去り際に礼を、指示通りに動いてくれた精鋭達には彼らが喜ぶご褒美《ほうび》を。

今回もその例に違わない。書庫を見てみたいという個人的な目的ではあったし、その為の用意を任せて楽をしたいという気持ちも確かにあった。だがギルドを仲介せずに王族に接触する手段も確かにあったのだ。

「なら」

「だから」

言いかけた職員の言葉が遮られる。

「どうしてもという訳じゃないし、俺個人としてはどちらでも良くて」

「何を……いや、ちょっと待て」

「古代言語の授業を止《や》めることに、躊躇いはないんです」

職員は絶句した。

穏やかに微笑む顔に敵意はなく、苛立ちはなく、不満すらない。だからこそ、その言葉の意味を理解するのに時間がかかった。咄嗟に口を開く。

「だからってお前、こんな重要な事を勝手に……！」

「重要かもしれませんが、これは情報提供です。知っているでしょう？　迷宮についての情報提供は、あくまで任意だって」

王族が関わろうが何だろうが、確かにこれは情報提供の延長だ。

提供するかしないかは冒険者の勝手であり、むしろ今回はその垣根《かきね》を越えてギルド側が情報を求めた。その過程で王族の協力を仰ぐ事になったとしても、基本はリゼルの善意の上に成り立っている。

「それなのに〝勝手に決めるな〟と、貴方が言うんですか？」

職員は目を見開いた。

穏やかな微笑みは穏やかなまま、息を呑む程の清廉さを帯びる。ジルの瞳が牽制《けんせい》するように細まり、イレヴンが唇の端を吊り上げた。

「弁《わきま》えて」

従えているつもりだというのなら勘違いだと、それは強く職員の自覚を促した。

ごくり、と彼は喉を上下させる。何を言えば良いのか。そんなつもりはないと口にして良いのか。

必死に思考を巡らせる職員だが、しかしその緊迫した空気はすぐに霧散《むさん》した。

一体何が、と職員が視線を向けた先。ふいに悪戯っぽい笑みを浮かべたリゼルが、その手で己の首を柔く握る。

「俺に首輪をつけられるのは、唯《ただ》一人なんですから」

いるのかと、咄嗟に思ってしまったのは無意識の事だった。

急激に変わった雰囲気について行けず、ポカンと口を開ける職員にリゼルがひらりと手を振る。さてと閉じていた本を持ち上げる姿は、話は終わったのだと伝えてきた。

「なので、今度からはちゃんと俺達まで確認をとって下さいね」

「お、おう」

職員がぎこちなく頷けば、ふとジルが机へと歩み寄った。

同時にイレヴンも椅子の背から体を起こし、訝《いぶか》しげにリゼルの顔を覗き込む。気遣うようなその仕草に、職員はようやくリゼルが今まで全く身動きしていない事に気が付いた。

「リーダーさァ、今日なんでそんなピリピリしてんスか。具合悪ィの？」

「いえ、スポットが近くて。だから最近あまり外に出ないようにしてたのに、今日はやけに影響が出るんですよね」

「風ねぇからだろ。特に海風がねぇっつうのはあるかもな」

職員の顔が思わず引き攣る。

まさかここ数日、王宮に籠っていたのは教育熱心が故ではなかったのか。魔力溜まりの影響が嫌で依頼を受けなかっただけなのか。成程、ギルドのやらかしが気に入らない訳だ。

意外な所で発覚した真実に彼は盛大に肩を落とし、件の指名依頼の依頼人への謝罪を約束して、力ない足取りで書庫を出たのだった。


逞しい背を丸め、職員が書庫を去っていく。

外で待機していた兵に連れられていったのだろう。二人分の足音が離れていくのを聞きながら、リゼルはふいに苦笑を浮かべてぽつりと呟いた。

「あとは、流石は王族の方っていうのもあるかもしれません。つい癖で、仕事モードに入りやすくなっちゃって」

元の世界で他国の王族に会う時など、大抵が全力で仕事モードだ。その所為《せい》か、アリムを相手に古代言語を教えている時でも時折それが出そうになる。

こういう時、王族の影響力は凄いと思い知らされる。感心したように思いながら、リゼルは机の向かい側を振り返った。

「すみません、殿下。御前《ごぜん》で騒いでしまって」

「良い、よ。使ってって言ったの、おれ、だしね」

椅子の上に鎮座する布の塊の中から、抑揚のない笑いが零れる。

「あいつ最後まで気付かなかったな」

「ふっつーに王族動かすなとか言ったよなァ。リーダーさりげなくフォロー入れたけど」

アリムは職員が書庫を訪れた時から立ち去るまで、ずっとそこにいた。

普通に椅子に座って、普通に本を読んでいた。その姿はまさに布の塊。一目見ただけでは椅子の上に布が積んであるようにしか見えず、多少動こうと気のせいだと済まされるだろう。

なにせ、まさかその中に王族が入っているとは誰も思わない。職員も全く気付かず、意識を向ける事すらなかった。リゼル達もそれで良いのかと思わないでもないが、本人が気にしていないのだから良いのだろう。

「という訳で殿下、明日は自主勉強でお願いします」

「依頼、頑張って、ね」

何故か機嫌の良さそうな王族の応援の声を皮切りに、リゼルは読書を再開し、ジルとイレヴンは各々《おのおの》暇をつぶし始めるのだった。


翌日、リゼル達はとある喫茶店を訪れていた。

席は店の中でも一番端だが、大きく開いた窓に面しているお陰で閉塞感《へいそくかん》はない。明るいが伸びた屋根のお陰で日差しは遠く、風通しも良い。この店と席こそ、依頼人により指名された待ち合わせ場所だ。

先日、王宮からの帰り際に早速ギルドに寄って、指名依頼を受けた。そしてすぐ翌日に会おうというのだから、流石は団長の友人だけあって行動力がある。ギルドで待ち合わせた方が確実なのではと思ったが、そこは依頼人の方から〝入り辛い〟という理由で元より却下《きゃっか》されていたようだ。

「〝小説のインスピレーションを貰いたい〟って、何をすれば良いんでしょうね」

「店に集まれっつうんだから話でもすんじゃねぇスか」

グラスから器用に氷だけ口に入れ、噛み砕きながらイレヴンが言う。

確かに、某魔物研究家のように「冒険者の活動を生で見たいから迷宮に連れていってくれ」などとは言い出さないだろう。席まで指定しているのだから、この場で話すに留まりそうだ。

「冒険者の話聞きてぇだけなら俺らじゃなくて良いだろ」

「そこは団長が俺達の事を何て紹介したかによります」

そんな事を話していると、ふいにベルの音が店内に響いた。

扉が開いた事を知らせる柔らかな音だ。そろそろ時間だし依頼人が来たのかもしれないと三人が視線だけで窺うと、幼い少女が一人。どうやら違うようだと会話に戻ろうとしたリゼル達は、しかし近付いてくる小さな足音に口を閉じる。

「あ、あのあの、冒険者の方、なのかな…………だよね？」

座った状態で、尚も見下ろさなければ視線の合わない少女がすぐ隣に立っていた。

肩で切り揃えられた髪と大きな布のカチューシャが特徴的な少女は、幼い顔で恐る恐る三人を見上げていた。やっぱり違うかも、と自信がなさそうに揺れる瞳は大きく、前髪を整える仕草だけがやけに大人びて見える。

まさか、とジルもイレヴンもリゼルを見た。その視線を受け、人当たりの良い笑みを浮かべたリゼルが相手を安心させるようにゆっくりと問いかけた。

「こんにちは。依頼人の方ですね」

「は、はい」

「どうぞ」

依頼人である少女は、リゼルに促されるままに椅子へと腰かけた。そしてぺこりと頭を下げる。

「えーっと、それで……」

「子供が小説書いてんの？」

「イレヴン」

無遠慮に言葉を挟むイレヴンへと、窘めるようにリゼルは声をかけた。

しかしやや遅かったようだ。少女が不満そうに唇を尖らせ、じっとりとイレヴンをねめつける。

「私、絶対君より年上かなって、そう思うんだけど」

「は？」

「だって君達を紹介してくれた子と私、同い年だし。そうかなって」

団長はリゼルやジルとそう変わらない年だ。つまり目の前の少女も二十代後半。

外見と年齢がそぐわない者は少なくない。しかし小柄な団長でも年相応の体つきはしているし、イレヴンの母もやけに若々しいがスレンダーな大人の体形だ。

ただ少女は違う。どこをどう見ても、誰がどう見ても幼い。

「………ッややこし！」

「私の所為じゃないかな！」

顔を顰めたイレヴンに、少女が投げやりのように吠える。

彼女にとっては言われ飽きた事なのだろう。悪い事をしてしまった、と思いながらリゼルがジルを見れば、窓の外を眺めて全力で他人のふりをしていた。

確かに傍《はた》から見れば少女に絡む冒険者と勘違いされてもおかしくはないが、同じテーブルについているのだから無駄だろうに。

「小説家さん、先日はすみませんでした」

「え？」

気を取り直すように不本意そうな少女へと声をかければ、彼女はパッと目を瞬かせた。

「手違いで、一度お断りしてしまって」

「あ、ううん。私こそ変な依頼だし、受けて貰えただけ儲《もう》けものかなって」

「それなら良かった」

微笑むリゼルに、少女はこんな冒険者も居るのかと酷く感心している。

誰かが聞いていれば全力で否定しただろうが、口には出さなかった所為で彼女の中には間違った冒険者像が植え付けられた。その内、間違いに気付くだろう。

「あ、そうそう何か頼んで良いよ、私のおごりかなって」

「酷ぇ絵面《えづら》じゃん」

幼い少女に奢らせる冒険者三人。ナハスが飛んできてもおかしくない。

「良いの良いの、行きつけの店だから大丈夫かなって。ちゃんとお店の人達分かってくれるから」

直後、怒濤の勢いで頼み始めるイレヴンを少女は必死で止める羽目となった。

メニューの端から端までを、まさかリアルに体験する事になるとは思わなかったと彼女は後に語る。小説のネタにはなるけど、と結論付けるあたり生粋の小説家なのだろう。

「それで、インスピレーションをという話でしたが」

「あ、うんうん。今度王宮を舞台に逆ハーレムものを書きたいかなって思ってて」

「何それ」

早速運ばれてきたサンドイッチに齧りつきながら、イレヴンがリゼルを見た。

しかし答えを求めるように視線を向けられようと、リゼルもよく知らない。えーと、と今の所分かっている情報を頭の中で整理する。

「俺も、この国に来て初めて聞いたんですけど……彼女はその〝逆ハーレム〟ってジャンルの第一人者みたいですよ。若い女性の間で人気みたいです」

「へー、悪趣味な女多いんスね」

「独特な内容ですよね」

「え？」

「は？」

予想外の言葉に固まる少女と、その反応に「まさか良い趣味だとでも思っているのか」と嫌そうな顔をしているイレヴンを眺めながら、リゼルは自身やイレヴンが何かを盛大に勘違いしている事に気が付いた。

「周りに嫌われる話、じゃないみたいですね」

「違うかな！」

違うのか、と二人は思わず頷いた。

何せ離宮で複数人の側室に好意を寄せられる事をハーレムというのだから、その逆はといえば、複数人に嫌悪される物語なのだと思ってしまった。

そんな小説が若い女性の間で大人気というのは確かに怖い。

「じゃあ逆っていうのは……あ、性別ですか？」

「うん、そうそう。女の子のロマンって奴かな」

少女はごそごそと鞄から一冊の本を取り出した。

それを受け取り、リゼルはパラパラと目を通していく。成程、タイプの違う男性の何人かに好意を寄せられ、基本的には最後までそれに気付かない少女の物語のようだ。

隣のイレヴンも肩を寄せて本を覗きこんでくる。しかし、このアスタルニアでは本は娯楽の意味合いが強いが、他所《よそ》ではその知識を求める者しか手を伸ばさないものだ。その例に違わず、彼は大量の文字を前にすぐに白旗をあげていた。

「よく分かんねぇけど、一人の女取り合ってんスよね」

「そうですね。不思議と取り合ってるというほど険悪ではないようですけど」

「何で？　邪魔なやつ全員いなくなりゃ楽なのに」

少女はいきなりの物騒な発言にドン引いていた。

「え、えっと、あんまり乱暴な事しても女の子に嫌われちゃうかなって」

「別に良いんじゃねぇの？　取られるよかマシだろ」

「そ、そうなの？」

そうなのだろうかと混乱する少女と、訳が分からんと不思議そうなイレヴンにリゼルは苦笑する。

そもそもイレヴンに恋愛小説が致命的に合わない。そういった繊細な感情の機微など欠片も理解出来ないだろう。

リゼルも恋愛小説はこういうものだと理解は出来るが、共感は出来ない。ジルも言うまでもない。

依頼の人選を間違えているのでは、と思わずにはいられなかった。

「すみません、今回の指名依頼は団長さんの紹介なんですよね」

「え、うん」

「小説家さんはどんな相手を望んで依頼されたんですか？」

「え、えっと、〝とにかくキャラが濃い人〟って言ったら即答されたかな」

キャラが濃い認定されていた。

「結構男キャラって出しちゃったし、そろそろネタが尽きて来ちゃって。だから何か良いキャラクターが浮かんだら良いかなって」

そして少女は顔を輝かせ、怒濤の勢いで語り始めた。

次に書きたいのは王宮ものだということ。登場するキャラクターには勿論王子も考えていること。

実際に本物の王子に会う機会などないから悩んでいたが、それっぽいのがいると団長からリゼル達を紹介され、更に先日のギルドのごたごたで三人が本物の王族と顔を合わせていると知る事が出来たということ。

「君達って、王族の方に会ったんだよね？　変わり種《だね》の王族とか面白そうだし、参考になるかもしれないからちょっと聞きたいかなって！」

リゼル達は顔を見合わせる。

変わり種といえば全力で変わり種なのだが、正直に布の塊だと言って良いものか。目の前で期待しきっている小説家に、いや、王族に敬意を払うアスタルニア国民にありのままを伝えて良いものだろうかと。

そして三人は、言ったとしても信じないだろうしと考えながら口を開いた。

「身長の高い方でしたね」

「甘ったるい声してんな」

「布の塊」

ダンッと足を踏まれたイレヴンが机へと撃沈《げきちん》した。

無言で痛みをこらえる彼に、一体何がと疑問を浮かべる少女の視線を逸らすよう、リゼルがさり気なく話題を転換する。

「王族以外には、どんなキャラを考えてるんですか？」

「え、うーん……やっぱり王道に騎士とか、司書とかも良いし、あっ、世話をしてくれる執事とかも良いかなって！　前に出した本で執事ブームとか作っちゃったこともあるし！」

どんどんとテンションを上げる少女は、ついに意気揚々と鞄から紙とペンを取り出した。

何か思いついてしまったのだろうか。すかさず何かを書き殴る姿は、台本に向かう団長を彷彿《ほうふつ》とさせる。

そんな姿を、仲が良いんだろうなぁと眺めていたリゼルへふいにジルが視線を向けた。

「お前は割とすんなり動いたよな」

「何がですか？」

「世話役なんざ腐る程いただろ」

最初の頃は色々とやらかしたり、今も着替えが遅かったりとその片鱗《へんりん》は見せるものの、リゼルが自身の世話も出来ずにジルの手を多大に煩《わずら》わせた事はない。

何やらブツブツ呟きながらペンを動かし続ける少女を横目で確認したジルが、何ともなしに問いかける。

「お前も執事とかいたのか」

「いましたよ」

いきなりどうかしたのかと不思議そうなリゼルに、彼は「まぁそうだよな」と頷いた。

そしてようやく痛みから回復してきたイレヴンが、机に額をつけたままリゼルを見上げる。その途中、恨めしげにジルへと視線を送る事も忘れない。

「へー、世話されてたんスか」

「そうですね、小さい頃は着替えでも何でも手を借りてました。ただ、最近は後進の指導に当たることが多くて……世話を焼いてくれてたのは専《もっぱ》ら、領地を守護する軍の総長でした」

「護衛が世話まで焼くのかよ」

「屋敷の警護のついでみたいなものですし、ちゃんと役目は果たしてくれてたので」

リゼルは懐かしげに目を細めた。

今や総長の任についている彼は、執事同様に幼い頃からよく面倒を見てくれた。乳兄弟であり、まさに兄のような存在で、リゼルが初めて戦場に出た時もずっと隣にいてくれた。誘拐《ゆうかい》された時も父親と一緒に助けに来てくれた。その時は怖かったが。

元気にしているだろうかと思いふけるリゼルを見て、ふとイレヴンが身を起こす。サンドイッチを頬張り、もごもごと口を動かした。

「どんな奴？」

「そうですね……ジルの真反対、みたいな感じです」

「あ？」

「白い軍帽と白い軍服、何より凄く爽やかでした」

イレヴンはサンドイッチを噴き出しかけて何とか耐えた。しかしその背は堪えきれず震え、何とか口内のものを飲み込むと同時に噎《む》せている。

「イレヴンはい、水です」

「ごっほ、ありがと……ッはは、ニィサンすっげぇ顔してる……！」

顔を顰めているジルを見て、笑いをぶり返しているイレヴンに気がついたのだろう。少女がペンを止め、そしてきょとんと三人を見比べていた。

丁度メモも一段落したようだ。その様子を眺めていたリゼルと視線が合うと、彼女は慌てたようにペンを置いた。そして自らの暴走を誤魔化《ごまか》すように一つ咳ばらいを零す。

「どうでしょう、役に立てそうですか？」

「うん、間違いなく大丈夫かなって！　想像以上にキャラ濃いし！」

果たしてそれは褒め言葉なのだろうかと疑問を抱きつつ、三人は求められるままに質問からの返答を繰り返した。


それはまだ後の話となるが、少女がリゼル達の協力を元に執筆した作品が、アスタルニアの本屋に並べられた頃。

昼時で人の溢れる大衆食堂の一角で、リゼル達は三人揃って食事をとっていた。とはいえ食事中なのは、誰よりも量を食べる故にいつまでも食べ続けるイレヴンのみで、ジルとリゼルはとっくに食べ終わっているが。

そのリゼルの手には、一冊の本があった。

かの小説家から記念にと贈られたそれを読み終えて、彼はぱたんと本を閉じた。ふとジルを見て、ふむと一つ頷いて、再びパラパラと流し見てはジルを見る。それを数度繰り返す内に、いい加減気になったジルが訝しげに口を開いた。

「何だよ」

「いえ」

言いかけたリゼルが、ふと何かを企むような笑みを浮かべた。

本の中程のページを開き、ジルへと掲げてみせる。そして一つの台詞をとんとんと指先で示した。

ジルもイレヴンも、その本がとある少女によって書かれたものだとは知っている。一体何がと覗き込んだ二人は、片や盛大にニヤニヤと指名された男を眺め、片や嫌そうに顔を歪めた。

しかし後者であったジルがふと鼻で笑い、その一文を読み上げる。

「『そういう顔すんなよ。お前のこと……壊しそうだ』」

情緒たっぷりの声色に加え、片手で顔を覆うサービス付き。リゼルとイレヴンは咄嗟に噴き出した。ジルは意外とノリが良い。

小説の中では、王宮に属する騎士の一人が自らの強大すぎる力に苦悩しながら、耐えきれずヒロインを抱きしめていた。明らかにジルを意識したそのキャラクターに、リゼルは普段あまり魅力を感じない恋愛小説だというのに読んでいて物凄く面白かった。

「ふっ、ジル、もっと苦しげに……っ」

「ニィサン愛！　愛込めて！」

「アホ」

一瞬で元に戻ったジルが、リゼルの手からひょいと本を奪う。

そのままパラパラとページを捲り、そして目当ての台詞を見つけたのかその手が止まる。そして、開いたページが仕返しとばかりにリゼルへと向けられた。

リゼルは笑いすぎて涙まで浮かび始めた目元を拭い、節の目立つ長い指がトンッと示した箇所を覗き込む。「んっ」と咳払いをして、作中の聡慧《そうけい》な司書を真似て切なげな笑みを浮かべてみせた。

「『貴女は、私が何でも知っていると言ってくれますね。ですが……貴女を振り向かせる方法が、私には分からない』」

「あー、言いそう言いそう！」

「お前なら分かりそうだよな」

大好評なようで何よりだ、とリゼルも破顔《はがん》する。

にやにや笑うジルに一体自分の事を何だと思っているのかと考えつつも、その手から本を抜き取り返した。そしてページを選び、今度は爆笑しているイレヴンへと開いてみせる。

彼は笑いを湛えながら身を乗り出すように開かれたページを確認した。そして蛇のようになる赤い髪を指で弾き、完全に笑みを消してみせる。

「『アンタを手に入れる為なら何人だって殺す。だから……ッ頷けよ』」

「ちょっと過剰です、イレヴン」

「過剰だな、萎《な》える」

「えー、こんなもんっしょ」

王宮に忍び込んだ際にヒロインに出会い、絆を育んだ暗殺者の慟哭《どうこく》は面白がるリゼル達に容赦なくこき下ろされた。三人は暫くあれはこれはと台詞を選んでは遊ぶ。

そしてふと、それにしてもと机に置いた本を見下ろした。

三人が少女から依頼を受けた際、話をしたのは自分達に限った事ではない。他の知り合いの話も請《こ》われ、支障のない範囲でジャッジやスタッドなどについても話している。

その証拠にこの本には他に何人か、見知った雰囲気のキャラクターが登場していた。とはいえ、あらかじめリゼル達の話を参考にしたと知らなければ、本人が読もうと「似てるな」としか思わないだろう。少女もその辺りを配慮し、容姿は全く別人にしている。

「でもこれさァ」

「そうですね」

「ねぇだろ」

だが唯一、誰を参考に作られたキャラクターなのかを悟れる三人だからこそ、非常に複雑な思いを抱かずにはいられなかった。

『僕は貴女の為に、何が出来るのかな……何かしてあげたい』

『取り敢えずベッドで一晩好きにさせてくれれば良いと思うわ』

献身《けんしん》的な青年へヒロインが即答する。

『貴女と接していると、私が私でない誰かになったようで不安になります』

『そんな不安アタシが一晩で忘れさせてあげるから服脱いで』

無感情な青年へヒロインが即答する。

『何でそんなに質問ばかりって？　君に興味があるからに決まってる。……悪い？』

『全然悪くないから興味のままに愛の肉体言語で語り合いましょう』

ペースが独特な青年へヒロインが即答する。

「即物的《そくぶつ》すぎんだろ」

「何で薬士《くすりし》さんを参考にしたんでしょうね」

「これ恋愛小説っつーの？」

体の相性にこだわりが強すぎるタイプのヒロインだった。

イレヴンの疑問はもっともだろう。何万の本を読んだリゼルにもこれが何かなど分からなかった。

そんな、自分達の所為だろうかと本を見下ろす三人の後ろ。

アスタルニアの少女達の間で今、最も話題となっている小説家の新作の発売日。それから数日たった今日、店内にいる少女達の手にはしっかりとその本が握られていた。持たずとも読み終えている者も多いだろう。

彼女達は昼食をとりながら本の感想トークに花を咲かせ、奇抜《きばつ》なヒロインにこれは〝あり〟か〝なし〟かと話し合っていた所だった。だが、好んでいる作家の新作には変わりない。

それをネタにからかう様に盛り上がる男三人に咄嗟に嫌悪の視線を向けたは良いものの、小説から抜け出したかのようなリゼル達の姿と演技を目の当《ま》たりにし、思わず凝視《ぎょうし》して動きを止める少女達が続出していたのをリゼル達は知らない。

87.

巨大な牙を剥いて迫る鎧王鮫《オリハルコンシャーク》を前に、ジルは唇の端からこぽりと泡を零す。

並の冒険者ならばまともに立ってもいられないだろう水流を巻き起こし、迫りくる巨体。大きく開かれた洞穴《どうけつ》のような赤黒い口内は、獲物を捉えて真っ直ぐに迫りくる。そこに幾重にも並ぶ巨大な牙に、誰もが死を覚悟するだろう。

まるで恐怖の具現。逃げる事など出来ず、許されるのはただ立ち尽くすのみ。

そんな相手を平然と見据え、ジルは己の身に牙が触れようとする瞬間に床を蹴った。機動力は格段に劣る。しかし、早めに動いては軌道を修正されて食い千切られる。寸前で動くしかない。

そこに全く気負いなどなかった。街中で人とすれ違うのと変わらぬものであった。掠っただけで腕を切り裂くだろう牙が、数センチ先をゴウゴウと音を立てて過ぎていく。

ジルはそれに目もくれず、片手に握る大剣を振るった。水中では酷く扱いにくい筈のそれを、力と振りの鋭さに任せて振り抜く。ガキンッと鈍い音が水中に響き渡った。

「……ッ」

小さく舌打ちし、過ぎ去り際に襲いくる力強い尾を剣で受ける。

その衝撃は水中で支え切れるものではなく押しのけられ、泳ぎ抜けた巨体を見送りながら再度鋭い舌打ちを零した。

鱗の一枚でも剥がしてやりたいとは思うが、それも難しい。鎧王鮫《オリハルコンシャーク》の鱗は全てが互い違いに重なり合い、決して剥がれないようになっている。だからこそ肉の賞味の為には、それを剥がす技術を持つ漁師の存在が必要不可欠で、その技術を絶やさぬようリゼルが配慮したのだから。

しかし、破壊は不可能ではない。

ジルが先程から攻撃を加えているのは一枚の鱗。そこには既に、幾筋もの傷跡が刻み込まれている。半端な攻撃では傷一つ付かないそれに傷を付けた男は、しかし何とも情けないものだとガラの悪い顔を歪めた。

「(体が固定出来りゃな……)」

この広い空間で、鎧王鮫《オリハルコンシャーク》は決して壁に近付く事がない。

たとえ壁際で待機していようが、寸前で方向転換されてしまう。前回のように腹を晒《さら》そうにも難しい。今回は望んで一人で来たのだから、いれば良いのにとは思わないものの、リゼルが〝特化した強さは持たない癖にいれば酷く便利な存在〟なのだと何度目かの実感をしてしまう。

戦闘でも何でも、効率良く済ませようとするのがリゼルらしいと言えるだろう。

勿論、前提に楽しむ事があるので何でもかんでも最短で終わらせる事はないが。ジルやイレヴンの望みを汲んで、その上で最善の道を示す事に秀でている。

だが今のジルにそれは必要がない。強さを求めるにあたり、限界まで出し切るのが手っ取り早いのだと教えられた。どこぞのスリルを快楽に変える悪趣味な獣人と一緒にはされたくないが、接戦を演じられる相手というのは望む所なのだから。

「……」

自身を見据え、ガチガチと牙を鳴らす鎧王鮫《オリハルコンシャーク》が今まさに猛進しようと尾を振った。

ふと、ジルは何かを思い付いたように薄っすらと唇を開く。息を吐くと同時に、コポリと零れた小さな泡が頬を伝う感触がむずがゆい。

「(一人じゃなきゃやらねぇけど)」

左手で握った大剣を体の横へと下げた自然体のまま、ジルは微かに笑った。

鼓膜《こまく》に突き刺さるような鎧王鮫《オリハルコンシャーク》の牙の音。それがふいに止み、そして巨体が踊り狂う。人など容易に呑み込める程に大きく開かれた口が壮絶な勢いで迫った。

大ぶりのナイフを右手に握る。逆手に構え、肉薄した鎧王鮫《オリハルコンシャーク》を鼻先で避けた。轟々《ごうごう》と颪の音にも似た水音、それも届かぬ一瞬の間。ジルはナイフを腕ごと分厚い牙の内側へと差し込み、躊躇《ちゅうちょ》なく赤黒い口内へと突き立てた。

致命傷には全く届かないだろう。だが、感じた痛みに反射的に巨大な口は閉じられた。ガキンッとまるで重たい金属同士がぶつかったような、全てを噛み砕く破壊音が水中に破裂する。

「(この装備じゃなきゃ千切れてたな)」

それに対し、ジルは不快げに眉を寄せただけだった。

視線は、牙に挟まれ肘から先が見えない己の腕を一瞥する。折れた感覚はしたが、それだけだ。脳が焼け落ちる程の激痛などまるで気にしていない。

いまだ勢いを衰える事なく泳ぎ続ける鎧王鮫《オリハルコンシャーク》は、自身が獲物を咥《くわ》え込んでいると気がついているのだろう。その腕を引き千切ろうとグンッと進路を変えた。

本来ならばそれでジルの腕は千切れ落ちていただろう。だが、最上級と称される装備がそれを許さない。それを確認したジルが足を鱗へかけ、体勢を整える。

もう水流には左右されない。質量差に押されて流される事もない。彼は目を細めて嗤《わら》い、強く握り締めた大剣を傷だらけの鱗へと突き立てた。


「…………ん？」

カリリ、とペン先が紙の上に掠れた軌跡を残す。

リゼルはふっとそれを持ち上げ、そして直前にペン先を浸した筈のインク壺《つぼ》を見た。ペンを置き、手に取って中を覗き込む。見事にガラスの底が顔を覗かせていた。

太陽が頂点にはもう少し届かない時間、リゼルは宿の部屋で一人机に向かっていた。

宿主に聞いた限り、ジルは朝焼けが残る早朝に出かけたようで、イレヴンはまだ寝続けているが今日は出かけると聞いている。アスタルニアを堪能しているようで何よりと、何となくそう思いながら固まりきった背筋を伸ばす。

そして椅子へと引っ掛けたポーチへと手を伸ばし、代わりのインク壺を求めて中を漁った。しかしその手はすぐに、ピタリと止まる。

「（そういえば、アスタルニアに来てから買ってなかったな）」

あと少しなのに、と机に広げていた途中書きの楽譜を見下ろした。

それはアリムの為に作った教材だ。国一番の学者という通り名は伊達《だて》ではなく、覚えも早ければ一を聞いて十を知る知識量を持つ。何より学習意欲が抜群で、教える側としては理想的な生徒であった。

そんな彼だが、最近は音楽ばかりで古代言語に触れられず、フラストレーションが溜まっているだろう。そろそろ並行して直接的な解読に触れて行こうかと、リゼル自ら教材を用意していた。古代言語の資料など何処にもないので作るしかない。

取り敢えず宿主に聞いて、アスタルニアでは誰もが知っている有名な童話を楽譜に直していたのだが、それも中断となってしまった。リゼルはポーチを持ち、立ち上がる。

「(何処で売ってたっけ)」

キリ良く作りきってしまいたいと、簡単に身なりを整える。

装備ではなく、私服の上からポーチを腰に巻き付けた。風が通って気持ちが良いからと開けっ放しの扉を出て、店の見当をつけながら階段を下りる。

とはいえ、普段の行動範囲にあるのは冒険者関係の店か飲食店、屋台ばかり。

「(ファンタズムの公演を見に行く時、見たような気も……)」

最後の一段を下り、トンッと足を床につけた。すると丁度、洗濯物の入った籠《かご》を運んでいる宿主が現れる。

「どうもお出かけですか。一瞬〝手伝ってくれませんかなーんちゃって〟って言おうと思ったけど、承諾された時の居た堪れなさを想像するだけで冷や汗かくので止めた俺です」

相変わらず色々口に出る人だと思いながら苦笑する。何を考えているか素直に伝えてくれるのは分かりやすいし、面白いので良いのだが。

とはいえジル達に言わせると〝情報量がうるさい〟らしい。

「インクが切れたので、買いに。近くにお店ってありますか？」

「インクぐらいなら貸しますけど」

「いえ、これから頻繁《ひんぱん》に使いそうなので」

申し出を有難く思いながらも断れば、宿主は成程と頷いて幾つかの店を紹介してくれた。

出来るだけ近場の店を紹介してくれたのだろう。聞く限り、一番近いのはギルドを通り過ぎた先にある店か。ついでにギルドを覗いて依頼を眺めるのも良いかもしれない。

「有難うございます、宿主さん」

「今確実に俺は微笑みという名の御褒美を貰ったに違いない。そういえば獣人なお客さんってまだ起きないんですかね、シーツ干したい」

「昨日は遅かったみたいだし、まだ起きないと思いますよ」

リゼルも昨晩は、真夜中を過ぎても読書に励んでいた。

しかしイレヴンは見ていない。物音一つ立てない存在にリゼルが気付く事など出来ないのだが、彼は宿に帰った時にリゼルが起きていれば顔を出す。それがなかったのだから、リゼルが寝た後に帰ってきたのだろう。

「朝に弱い子なので、昼過ぎまで起きないかもしれません」

「起こすと死ぬんだろうなぁ諦めます」

少しばかり顔を青くしながら残念そうに呟いた宿主に微笑み、リゼルは「いってらっしゃいませ」と何故だか異様に丁寧に送り出されながら宿を出た。


強い日差しに目を伏せながら、アスタルニアの通りを歩く。

「(今日はどうしようかな)」

頻繁に訪れている王宮の書庫だが、元々は空いた時間にという約束だ。

特に行く日も決まっていなければ、行かなければならない日もない。そんな約束が出来るのも、アリムが書庫にひたすら引きこもっているからだろう。いつ訪ねようといる。

「(別に、いいかな)」

今日は教材作りに励もうか、と内心で頷いた。

ジルとイレヴンの両名が、リゼルが一人で王宮に行くのを嫌がっているのは気付いている。その上で、一人で向かおうなどという気の回らない真似はしない。

時折、弱々しく頬を撫でる風が細い髪を掬《すく》う。リゼルがそれを耳にかけ、気になる依頼があったら一人で受けてみるのも良いかもしれないと考えていた時だ。

ふいに、前方から喧騒が聞こえた。

他の道を使うにも遠回りになってしまう。歩みを止める事なく近付いてみれば、どうやら冒険者同士の諍《いさか》いが起こっているようだ。周りを取り囲む野次馬は遠巻きにする事なく囃《はや》し立て、流石はアスタルニアだとその横を通り過ぎる。

冒険者同士の言い争いというのは、王都でも決して珍しくはない頻度で起こっていた。しかしアスタルニアでは更に頻繁だ。彼らにとっては、じゃれ合っているようなものなのだろうが。

「(絡まれる事はあるけど、ああいう風に……ガンの付け合い？　舐められない為の様式美、みたいなのはないかも)」

二つのパーティがにらみ合い、何見てんだコラやるかコラと言い合うパターン。

リゼル自身は意外とそれに当たらない。通り過ぎた喧騒を背中で聞きながら何故だと不思議に思う。とはいえ、その喧騒もじゃれ合いとはいえ長く道を塞《ふさ》いでいるし、これで剣を抜こうものならギルドが黙っていないだろうが。

その時、ふいに聞こえた悲鳴と非難。そして何かが壊れる音。

ヒートアップする怒鳴り合いに、やってしまったようだと歩調を緩めず考えていれば、ふと前方に立ち上る土煙が見えた。ドドドドと近付いてくる地響きと共に、現れたのはスキンヘッドを輝かせた筋骨隆々なギルド職員。

リゼルはそっと道の端に寄った。その横を、その巨体に見合わぬ猛烈なスピードで職員が駆け抜けていく。彼はそのまま騒ぎの中心地へと迷うことなく突っ込んだ。

「人様に迷惑かけるような真似はすんじゃねぇって言っただろうがクソガキ共ォ!!」

足を止めて振り返ったリゼルが見たのは、筋肉の隆起する太い腕に顔を引き攣らせた冒険者達が根こそぎ跳ね飛ばされた光景だった。

それを眺めながら一つ頷く。あれが噂の〝オヤジのラリアット〟。王都ではスタッドが絶対零度に粛清《しゅくせい》していたし、商業国《マルケイド》ではレイラの拳が謝罪を口にするまで叩き込まれるらしいしで、ギルド職員もなかなかに逞しい。

そして冒険者をひっ捕まえて説教しつつ、出してしまった被害に対する弁償まで取り仕切るのだから彼らも大変だ。最近、一番の大仕事を押し付けたリゼルはそれを全力で棚上げしつつ、内心で冒険者ギルドを労《ねぎら》った。


そのまま歩くこと暫く、この辺りでは最も大きな建物であるギルドが見えてくる。

その扉の横に見知った露店と商人の姿を見つけ、リゼルはそちらへ足を向けた。ほとんどの冒険者が依頼に出払う時間帯だ。露店を覗く者はおらず、金髪を二つに結んだ商人も休憩だとばかりにパンを咥《くわ》え、形だけの店番をしている。

食事の邪魔はしない方が良いか、と進路をギルドへと戻した時だ。分厚い絨毯に胡坐《あぐら》をかいた彼女と、ふいに目が合った。モグモグと膨らんだ頬を動かしていた商人は、それをゴクリと飲み込むとニッと気風《きっぷ》よく笑う。

「何や、あんさんかい。前は儲けさせてもらってえろう助かったわ」

「こんにちは」

「おん。どや、今日も良い品揃っとんで」

ニンマリと笑った商人に、ちょっと気になると微笑んで露店に向き直った。

しゃがんで並べられた商品を見れば、以前とややラインナップが変わっている。消耗品や必需品などはそのままだが、ハンマーや眼鏡が置いてあった所には別の便利グッズがあった。

売れてしまったのだろうか、と思いながらリゼルは何に使うか分からない巨大な針やハサミを手に取る。それをまじまじと眺めていれば、パパッと食事を終えた商人が説明してくれた。どうやら両方とも、魔物解体用の道具のようだ。

「こういうのがあると解体しやすいんですね」

「魔物によっちゃ必須やで。蝶《ちょう》系魔物の燐粉《りんぷん》採取とかやと、この針使わんと逃げるか反撃食らうし」

ジルが鷲掴《わしづか》むので知る由もなかった。

生きたままでないといけないから羽を固定して、でも羽ばたいてくれないと燐粉が獲れないからこの針を使って、そう説明してくれる商人にリゼルは神妙な顔をして頷く。

そもそも、解体用の道具をジル達が使う所など見た事がない。二人ともナイフ一本で綺麗に解体してしまう。リゼルも教わりながら時々解体するがなかなか上手く出来ず、熟練の冒険者は凄いなぁと思っていたが、こういう道具があると違うのかもしれない。

「他にも冒険者の必需品が目白押し！　欲しいモンがあったら何でも言いや！」

「あ、じゃあインクが欲しいんですけど」

「冒険者の必需品言うとるやろ何聞いとんねん」

ないらしい。

「でもイレヴンから、普通ならマッピングしながら迷宮を進むって聞いた事が」

「あんさんら迷宮めっちゃ攻略してるんとちゃうんかい！」

何故そんな初歩中の初歩を知らないのかと絨毯を叩いてやり場のない感情を発散させている商人に、リゼルは可笑しそうに笑う。

「記憶力、良いんです」

「そ……や、そういうんちゃうやろ。そんなん、出来、あー……なぁ！」

「何がですか？」

「伝わらんなぁ……」

商人が色々と放り投げるように盛大な溜息をつき、消耗品が並ぶ一角から数本の棒切れを持ち上げた。黒い棒に布が巻きつけられたものだ。

目の前に差し出されたそれを、リゼルは目を瞬《またた》かせながらじっと見る。

「迷宮ん中でいちいちインク壺出してペン浸して平らな場所探してって出来るかい。これや」

「あ、木炭ですね。でもこれだと、簡単な線を引くだけしか……」

「充分やないか」

リゼルは気にした事がないが、そもそも冒険者が文章を書く機会など滅多にない。

依頼で必要になった時だけギルドの机に置いてあるものを使い、四苦八苦しながら慣れない手つきでペンを握るのみ。読めるのに書けない、という者も少なくなかった。

「インクなんて何に使うねん、あんさん冒険者やんな。見えへんけど」

「今、どうしても必要な楽譜を書いていて」

ひくりと商人の口が引き攣った。

それと同時にバタンッとギルドの扉が開き、小さな影が転がり出てくる。半泣きになりながら出てきた幼い少女は、つい先日リゼル達が顔を合わせたばかりの小説家だった。

「わぁぁん！　やっぱり厳《いか》つくて怖い人ばっかかかな！　今まで近付いた事なかったけど穏やかで品の良いお兄さん系の冒険者さんに会ったし、冒険者の中にもこんな人がいるなら怖くないかなって思ったのに！」

「こんなんがホイホイいて堪《たま》るかっちゅうねんボケェ!!」

「うわぁぁぁん！　知らない女の子にまで怒られたかなって!!」

混乱のあまり訳が分からなくなり、ぎゃんぎゃんと叫びながら涙を滲ませる小説家に、リゼルは苦笑を浮かべながら立ち上がる。ハンカチを差し出せば、彼女は礼を告げながら受け取った。

グスグスと鼻を鳴らしながらハンカチに顔に押し付ける小説家を、これで落ち着いてくれるだろうか見下ろしていた時だ。ふいに彼女がピシリと動きを止める。顔を覆ったハンカチからそろそろと瞳を覗かせた小説家に、リゼルは柔らかく微笑んでみせた。

恐らく小説家として冒険者という職に前々から興味はあったものの、怖くて近寄れなかったのだろう。だがリゼル達に出会い、意外と落ち着いて話せたのを切っ掛けに、勇気を出して資料集めか何かでギルドへと突入したらしい。

アスタルニアの冒険者を思えば、幼い見た目の彼女が煽られたのは想像に難くなく。冒険者側からしてみれば挨拶代わりに囃し立てただけだとしても、小説家にとってはそうではなかったのだろう。

「大丈夫ですか、何かされました？」

ならば責任の一端は自分にある。と、までは行かないが、冒険者について説明不足だったかもしれないなとは思う。

低い背丈に合わせるようにかがみ、少しだけ首を傾けて問いかければ、呆然としていた彼女が目を見開いた。

「び、びっくりしたかなって」

「すみません」

「う、ううん、君の所為じゃないかなって……あ、これ、有難う。洗って返すね」

「良いですよ」

どうやら落ち着いたのだろう。

良かった良かったとリゼルは背筋を伸ばし、小説家の手からさり気なくハンカチを回収した。渡したままでは本当に洗って返されてしまいそうだし、そのまま贈れば新しいものを買って返されそうだからだ。

ハンカチをポーチへ仕舞っていると、ふと露店に座る商人から視線を感じた。そちらを見れば、全力で胡散《うさん》臭そうに此方を見上げる商人が目に入る。

「……親子じゃないやんな」

「依頼人だった方ですよ」

「冗談やて、冗談。てか幼女が依頼人って何やねん」

「君より確実に年上かなって！」

やはり一目で小説家の実年齢を当てるのは難しいのだろう。

気持ちは分かると頷きながら、「嘘だ」「嘘じゃない」とやり取りしている二人を眺める。商売で各地を回る商人ならば、色々と面白い話も知っているだろう。小説家にとっては良い出会いになりそうだ。

「本当ですよ、商人さん」

「げ、マジなんか」

「ほらぁ！」

先程の冒険者達に比べ、威勢は良いものの随分と可愛らしい言い争いをしている二人に口を挟み、リゼルは取り敢えずと互いの紹介をした。紹介といっても何を知っている訳でもないが、ないよりはマシだろう。

「何や、あのアホみたいな小説で有名な奴なんか」

「アホって何かなって！」

「魔物と恋愛とかアホやろ。まぁ、ウチらじゃ出来へん発想には感心するわ」

言い方は微妙だが、商人は言葉通りほうっと感心したように目を瞬いた。

ウチら、というのは魔物を知る者という意味だろう。小説家としても実際に魔物を見た事もなく、こういう魔物がアスタルニアにはいるという噂を元に書いた小説なので、その点については特に反論はないようだ。

「他の国であんま見ぃひんジャンルやし、仕入れて他で売ったろかって話もウチらん中で出とるで」

「たくさん買ってくれるのは嬉しいけど、あまり多すぎると難しいかなって。本用の複写魔道具、この前一台壊れたって聞いたから」

「マジかい。伝えとくわ」

商人は予想通り流れの商隊に属しているのだろう。

そのトップに伝えておく、という事か。運ぶには重く、需要も限られる本に手を出せるというのだから、それなりに大きい商隊《しょうたい》なのかもしれない。

「(本の製作過程は、こっちでも一緒かな)」

リゼルの元の世界でも本の複製には魔道具を用いる事がある。

とはいえ過程は手作業であり、大量に一気にとはいかない。更に希少な魔道具だけあって、マイナーな本には使われない。更に迷宮産の本には何故か使えないので、手での写本《しゃほん》も未だに現役だ。

「それで、小説家さんがギルドに来たのは」

「あ、そうそう!」

パッと小説家が顔を上げる。

「前から冒険者モノも書きたいかなって思ってたんだけど、やっぱり怖いかなって」

前髪を整えながら告げる小説家に、商人が訳が分からないとばかりに顔を顰める。

「あんなん脳筋《のうきん》ばっかやで、絡まれても軽く流しときゃ良いねん」

「それが出来たら苦労しないかなって」

「何や、小説では男転がす女ばっか書いとる癖に出来んのかい」

身も蓋《ふた》もない。

恋愛小説を読んだ年頃の少女から出る感想ではないが、この辺りに商人としての現実主義が出ているのだろうか。そういえばジャッジも時折そんな顔を覗かせていた気がすると、リゼルは意外と商人としては強《したた》かだった気弱な青年を思い出した。

「全然異性と交流のない私の小心者加減を舐めないでほしいかな！　冒険者って活動的っていうか目立つ人種っていうか接するには私じゃ難しすぎると思ってるんだけど！」

「何そこまでテンパっとんねん！」

必死すぎる小説家に若干引きつつ、商人が形ばかりの謝罪を口にする。

商人として人と関わる事に慣れている彼女には、小説家の言い分がいまいち理解出来ないのだろう。自分を怖がる素振りはなかったのに、とリゼルは不思議そうだ。

「ギルドについて話を聞きたくて、交渉しにいったら怖い職員がいるし……その人もなんか途中で〝道端で冒険者が暴れてる〟とか苦情みたいなの聞いたら凄い勢いでギルド飛び出してくし……残された私の心細さ！　子供が何しに来たって囃し立てられた恐怖！　向けられる獰猛な男の視線！　どれだけ私が怖かったか分かるかなって!!」

「アンタの方が怖いわボケェ!!」

血走った眼で自らの恐怖を語る小説家の頭に、パシーンッと商人の突っ込みが入った。

どうやら先程目撃した一件が関係していたようだ。アスタルニアギルド職員の中でも一、二を争って人相の悪い職員に交渉しに行ったあたり、小説家も相当頑張ったのだろう。

避けてもどうせ彼に話が行くのだから、結局は強面相手に交渉しなければならないのだが。リゼルは微笑み、ここまで頑張ったのだから成果なく帰るのは残念極まりないだろうと小説家へと声をかける。

「今から少しギルドを覗いていくんですけど、小説家さんもどうですか？」

「え、あのあの、良いのかな……！」

「あー、せやせや。甘えとき」

シッシッと追い払う様に手を振る商人に見送られ、リゼルはギルドの扉へと手をかけた。

それを押し開き、少し端に寄る。後ろに続いていた小説家がきょとんとリゼルとギルド内を見比べ、そして慌てたように小走りでギルドへと足を踏み入れた。

キィ、と微かに軋《きし》んだ音を立てて扉が閉まる。ギルドには何組かの冒険者がいた。

その音に反射的に扉を見た彼らはリゼルを確認し、この人結構一人で来るよなと視線を外しかけ、しかし小説家の姿を見つけて再び勢いよく二人を向いた。リゼルの腰の後ろから顔を出した小説家が、ぽかんとした顔で此方を見る冒険者達に口元を引き攣らせる。

しかし平然とギルドの中を進むリゼルに、彼女は慌ててその後に続いた。

「あれが依頼ボードです。奥の方がランクの高い依頼で、低ランクとか見てて面白いですよ」

「へ、へぇ……」

「その横にあるのが警告ボードです。魔物の異常発生やスポット……魔力溜まりなんかの危険な場所を知らせてくれます。最近は遠ざかってるので体が楽ですね」

「ほ、ほほう……」

「置いてある机は冒険者が自由に使って良いもので、依頼前の打ち合わせや暇つぶしなんかに使われます。俺も腕相撲をしたりしたんですよ」

「べ、便利ー……」

ほのほのと案内するリゼルを見て、周りの冒険者達は訳が分からないながら、取り敢えず「何であの人が冒険者を代表するように語ってるんだ」と内心で盛大に突っ込んだ。確かに説明は間違っていない。間違ってていないが釈然としない。

やり場のない思いにもどかしげな彼らを気にせず、リゼルは説明を続けながらスタスタと依頼ボードへと近付いて行く。

「俺は予定通り依頼を眺めてるので、その間ギルド内を見学……は一人じゃやりづらいかな。冒険者の方に話を聞いてみると参考になるかもしれませんよ」

「それが出来たら苦労しないかなって！」

小説家として、ギルドに協力を取り付けるのは今この場では難しいだろう。

ギルド長もいなければ、取り仕切るナンバーツーもいない。それは後日改めるしかないが、冒険者ものを書くなら様々な冒険者に話を聞いておいて損はない筈だ。

そう思って提案してみたが、見下ろした先の小説家の冷や汗が凄い事になっていた。どうやら難

しそうだと思うものの、かといって自身が依頼を眺めている間、傍で立っているだけではつまらないだろう。リゼルとしても女性を放置するような真似は避けたい。

「じゃあ……」

どうしようか、とギルド内を見回す。

すると、とある冒険者を見つけた。団長が演じる魔王に恋するという修羅《しゅら》の道を選んだ冒険者だ。

目が合った彼は盛大に顔を引き攣らせ、固まっている。

どうやら一人のようだ。納品の三割、などの特殊な報酬は確認にやや時間がかかる。恐らくそれで待っているのだろうと、リゼルは彼が席に着く机へと歩み寄った。

「こんにちは、よく会いますね」

「お、おう」

男は恐る恐る頷いた。

彼は別にリゼルの事が嫌いな訳でも苦手な訳でもない。むしろ想い人の情報をくれる貴重な人物であり、自らへの興味もない癖に威圧感のあるジルと、嘲笑を隠そうともしないイレヴンがいなければ、人当たりも良く比較的話しやすい相手だろうと思っている。

だが、穏やかな割にやる事なす事の予想がつかないので身構えてしまうのだ。特に今など、後ろに少女を連れているという意味不明な状況。むしろ彼は、彼女一人がギルドを訪れた際に周りと一緒に野次《やじ》ってしまっている。

「君にお願いがあります」

「何だよ……」

「彼女、作家なんです。冒険者を題材とした話を書きたいそうで、少し話を聞かせてあげてほしくて」

どうかな、と窺うように微笑むリゼルを男は唖然と見上げた。

そしてギルド内の数多の視線が集まる中、平然と話をするリゼルへと尊敬の眼差しを贈っていた小説家も唖然とリゼルを見上げた。彼女はすぐさま、小声で必死に呼びかける。

「ちょ、ちょっと待ってほしいかな！」

「どうしました？」

「あのあの、冒険者と話せるのは凄く嬉しいんだけど！　それはもう嬉しいんだけど！　もっとほら、他にも大人な人いるし、こんないかにもヤンチャな子はちょっとやりにくいかなって……！」

ちなみに男には丸聞こえだ。

彼は確かに、道端でたむろっていても可笑しくはないタイプだろう。リゼルより年下だろうが、ヤンチャという可愛らしい表現では済まない風貌もしている。冒険者の中では珍しくないが、冒険者と全く関わりを持たない人々にとっては確かに話しかけづらい。

しかし「ヤンチャって……」と複雑そうな男を尻目に、リゼルは不思議そうに小説家を見下ろした。

「ジルとかイレヴンとかは平気でしたよね？」

「あれはだって依頼だったたし、あの子の紹介だったなら悪い人じゃないし、話し合いの形が整ってるなら私だって普通に話せるかなって」

「ジル、凄くガラが悪いじゃないですか」

「でも、いきなりザクッと襲われる事を心配するようなガラの悪さじゃないかなって！」

確かにと頷くリゼルを、小説家がそわそわと前髪を直しながら上目で窺う。

「えっと、迷惑かけたい訳じゃないかな。ギルドの中を見れるだけで充分だし、気にしないでもらえれば良いかなって」

「大丈夫、迷惑なんて思ってませんよ」

微笑み、リゼルはふと悪戯っぽく目を細めた。

あまり良い真似ではないが、秘密と言われた事もない。身をかがめ、内緒話をするように小説家へと囁く。

「彼が怖くなくなる秘密、教えてあげます」

「うぉぉ……」

小説家は近付いた顔に真顔で呟きつつ耳を澄ませた。

彼女はちらりとリゼルの顔を見る。特別美形ではないが、左右対称に整った清廉な顔。笑みは柔らかく、こういった人が怒った時にはどうなるのだろうと考えてしまうのは小説家としての性なのか。とにかく無表情で相手を叩いて踏んで泣くまで責めてほしい。そんなとんでもない小説家の思考など知らず、リゼルはそっと秘密を打ち明ける。

「彼が今惹かれてるのは、団長さん演じる魔王様、です」

「ぶっふ!!」

盛大に噴き出した小説家に、男の肩がビクリと跳ねた。

ちなみに彼はその恋心がいまだに誰もバレていないと思っている。リゼル達をはじめ彼のパーティメンバーや、その場に居合わせた察しの良い面々には大体バレているのだが。

リゼルはプルプルと肩を震わせる小説家を見下ろし、どうやら恐怖も消えたようだしと男の方を向いた。小説家と自らを見比べる男へにこりと笑う。

「という訳で、お願いしますね」

「いやさっきそいつ俺のこと結構散々言ってたぞ！　それにガキの相手なんざした事ねぇしよ！」

「失礼ですよ、君より年上の女性に対して」

ギルドから一切の音が消えた。

幸いな事に、いまだ笑いを堪えるのに必死な小説家は気付いていない。気付いていたら、誰も何も言っていないにも拘らず「喧《やかま》しい!!」と声を張り上げていたかもしれない。

「それに、ほら」

今度こそ完全に固まった男へ、リゼルは周りには聞こえない声量で決定打を口にする。

「魔王役の子の友人です。親切にしておいて、損はないと思いますよ」

「何でも聞けよ、お姉さん！」

「お、お姉さん……！」

張り切りきった声に、感動を孕む声が返されるのを聞いてリゼルは解決を悟った。

早速とばかりに椅子を引いて小説家を座らせると、さてと依頼ボードの確認へ向かう。後に残された二人が意気揚々と話す声と、ざわめきを取り戻した周囲が嘘だ嘘だと騒ぐ声を聞きながら、何か面白い依頼はないだろうかと雑多な依頼用紙を眺めるのだった。


「ッあー……うっぜ」

夕焼けに赤く染まる海の上を、まるで滑るように進む小舟の上。ふらつく事なく立つイレヴンは、鬱陶しげに濡れて束になった髪を絞る。ボトボトと水滴が船底を叩いた。

水分を存分に含んだ髪も、服も重い。リゼルがいれば風を起こしてパッと乾かしてくれるのに、と舌打ちを零しながら髪を纏めている紐《ひも》を抜く。

濡れてファーの萎《しぼ》んだベスト、そして肌に張りつくシャツも脱いだ。頭からそれを抜いた瞬間、鎖骨に触れたアクセサリーが冷たく、濡れた髪が背中を覆う感触も何ともいえない。こういう時に不便だと、湿ったポーチから布を取り出しガシガシと髪を搔き混ぜた。

「最近、一人で迷宮行くの流行ってんのか？」

「知らね」

船頭《せんどう》からかけられた声に適当に返し、多少はマシになった髪を結う。

そういった疑問が投げかけられた原因については、心当たりがあるが。結んだ髪を指で弾き、その原因も迷宮帰りに舌打ちしているのだろうな、と何となく思った。

ベストはポーチに放り込み、シャツは絞って再び着込む。どうせ新しい服を出しても肌が湿っているのだから同じ事だ。絞ればマシになる最上級装備の方が、まだ着心地が良いだろう。

小舟はゆっくりと港の桟橋《さんばし》へと近付いて行く。代金は前払いなので問題はないと、イレヴンは船底を蹴って離れた桟橋へと飛び移った。後ろから感心したような船頭の声が聞こえたが気にもせず、すっかり漁を終えた漁師達に溢れる港をぐるりと見渡す。

「みっけ」

港の一角にある人だかりに、ギリギリ見覚えのある顔を見つけた。

湿った前髪を掻き上げ、軽い足取りで近付く。前のように数日潜りっぱなしだった訳でもないので、体のだるさはそれ程でもない。

「なァ」

「あ？　ああ、冒険者殿」

人だかりを掻き分けて声をかけたのは、以前リゼルが鎧王鮫《オリハルコンシャーク》の解体を頼んだ漁師の一人。

若い漁師が何やら驚いたように見てくるのに構わず、イレヴンはポーチの中へと手を突っ込んだ。

そして、グッと腕に力を込めて目当てのものを引き摺《ず》り出す。

「これ、前みたいに素材だけ取って」

「ど、え、ど、どう、これ、え？」

「あ、言っとくけど肉は食えねぇから。俺の毒入ってっし。すっげぇキツイの」

人だかりから、驚愕とも歓声ともとれる悲鳴が上がる。

イレヴンの隣に横たわるのは、今にも目の前の人混みを呑み込まんばかりの鎧王鮫《オリハルコンシャーク》。ピクリとも動かない、しかし圧倒的な存在感を放つそれの登場に、港は瞬時に半狂乱へと陥った。

それもそうだろう。何せ一生に一度すら見る事が出来なかった筈の鎧王鮫《オリハルコンシャーク》が、前回から間を置かず二匹も並べられたのだから。

「お、親父ィ！」

「呼ばなくても見えてんだよバカ野郎！」

巨大な作業台の上に横たわる、先客の鎧王鮫《オリハルコンシャーク》の上で老いた漁師が怒鳴り返す。

身の丈以上の解体包丁を振るう、老いても尚屈強な肉体を持った熟練の漁師は深い皺の刻まれた顔を好戦的に歪めた。その声に怒りはなく、溢れんばかりの称賛と歓喜に満ち満ちている。

「おい冒険者殿、肉が食えねぇならコイツの後で良いなぁ！」

「は？　あんまり遅ぇと忘れんだけど」

「そんなには待たさねぇよ！　ハッ、てめぇらのパーティはどうなってやがる。あんま伝説の魔物量産されっと、贅沢《ぜいたく》になっていけねぇなぁ！」

バキンッという破壊音と共に鱗がめくれ上がった。熟練の漁師は次々と作業員に指示を出しながらイレヴンを見下ろす。

「これやっぱニィサンの？　取り分は？」

「前と同じだ。素材と肉っつってたぜ」

「やり、食えんじゃゃん。じゃあ俺のやつ後で良いからさァ、さっさとそっち捌《さば》いて」

聞いておいて何だが、然《さ》もありなんとイレヴンは頷いた。

素材は勿論のこと。あれだけリゼルが美味しそうに食べていたものをジルが要求しない筈がない。何せ大して大食らいでもない癖に、ジルやイレヴンと一緒に美味しい美味しいと食べ続けていた。

体調管理は徹底している彼にしては珍しく、翌日お腹が痛いとベッドで丸まっていたのを覚えている。

「おう、任せとけ。お前さんの分もちゃんと捌くからよ！」

「んー」

漁師がイレヴンの狩った鎧王鮫《オリハルコンシャーク》を運び出すよう指示を飛ばした。美食にあやかりたい者が、少しならばと毒に浸りきった肉へと手を出す可能性もある。厳重な保管を、と厳しい指示が飛び交っていた。

そんななか、言いたい事は言ったからとイレヴンは宿へと踵を返す。数多向けられる視線に、リゼルと一緒でないにも拘らず珍しい事だと微かな笑みを浮かべながら。


その日の夕食は、自然と三人揃っての宿での食事だった。

実際の所、三人一緒の食事など一日に一度あれば良い方だ。依頼のない日に揃う方が珍しいのだが、今日のようにそれぞれが別行動をしていても揃う時もある。

宿主から続々運ばれる夕食へと手を付けながら、三人は今日の出来事を話し合っていた。

「そんでリーダー、インク買えたんスか」

「はい、小説家さんから良い店を紹介して貰ったので。色々な種類のインクがあって、面白かったですよ」

「違いなんざねぇだろ」

「ありますよ。書き味が違います」

良いインクはよく伸びて滑らかに、とリゼルは語るも、ジル達には全く以てピンと来ないようだ。二人とも、皆無とは言わないが滅多にペンなど握らないのだから仕方ない。

「イレヴンは怪我とか大丈夫ですか？」

「足一本潰されたぐらい。ニィサンよか相性良いし」

ジルも腕一本負傷したと聞いたが、捨て身な攻撃の多いイレヴンが同じ相手に同程度の被害というならば、やはり相性の問題なのだろう。ジルの大剣はとにかく水中で扱いにくく、そしてイレヴンも毒の効く相手でなければもっと苦戦していた筈だ。

「毒、効くんですね。それなら倒せる人もいそうですけど」

「無理無理、どんだけ凄ぇの大量に使ったと思ってんの。水中だと使った奴が死ぬ方が早ぇッスよ、俺はそれ用のナイフも持ってるし」

「あまりそういった不自由はなかったですけど、やっぱり水中ですもんね」

襲いかかる魔物を倒そうと、溢れた血は漂うだけで広がる事はなかった。

だからこそ失念していたが、縦横無尽に動き回る鎧王鮫《オリハルコンシャーク》にかき回され続ける水中だ。体の大きさを思えば、先に参るのは間違いなく使用者の方だろう。

「それ用？」

「これこれ」

興味を持ったらしいジルの声に、イレヴンが実際にナイフを見せている。

毒が内蔵できるタイプのナイフらしい。リゼルもそれを眺めながら、シチューを掬って口に運んだ。しかし潰れただのブチ折れただの、平然と言えるのが凄い。

確実に自身がその程度の負傷をする相手だと分かっているのに、たとえ回復薬を備えていようと、わざわざ立ち向かう事などリゼルには決して出来ない。痛みを耐える事は出来るが、痛いものは痛いのだ。

「痛いのが平気っていうのがよく分かりません」

「別に平気じゃねぇけどさァ」

「来るって分かってりゃな」

ようは慣れだと軽く言い切る二人に、リゼルはふっと首を傾げた。

「二人とも、もしかしたら意外とマ「おっと皿を落としてしまった何かよくわからんけど凄いファインプレーした気がするナイス俺」かもしれません」

冗談で告げた言葉は、皿が割れる音に遮られてジルとイレヴンにしか届かない。その二人が盛大に嫌そうな顔をしたものだから、リゼルは「やっぱりないか」と納得したように頷いた。

88.

王宮の書庫。リゼルは目の前でじっと一冊の本と向き合う布の塊を見た。

まだリゼルお手製の楽譜化した童話を使っている段階だが、例の本から簡単な部分を選んで訳させる事もある。古代言語を知る切欠《きっかけ》となった本だ。読めたとなれば当然嬉しいだろうし、モチベーションも上がるだろう。

完全に布に覆われているアリムがどう感じているかは分からないが、訳してみようかと伝えた際の返事は少しばかり嬉しそうだった。今は苦戦しているようだが、と微笑んで手元の紙へと視線を戻す。

先日から、アリムに古代言語で日記を書いて貰っている。

酷く優秀な彼は、既に単語二つ三つの簡単な文ならば作れるようになっていた。彼はリゼルが楽譜を渡す度、自主的に元の童話と照らし合わせて翌日にはマスターしてしまう。

「（やっぱり優秀な人だなぁ）」

しかし、アリムの日記は日々変わり映えしない。

基本的に書庫に籠もりっぱなしなので仕方がないが、日記と言うよりは読んだ本の感想文となっている。それか、いまだに聞き続けている演奏の感想文か。簡単な単語だけでは、どうしてもそうなってしまうのだろう。

とはいえ古代言語をマスターしてからでも、同じような日記を書いていそうではあるが。リゼルは間違っている箇所に訂正を入れながら、ふっと笑みを零した。

「出来た、よ」

ごそり、と目の前の布の塊が揺れた。

鮮やかな刺繍がさらりと滑る。アリムが顔を上げたのだろう。その手元には古代言語を楽譜に訳し、更にそれを訳しただろうメモが見える。

「〝私は、彼を、一時間睨《にら》みつけた〟」

「執拗ですね」

出来れば訳している時に疑問を持ってほしかった。

「これは〝一時間〟じゃなくて〝一瞬〟です。ニュアンス的には〝ちょっと〟が一番自然ですね」

リゼルは向かいの席から手を伸ばし、メモの楽譜に指を滑らせた。

本来ならば楽譜に直さず、古代言語のまま読む習慣を付けた方が良い。だがアリムは誰と話す訳でもなければ、手早く読めなければいけない訳でもない。古代言語を用いるのは今やもうエルフのみ。アスタルニア国民も他国の住人と変わらず、彼女たちを伝説上の存在だと信じている。

もし支障が出るようならば彼自身が何とかするだろう。リゼルが教えるのは迷宮の扉を開く術、そこまで徹底するつもりはない。

「――√……――」

「一時間……じゃなくて、〝ちょっと〟、休み……休憩？」

ふいに短《みじか》な音色を口ずさめば、彼が反芻《はんすう》しながら考えること十数秒。

正解を導き出したアリムへと褒めるように微笑み、リゼルは腕を伸ばして彼の前に置かれた古代言語の本を閉じた。彼が休憩を取ってくれないとリゼルも休めない。

少しばかり不満そうな空気を醸し出す布の塊に苦笑し、添削《てんさく》した日記を返す。

「そういえば、以前お薦《すす》めして頂いた研究書の続きってありますか？」

「気に、入った？　うふ、ふ」

棒読みの笑い声。

喜んでいるようには聞こえないそれも、アリムにとってはきちんとした笑い声だ。アスタルニアでは読む者がほとんど居ない研究書や理論書、それについて対等に話せる相手がいるのは彼にとって素直に喜ばしい事なのだから。

「あっちの奥の棚の、上に積んであると、思う、よ」

書庫の主の好みが反映された書庫では、適当に積まれている本でさえこだわりの配置であるのだろう。アリムが本の場所を忘れた事はない。

ちなみに、以前に薦められた本は机のすぐ横にある棚にきちんと立てて並べられていた。一体どういった法則があるのだろうかと思いつつ、布から覗いた腕が指さす方向を見る。

リゼルから見て直角に置かれた、周囲のものより一回り背の高い本棚。あれか、と立ち上がりかけた時だ。

「座ってろ」

「ジル?」

ふいに、今まで黙って本棚へと凭れていたジルが口を開いた。

片手に持っていた暇つぶし用の本をパタンと閉じ、彼は素直に腰を下ろしたリゼルを見る。そして、どこか揶揄うように告げた。

「届かねぇだろ」

「否定は出来ません」

リゼルは可笑しそうに笑う。

長身のアリムは平気で棚の上にも本を積むが、平均の身長しか持たないリゼルでは届かない事が時々ある。今回も恐らくそうだろうと、大人しくジルの厚意に甘えた。

不規則に並べられた本棚の奥へと消えていく黒い背を見送る。そして、ふとアリムを見た。此方を向いたのだろう相手を確認し、借りていた研究書を取り出す。

「質問、良いですか？」

「どう、ぞ」

机の上に置いた本は、アスタルニアのとある魔法に関するものだった。

アリムは布の下で笑う。リゼルの言う質問の内容は予想がついていた。

とはいえ大した事ではない。目の前の穏やかな賢者が、わざわざ自身へと尋ねようと思う事など、一つしか思い浮かばないだけだ。

「この書庫の、魔法についての研究書。大分読んだんですが、魔鳥騎兵団に関する記述は一つもなくて」

「……う、ふふ。意外と、ストレートに聞く、ね」

魔鳥騎兵団がどうやって魔鳥と友好を結んでいるか、という一点。

微笑むリゼルは、国家規模の機密を聞いているとは思えない程に平素の通り。他意はないと伝えているのだろう。事実、そこには〝知りたいから〟という理由以外は見当たらない。

しかし、他意がなければ教えられる程度の機密ではないのだ。それを理解しているにも拘らず問うのは、一体何故なのか。

「それについては、口伝《くでん》だから、本には残らない、よ」

「なら、知っているのは騎兵団と王族の方だけでしょうか」

「そう、だね」

成程、とリゼルが頷く。喜んでいるようにも、残念そうにも見えなかった。

アリムも別段、警戒はない。王族としては諦めてくれれば良いと思うが、魔鳥騎兵団の秘密を知りたがる者は悪意を含まずとも意外と多いのだ。

魔物使いを目指している者は勿論の事、目指さずとも探究心豊かな魔法使いならば一度は疑問を抱くだろう。身近な所では、将来は騎兵団にと夢見る子供達だって、街中で騎兵を見かけるたびに何でどうやってと無邪気に問いかけている。

「あなたも、ただ知りたいだけ、だよ、ね」

「だって気になります」

だよね、とアリムは楽しげに呟いた。

学者としてその気持ちは理解出来る。もし他に何かしらの思惑があろうとも、やはり一番は〝知りたいから知りたい〟に尽きるのだろう。

「でも、あなたなら、いつか分かる気がする、よ」

「そうなったら、アスタルニアの国家機密を知ってしまったって事ですよ。貴方がそんなこと言って良いんですか?」

「知られたら、その時だから、ね」

戯れるように、布越しに笑みを交わした。

机の上に置いた本を、ゆっくりと撫でるリゼルの指先をアリムは眺める。魔法に関しての研究書は大体が生活に基づくものがテーマだ。戦闘用の魔法は編み出した者が隠したがり、特に魔物使いはその傾向が強い。

よって、魔法使いごとに魔力の構築方法は異なる。騎兵団が使用している魔法に見当をつけるのも、決して容易ではないだろう。だがアリムは、リゼルにはそれを出来ると不思議と思ってしまっている。

「真紅《しんく》の色を持った、かれが、言った通りか、な」

「イレヴンですか?」

「あなたは、もしかれらが共に居なくても、望みを叶えられる」

学者としてあるまじき事に、理由も根拠もなく思ってしまった。

その隣にいる筈の二人がおらずとも、きっとそれは変わらない。イレヴンから聞いた言葉が、今更ながらストンと呑み込めたような気がした。

アリムは布をかき分けて腕を伸ばす。リゼルの手が乗る研究書に指をかけ、手繰り寄せた。革で装丁された本が微かに音を立てて机の上を滑る。

「あなたに、かれらは、必要ない」

抵抗もなく本を譲り渡したリゼルを、じっと観察する。

ずっと見ていなければ分からない程に小さく傾けられた首。微かに露わになった耳元のピアスが彼のイメージと合わなくて目を引いた。

そして、本を追っていた瞳がアリムを見る。不思議そうに瞬く姿が酷く意外だった。だが、それもすぐに苦笑へと変わる。

「あまりイレヴンの言う事を真に受けちゃ駄目ですよ。本音っぽく見えて、適当な事しか言わない子です」

「嘘って、感じもしなかった、けど」

「ジル曰く、俺に関する事で嘘は言わない、らしいですけど」

リゼルと共にいる時のイレヴンが、わざと茶化す目的以外で嘘を混ぜ込む事はない。

嘘をついても見抜かれるなら嘘をつく必要もないという事か。とはいえ、リゼル相手でも本音を告げる事を避けたがる男だ。本音を告げるにしろ、九割は隠しているだろう。

「それに、必要ないで終わった訳ではないんでしょう？」

「そうだ、ね」

まるでその場にいたかのように会話を言い当てるリゼルに、アリムは手にした本を布の内側に引き込みながら頷いた。

貸し出していた本には一つの傷も増えていない。それもそうかと思いながら、何気なく指を這わす。するとページとページの隙間から何かがはみ出しているような、引っ掛かる感覚があった。

それは紙片《しへん》であった。爪を立てながら摘《つま》み、ゆっくりと引き抜く。一瞬、中でページが折れているのではと動きを止めたが、リゼルがページを折るような人間ではないという確信からすぐに動きを再開した。

あっさりと引き抜く事が出来た紙片は、綺麗に二つに折りたたまれていた。本来は手元の本のページと同じくらいの大きさだろうか。

「必要ないのに、欲しがられるのが」

ふいに、イレヴンの歪んだ笑みを思い出す。

あれが嘘だという事はないだろう。だが本音の大部分を隠しながらも見せた姿があれならば、全てを曝《さら》け出した姿は一体どんなものなのか。

あまり興味はない。それにも拘らず、何故思い出したのか。アリムは折りたたまれた紙片を広げ、直後目を見開いた。無意識に言葉の続きを紡いでいた。

「さいこう」

それがただ、イレヴンの言葉を伝える為のものなのか。抑えきれず零れてしまった感想だったのかは、アリム自身にも分からなかった。

紙片に隙間なく描かれていたのは、一つの魔法理論だった。

アスタルニアによる、アスタルニアでしか実現しえない、アスタルニア特有の魔法を用いて成立している魔鳥騎兵団。その根幹にある魔法。これしかないと思わせる完成された理論だった。

あらゆる対極の分野を混ぜ込み、学者であればある程に到達は困難。どれ程に広く深い知識と視野を持てば証明し得るのか。素晴らしい、ともはや感嘆しか抱けないアリムは、ふと紙片の右下にあった色の違うインクへと惹かれるままに目を向ける。

描かれていたのは〝?〟。これで正解なのか、それは明確に問いかけていた。

「イレヴン、そんな事を言ってたんですか?」

布の中で起きている事に気付いているのかいないのか。普段より柔らかな声色に、アリムは紙片に釘づけていた視線を上げる。

瞬間、飛び込んできたのはいつもの穏やかなものとは違う。アメジストを甘く融《と》かして薄っすらと開いた唇を綻《ほころ》ばせた、心から嬉しいのだと伝えるような笑みだった。

ギルドへ牽制をした姿を知っているアリムは、当然のように「そうですか」の一言で済ませると思っていた。しかし満足げな雰囲気さえ感じさせる姿は清廉な空気を少しだけ薄め、彼をいつもより幼く見せている。

「分かんねぇでもねぇけど、ひねくれてんなアイツ」

「イレヴンらしいじゃないですか」

ふいに、コンッと角を当てるように一冊の本が二人の間に差し出された。

アリムがそちらを見れば、黒衣に包まれた腕。目的の本を見つけて戻ってきたジルが、機嫌が良さそうで何よりだと皮肉気に笑っている。

「有難うございます」

「ん」

ジルの手がぱっと本から離れた。

倒れそうになったそれを支え、リゼルが微笑む。その笑みは既に常のものへと戻ってしまっていた。その視線が、ジルからアリムへと移る。

彼からは布の中など見えていないだろう。しかし全てを見透かすような透き通った瞳に、アリムは紙片を丁寧に畳みながら薄っすらと笑った。

「〝その時〟は訪れそうですか？」

「おれが言えるのは、一つだけだ、よ」

手にした本を机へ置く。何の名残も残さぬよう、もはや紙片は何処にもない。

「クエスチョンマークは、いらない。それだけ、ね」

機密に辿り着いた事は知らない振り。しかし、正解だとアリムは告げた。

良かった、と楽しそうに頷いたリゼルはそれで満足なのだろう。難問に立ち向かい、それを解いた。ただそれだけの事なのだと、きっとこれから先も彼がこの件について口にする事はない。

だからこそアリムも、口封じだの監視だの無謀なことをしなくて済む。する気もない。国の為を思うからこそ、自分の判断が最上であると確信を持って言えた。

「次は、何をすれば良いの、かな」

「そうですね。日記の見直しをしましょうか」

ならば自分も、これ以上は何を気にする事もない。

さて古代言語の習得に励もうと、そう簡単に切り替える事が出来るアリムも大概、優先順位のはっきりした男だった。

王宮からの帰り道。日はまだ高く、街並みにも活気が溢れている。

音楽的センスを磨く為、ひたすら演奏を聴く時間がアリムにはまだ必要だ。リゼルが一日中授業を行う事はなく、特に今日は早くに王宮を訪れたので時間に余裕があった。

「知ってましたか、ジル。迷宮内でマッピングする時は、ペンじゃなくて木炭が使われてるんですよ」

「へぇ」

「良いものだと専用のケースだったり、持ち手がついたものがあるみたいです」

一体どこでそんな知識を仕入れてきたのかと思いつつジルは頷いた。

ジルが魔物に苦戦する事は早々ない。よって多少迷おうともそれなりのペースで進める。マッピングになど縁がなく、そもそも冒険者について誰に指導を受けた訳でもない。

だが一般的なマッピングの方法を知る機会などなくとも、最低限必要な道具を揃える際に棚に並べられた細い木炭を見て、自然とこれを使うのだろうと悟る事は容易《たやす》かった。冒険者活動においては教えられる立場が多いリゼルが、楽しそうに教える立場を堪能しているのだから黙っておくが。

ちなみに、何故リゼルが悟れなかったかは言うまでもないだろう。生来、最上級のペンを使い続けてきた彼に気付けという方が難しい。

「俺も今度やってみようかな」

「お前覚えてられんだろうが」

「そうですけど」

「いちいち止まられんのも面倒だ」

「確かに」

あっさりと納得したように頷くリゼルは、自身の事をよく理解しているのだろう。

変な所で凝り性なリゼルだ。メモ程度の適当な地図を描く筈がなく、恐らく距離すら正確に描き上げるだろう。その為にわざわざ立ち止まられては攻略など進まない。

どうしても描きたいのなら、迷宮から出た後に宿でゆっくり机に向かって描けば良いのだ。それが出来るのだから。何の意味もないが。

「最近、依頼も森か街中でしたし、明日は久々に迷宮に行きましょうか」

「好きにしろ」

そんな風に、のんびりと歩く二人が向かっているのは港であった。

ジルが持ち込んだ二匹目の鎧王鮫《オリハルコンシャーク》。その加工が終わりそうだと、漁師が宿主に伝えていったのは昨日のこと。今日の昼までに、との事なので既に終わっているだろう。

以前より少ない期間で済んでいるのは人手が増えたからか、漁師達が勘を取り戻したからか。漁師との交渉諸々を丸投げしたかったジルがリゼルを誘い、今に至る。

「今夜は鎧鮫《よろいざめ》づくしですね。前に宿主さんが作ってくれたステーキがまた食べたいです」

「唐揚げは絶対作らせる」

「カルパッチョとかも美味しかったですし」

「お前は明日迷宮行きてぇんだろうが。腹痛くなっても知らねぇぞ」

「大丈夫ですよ」

わざとらしく拗ねてみせたリゼルに、ジルは鼻で笑った。

実際、同じ過ちは繰り返さない男だ。今夜は上手く伝説の魚に舌鼓《したつづみ》を打つのだろう。明日の迷宮行きは確実なようだと内心で結論付け、歩を進めていく。

暫く歩けば、風に混じる潮の香りが強まった。近付くごとに視界を埋めていく海は日の光を反射して輝いている。いまだに見慣れるまでは行かない光景を眺めながら、二人は賑わう港へと足を踏み入れた。

「前と同じ所ですか？」

「じゃねぇの」

四方から聞こえる威勢の良い掛け声や人々のざわめき。

まるで音の波を掻き分けるように進んでいけば、巨大な調理台の前に以前も見た事のある人だかりがあった。ジルが嫌そうな顔を顰めるその隣、リゼルは丁度こちらに気付いた熟練の漁師へと軽く手を上げてみせる。

「おう、冒険者殿！」

ぶん、と漁師が手を振り上げると同時に、周りを囲んでいた人込みが割れた。

その向こうに見えた光景に、リゼルもジルも人だかりの意味を悟る。どっしりと調理台に置かれている布に包まれた鎧王鮫《オリハルコンシャーク》の肉、素材。その横では、今まさにもう一匹の鎧王鮫《オリハルコンシャーク》が捌かれている最中のようだ。

バキンッと豪快な破壊音と共に、人の頭より大きな岩のような鱗が調理台を転がった。待機していた漁師がそれを持ち上げて運ぶのを、人々は感嘆の声を上げて眺めている。

「こんにちは、漁師さん」

「よう、待たせたな」

「いえ、前より早いですよ」

割れた人込みを歩み寄って来た漁師が、リゼルの言葉にカラカラと笑う。

「新しい顔が増えてますね」

「前に鎧鮫《よろいざめ》を食べさせた奴らがそりゃもう張り切っちまってな。擶を取り戻してぇだの何だの煩《うるせ》ぇんだよ」

成程それで、と二人は改めて解体風景を眺めた。

鎧王鮫《オリハルコンシャーク》を食べて感銘を受けたのは、老若問わず同じだったのだろう。だが誰より張り切って獲物と向き合っているのは熟練の漁師達で、若い漁師は周りで飛ばされる怒号《どごう》の如《ごと》き指示に駆け回っていた。

そして二人は促されるままに作業台の前へと通される。案内されたのは当然、解体済みの鎧王鮫《オリハルコンシャーク》の前。ジルがそれらを見下ろし、チラリとリゼルを見た。

「欲しいもんは」

「ありません」

ふるりと首を振るリゼルに頷き、ジルは特に感動もなくどんどんと素材をポーチへ仕舞う。

感動どころか、多くて面倒臭いとすら思っていた。〝人魚姫《セイレーン》の洞《ほら》〟でしか手に入らない素材なのでキープはしておくが、ただ硬質なだけの最上級素材ならば他にもある。今の所、使う機会はない。

しかし今までもリゼルに提供したりイレヴンへ提供したりと、取り敢えず持っておいた素材が役に立った事もある。いらないとは言わないが。

「これで剣でも作らせるか」

「イレヴンのナイフもまだ出来上がらないみたいですけど」

「何とかすんだろ」

そんな職人泣かせな会話を交わしつつ素材を回収し、残るは布を被せられた肉のみ。ジルが漁師を見れば、心得たとばかりにその布が外された。

「うん、美味しそうです」

「おら、新鮮なうちに食っとけ」

相変わらず白と赤のコントラストが美しい霜降り状の肉。生臭さなどなく、甘いとすら思えるような魅力的な香りが潮風に乗って人々の食欲を刺激する。

漁師が巨大な肉を手早く捌き、皿に盛り付けて差し出してくれる。まずは仕留めた本人から、とジルを見たリゼルだが早く食えと顎で促され、遠慮なく食べ始めた。

「ジルも」

「食うって」

ジルも差し出された皿から一切れ摘み、口へと放り込む。相変わらず文句のつけようのない味だ。

「これって今回も半分持って帰るんですか？」

「任せる」

「じゃあ、どうせ食べきれないし前と一緒で」

「そう何度も受け取れるような安いモンじゃねぇよ、コレぁよ」

我関せずとひょいひょいと切り身を食べるジルの姿に、リゼルも自身が誘われた意味に気がついたのだろう。苦笑し、さてどうしようかと視線を流す。その目は巨大な肉塊に、漁師に、解体される鎧王鮫《オリハルコンシャーク》に、そして周りを囲んで高揚《こうよう》している野次馬に。

「美味しい内に食べないのは、伝説の食材に失礼ですよね」

「まぁ、今日食いきるのが一番美味ぇだろうなぁ」

うーん、と悩むリゼルに漁師が笑った。

とはいえ、価値の高いものを意味もなく配るという選択肢などリゼルには存在しない。その価値を貶《おとし》める真似だ。鎧王鮫《オリハルコンシャーク》を捌ける希少な技術を持ち、その技術を振るった漁師への報酬に出来れば話は早いのだが、本人達に拒否されてしまう。

さてどうするのか、とジルが皿に追加された切り身を摘んでいれば、ふとリゼルの瞳が一台の屋台を捉えた。

「漁師さん達は、どうやって残った肉を売り捌いたんですか？」

「あ？　寄越せ寄越せっつって収拾つかねぇし、どうしようもないってんで突発的に競《せ》り開いて捌いたぜ」

競り、とリゼルが呟く。

飛び交う声、活気が普段とは比べようもなく。競う様に値段を口にする者達を前に、漁師達は威勢良くそれらを御す。確かリゼルもそれを見た事があった筈だ。

ジルはもしやと眉を寄せる。嫌な予感がした。

「良いですね、競り」

ジルは知っている。

以前、屋台に初挑戦したリゼルが、最終的な売れ行きとは別の方向で割と盛大に失敗していた事を。そのリベンジの機会を地味に狙っていた事を。基本的に失敗を失敗のままにしない男なのだ。

話の流れに、周りの人込みがざわめいた。期待に爛々《らんらん》と目を輝かせる彼らの視線を集めながら、リゼルは平然と無人の屋台へと歩いていく。隣の屋台の店主が持ち主なのだろう。しばらく話し合い、交渉が成立したのか笑顔で頷いている。

「この屋台ってどうやって移動させるんですか？」

「……どいてろ」

荷車を改造したような屋台は、どうやら移動式のようだった。

しかし持ち手がない、と不思議そうに眺めているリゼルを横にどかし、ジルは溜息をついて商品を乗せる為の天板《てんばん》を片手で持ち上げた。地面へと刺さっていた杭が抜けて、残る車輪で動かせるようになる。

「有難うございます、ジル。あの辺りが良いです」

「隣より前の方が良いんじゃねぇの」

「そういうものですか？」

ゴトゴトと鈍い音を立てながら屋台を動かす。

ジルにとっては特に重いという事もない。じゃああそこ、と隣を歩くリゼルが指差した場所。肉の乗った作業台の手前で屋台を止める。前に回り、うんと頷いた本人は満足げだが、周りが確実についていけていない。

「漁師さん、これを捌ける人を一人……いえ、二人借りて良いですか？　報酬は、一人あたり金貨五枚で」

「き……ッ」

「あ、売り上げの二割とかの方が良いでしょうか。屋台のチャージ料は、売り上げの一割みたいなんですけど」

ほのほのと微笑むリゼルに、老いた漁師がヤケクソのように若い漁師を呼び寄せた。以前も顔を合わせた二人だろう、何だ何だと近付いてくる。そんな彼らも事情を聞き、いそいそと屋台の準備に励むリゼルを見て、思わず遠い目になっていた。自身が何をやらされるのか察したのだろう。

突っ込み所がありすぎると黙るしかないよな、とジルは内心で同意する。

「んー、屋台の上に何もないと寂しいですよね……鎧鮫《よろいざめ》繋がりで、鱗とか並べてみましょうか」

「ならこれ使え。こんなにいらねぇ」

「良いんですか？」

マジで鱗売られるとかラッキー、と歓喜した冒険者から悲鳴が上がった。

たとえパーティメンバーだろうと、高価な素材を軽々しく譲るのはどうなのか。当たり前のように渡す方も渡す方だが、疑問すら抱かず受け取る方も受け取る方だ。

だがリゼル達はそんな事など知る由もない。有効活用できるならそれで良い、と思っている。

「んー……こういうのってセンスが試されますね」

ああでもない、こうでもない、と鱗を並べるリゼルのセンスは決して悪くない。

基本的に、ラッピングでも何でも相手に合わせて最善な形を作る。むしろ良いと言えるだろうし、必要がないという理由で私服を持っていなかったスタッドに服を選んだ時も本人に合ったものを選んでいた。

それで何故、自分の服は適当なのか。身だしなみも義務であった貴族から解放された反動なのかもしれない。ようは手を抜きまくっている。

「ジル、どうですか？」

「良いんじゃねぇの」

巨大な鱗など並べ方に頑張りようもないだろう。

そう思っていたジルだが、意外と雑多には見えない程度にまとまっていた。頷けば、リゼルは良しとばかりに屋台の中へと入っていく。

「リベンジか」

「リベンジです。思うに、俺には女将《おかみ》さんみたいな手際のよさが足りないんだと思います」

効率的な動き方は分かるものの、その上に〝商売的に〟とつけば圧倒的に経験不足。競りならば売り手が動く必要はなく、肉を捌く人員も確保した。鱗を用意しておけば積極的な冒険者がすぐ食いついてくれて勢いに乗りやすい。

つらつらとそんな考察を口にするリゼルに、ジルは何も言わなかった。間違ってはいない。だがそういう問題ではない。

「まぁ頑張れよ」

「頑張ります」

ジルは全てを丸投げした。やや面白がったともいう。

「鱗は一枚につき金貨一枚、肉は切り分けたその都度《つど》競るということで」

穏やかに競り開始を告げたリゼルの声を皮切りに、規模を増した野次馬達がこぞって屋台へと身を乗り出す。それを背に聞きながら、商売に興味のないジルはその場を離れて付近をうろつき始めるのだった。


屋台へと戻ったジルが一番に見たのは、ナハスに説教されているリゼルだった。

「銀貨百二十枚！　持ってけそこの若ぇの！　次だ次！」

「店先で暴れんなっちゅうとんねんボケェ！　もうええ後ろの兄ちゃん持ってき！　おおきに！」

少し離れた本命の屋台は、今も怒号飛び交う競り合いが続いている。

もはや聞き取れない程の多量の声相手に、声を張り上げ次々と肉を捌いていく漁師。鱗を手に入れようと押し合いへし合い、乱闘に近いやりとりを繰り広げる冒険者に怒鳴りつけ、確実に売りつけていく年若い金髪の商人。

そして視線を戻せば、ナハスの前で大人しく座るリゼル。

「（…………何やってんだあいつ）」

港の近くは良い酒屋が多い。

鎧王鮫《オリハルコンシャーク》に合う辛口の酒を幾つも仕入れ、もうそろそろ終わるかと帰って来たジルは、その光景に呆れながら止めていた歩みを再開させた。

漁師か誰かが用意したのだろう。背の低い椅子にぽすりと座るリゼルと相対するナハスは、腕を組んで仁王立ちだ。いかにも説教中。近付くにつれ聞こえてくる声は、まるで必死に言い聞かせるようで。完全に予想の範疇《はんちゅう》だったが何かしらやらかしたのだろう。

「別にするなと言っている訳じゃないし、何にでもチャレンジするのは良いことだと思うぞ。でも何で競りなんだ！　もっとお前に向いているものがあるだろう！」

「いけると思ったんですけど」

「その自信は何処から来た！」

どうやらあまりにも混雑が過ぎたため、魔鳥に乗って至福の見回りタイムを過ごしていたナハスの目に留まったらしい。以前の漁師達の競りはほぼ身内での事だったらしいが、今度は大っぴらにした所為で人が集まり過ぎたのだろう。

どうやらリベンジは失敗に終わったようだ。歩み寄れば、気付いたリゼルが此方を見上げてくる。その表情に落ち込んだ様子はなく、しかし今引っ込んでいるのは本意でもないのだろう。

「何で漁師が入ってんだよ」

溜息をつき、くしゃりとその髪を搔き混ぜてやる。

「競り合いに頭と耳はついていったんですけど、口がついていかなくて。もっと煽れとか良い所で切って次へ行けとか言われてる内に、いつのまにか漁師さんがやってました」

ああ、とジルは頷いた。

リゼルの話し方は、特別ゆっくりではないものの穏やかだ。相手が話し終わるのをしっかりと待って話すタイプなので、隙をついて声を張り上げる事など出来ないだろう。更にはマイペースすぎて、競り特有の煽り煽られてのテンションの高まりもない。

これで完全に仕事モードになれば容易に大衆を黙らせるし、話したいように話すのだろうが、リゼルは競りがしたいのだ。つまり致命的に向いていない。分かっていたが。

「あのガキは」

「見た事ありませんか？　ギルドの前に時々いる商人さんです。お釣りを渡す時にポーチから銀貨を出したら、信じられないものを見るかのような目で見られました」

受け取った金貨をポーチへ仕舞い、お釣りを出して、渡す。

何故釣りを用意しておかないのか、受け取った金を確認もせず先に仕舞うな、渡すときに手を添えるな何のサービスだと。繁盛《はんじょう》している屋台に興味を持って覗きにきたらしい少女は叫び、他にも客捌きが遅いだの其処はそうじゃないだの何だの言いながら、いつのまにかあそこに収まっていたらしい。

プロの商人として色々と許せないものがあったのだろう。ジルから見ても訳が分からない光景なのだから当然か。

「お前ならこうなると予想出来ただろうに、どうしてこうなる」

「副隊長さんは俺を過大評価しすぎです」

「まさか本当に上手く出来るとでも思ってたのか……?」

戦々恐々としたナハスの言葉に、誰よりこの状況を予想していたジルはさり気なく視線を逸らし、完売が叫ばれる屋台を眺めた。

その後、次の機会があれば今度こそと再度リベンジを誓うリゼルが屋台の持ち主に約束のチャージ料を渡した際、真顔で失神されるというというハプニングが起きた。慌てるナハスと目を瞬かせるリゼルを尻目に、まぁこれもある意味予想通りだと密かに思うのだった。

89.

リゼル達と冒険者ギルドの関係は、指名依頼の一件以降も特に変わりはない。

リゼルもリカバーされた落ち度をいつまでも責めるほど暇ではなく、ギルドもあれは正当な抗議であったと誰もが納得している。王族を笠《かさ》に着て、不当な賠償《ばいしょう》を求めた訳でもないのだから。

ただ正直、書庫で相対したリゼルがただの冒険者だったかと言われれば某職員には疑問が残る。本来ならば持ち得ない筈の高貴な空気を纏った姿に、冒険者らしさを見出せという方が難しかった。思わず従いそうになる感覚。だからこそ、その騒動の後に顔を合わせるのを件のギルド職員は多少なりとも気まずく思っていた。結論だけ言えば、それは完全な杞憂《きゆう》だったのだが。

「ここスライムしか出ねぇぞ」

「スライムって水中エレメントに似たようなやつですよね、ゼリー状の」

「あー……それよか、もったりした感じッスね」

「もったり？」

「もったり」

リゼル達は何も気にせず相変わらずだった。

周囲とは一線を画する雰囲気に反して、二度見されるような会話。いつも通りだ。もし冒険者扱い出来なくなっていたらどうしようと密かに悩んでいたギルド職員は、そういえばこういう奴らだったと再確認した。

真面目そうに見えて変なことしか話していない。基本的に無害。まぁ勝手に周囲が振り回される事はあるものの無害。むしろ少しは浮世離れした雰囲気にあった会話をしろ、とすら思う。

冒険者に振り回されるなんてまだまだだ、と受付カウンターに仁王立ちする職員は顎鬚をざりざりと撫でた。しみじみしていれば、今まさに依頼の受付をしていた冒険者に「ボケたのか」とゲラゲラ笑われる。もれなく頭を鷲摑みにした。

「スライムって色んなタイプがいるんですよね」

そんな職員の視線に気付く事なく、リゼルはスライム関係の依頼を流し見る。

彼はスライム系の魔物には出会った事がない。本から知識は得ているものの、なかなかに面白そうな魔物だと気にはなっていた。

外見はイレヴン曰く〝もったり〟としたゼリー状。核を中心にまとまっており、大体が大人の膝までの高さを持つ丸い塊。今までに確認されている個体の最大サイズは二メートルを超えるという。

「攻撃手段っつうなら多いんじゃねぇの」

「本だと自分そっくりに形を変えるとか、核ごと自爆するとかありましたね」

「あいつらマジで見分けつかねぇ化け方してくんスよ。変身前の半透明どこ行ったっつの」

「迷宮にしかいない魔物ですし、特殊でも納得ですけど」

迷宮の中でしかお目にかかれない魔物は、癖のある魔物が多い。

スライムの形状変化も対面した本人に限らない。その人物が恐れている相手、苦手に思う相手など、流石に弱体化はするらしいが全く同じ戦闘スタイルで襲いかかってくる。

他にも自爆や、魔法が得意な個体。壁での跳ね返りを利用して強烈な体当たりを仕掛けてくる個体など、何とも個性豊かな魔物でもあった。だが基本は床の上をのったりのったりと移動しているので、戦いたくなければ走り抜ければ何とかなったりもする。

「同志討《う》ちとかになったら大変ですよね」

「喋《しゃべ》んねぇし表情ねぇから見りゃ分かる。ただ、どっかのボスで完全に成りきるのがいるっつうのは聞いた事あんな」

「対ニィサンとかシャレになんねー。あ、後はそれとそれ」

ケラケラと笑うイレヴンが、幾つかあるスライム関係の依頼用紙をリゼルへ示す。

大抵がスライム核の採取だ。スライム核は魔石《ませき》とほぼ同じものだが、堅い魔石と違って弾力を持つ。その特殊性から様々な分野でそれなりの需要があった。

「どれが良いでしょうね」

うーん、とリゼルはそれらの依頼を一通り眺める。

同じスライムを標的としつつもランクが違うのは、核の質によるものだろう。魔石と同じくスライム核にもその違いがあるならば、深層のスライムほど良質な核がとれる筈だ。

「行くのはその、スライムしか出ない迷宮で良いですよね」

「手ごたえはあんまねぇかなァー」

「そうなんですか？」

「相手がなんかする前に斬りゃ良いんだし」

「まぁ大体それで済むな」

頷き合うジルとイレヴンには、成程と感心するしかなかった。

スライムの形状変化もその他も、それなりのタイムラグがある。ただ速攻で倒そうにも、とにかく物理耐性が高い。不定形であるのが災いし、剣で容易に致命傷を与える事が出来ず、中を流動する核を的確に狙う必要がある。

　相当鋭い剣捌きが必須だが、二人には言うまでもないのだろう。リゼルは頼もしい事だと微笑み、スライムトークに花を咲かせる二人の会話を楽しむ。

「ただ深層で大量に降ってきた時は面倒だったな。床がスライムで埋まった」

「マジで？　スライム責めされるニィサンとか誰得だっつーの」

「アホ」

　リゼルはふと目を瞬かせた。

　ジルならば当然、囲まれようと容赦なく全て斬り伏せただろう。それは良い。面白がるように笑ったイレヴンの言葉に違和感があったからだ。

　見ていれば、ジルから何だと怪訝そうな目を向けられた。促されるままに疑問を口にする。

「スライム相手に限定しないですけど、攻められて防戦一方の一刀っていうのは見てみたい人が多いんじゃないですか？　ほら、俺も苦戦する所なんて見た事ないですし」

「……」

「……」

　不思議そうなリゼルに、ジル達はスッと視線を逸らした。

　何故知らない。いや当たり前だ。そんな単語など本には出て来ない。二人は瞬時に視線を交わし合う。メディ相手だろうが、絡んでくる相手だろうが、下ネタと言われる部類の発言にも平然と返すリゼルを見ていたが故の失言だった。

ならば何故ジル達が知っているかといえば、長年冒険者をやっていれば自然と耳に入ってくるからだ。何故迷宮にしかいないスライムと、希少な女性冒険者というシチュエーションが生まれたのか。それは男のロマンとしか言いようがないが、冒険者の間では酒の席で盛り上がる話題の一つでもある。

「？」

聞かない方が良かっただろうか、と何となくリゼルが周りを見渡せば、周囲の冒険者から一斉に顔を真反対にそらされた。

「（ここまでありきたりな発言してんのに、リーダーが言うと印象違うよなァ……ネタばらししても〝そういうのがあるんですね〟で終わる気ィする。つかそのタイミング完全に逃した）」

「（いらねぇ知識に興味ねぇのはらしいっちゃらしいか。なら知らねぇで良いだろ、わざわざ訂正したくもねぇし）」

そして一瞬の沈黙の後、ジル達は口を開いた。

「アホなこと言ってねぇでさっさと依頼決めろ。馬車混むぞ」

「スライム見てぇんならこの依頼で良いんじゃねッスか。どのスライムでも良いっぽいし」

リゼルは一度だけぱちりと瞬き、そして素直に頷いた。

二人や周囲の反応を見れば、自身の発言が何かしら変だったのだろうとは分かる。当然、話題を逸らされたのも。ただ、ジル達が指摘しないのなら然して重要な事でもないのだろう。

そうあっさりと区切りをつけて、イレヴンに手渡された依頼用紙を見下ろした。

【スライム核の納品】
ランク：指定なし
依頼人：魔道具開発所所長
報酬：スライムの色で変動（詳細は裏面、またはギルドへ）
依頼：スライム核ならばどの種類のスライムの物でも良い。とにかく数が欲しい。

スライムを倒すには核の破壊しか方法がない。

ただ、それはすぐに再生する。破壊された核が拡散して周囲のゼリー状の部分と同化し、その拍子に個体全体が凝縮され、再び核として残るのだ。

迷宮では放置していると再び核からスライムが復活するというが、時間がかかる上に一度手に入れてしまえば問題ない。相変わらずの謎の迷宮仕様だが、迷宮だから仕方ない。

「どういう魔道具に使うんでしょうね」

「魔石じゃ駄目なヤツ？」

「魔石で済むならそっちのが楽だしな」

リゼルはジル達からギルドカードを預かると、依頼の受付カウンターへ向かった。

朝のギルドだけあってパーティ数組が前に並ぶも、対応しているのがベテランの職員なだけあって、それほど待たずに順番が回ってくる。

「お願いします」

「おう、これか。報酬の細かい説明はいるか？」

「いえ、大丈夫です」

スキンヘッドの職員へ三人分のカードを渡す。職員はすぐに手続きを進めながら、ふいに少しばかり声を潜めて問いかけてきた。

「どうだ、王宮で困った事とかはねぇか」

「はい、殿下にはとても良くしてもらってます」

リゼルが王族に古代言語を教えているのは、特に隠している訳ではないので気付いている冒険者も多い。だが大々的に公表している訳でもなく、それ故の小声だろう。

他意はなく、純粋に何かあれば遠慮なく言えと言ってくれている。リゼルは微笑み、ゆるりと首を振った。アリムとの関係も良好。授業も順調で本も読み放題。リゼルに不満は全くない。

「貴方達に心配をかけるような真似も、何も」

「まぁ、お前に関しちゃ礼儀だの何だのは心配してねぇが」

安堵したように肩を撫で下ろした職員が、手続きを終えたカードを返してくる。

リゼルは礼と共にそれを受け取り、自身の分をポーチへと仕舞いながら何気なく口を開いた。

「仲違《なかたが》いもありませんよ、先日なんて〝先生〟なんて呼ばれちゃいましたし」

照れますね、と照れた様子もなく笑い、ジル達の元へ向かったリゼルは知らない。

三人がギルドを出て行くのを唖然と見送りながら、職員が「あぁ、こんな状況も何度目だ」と現実逃避をしていた事を。どうして衝撃を与えずに去ってはくれないのか。衝撃を与えている自覚がないからか。そうか。と一人納得していた事を。

「あいつらは一体、何を目指してんだ……！」

そして王族が冒険者を師事すべき人物と認めるという有り得ない現実と向き合えず、頭を抱える職員がギルドに残された。そんな彼は並んだ冒険者に早くしろと急かされ、少し逆ギレした。


アルスタニアの冒険者ギルド所有の馬車は、王都のものとは少し違う。

荷車の上に屋根を乗せただけの、側面がぐるりと開いているような造りだ。お陰で風通しも良いし周囲も見渡しやすい。それは走行中に魔物の急襲を受けた際、壁となるものが何もないとも言える。

王都ではそういう時、下位ランクの冒険者を馬車の中に引っ込めて上位ランクが相手をするという暗黙の了解があったが、アスタルニアにはない所為だろう。とにかくこの国の冒険者は下位だろうが上位だろうが喧嘩っ早い。襲われれば全員総出で立ち向かう。

他にもこの地域特有の湿った空気が籠もらないように、など色々な理由があるのだろうが、恐らく一番の理由はそれだろう。

「定員オーバーでも、少しだけ解放感がありますよね」

「どんくらいいかかんスか」

「ジル？」

「一時間ぐらいいじゃねぇの」

長いなぁと、リゼル達は馬車の後部から流れて行く景色を眺めていた。

利用者の多い早朝に、壁際が取れただけマシだ。馬車には基本的に椅子がない。そこに隙間なく冒険者が詰め込まれるのだから、中心辺りに立っている者は密度に苦しむ事になる。

リゼル達は運よく、乗車人数ぎりぎりに引っ掛かった。最後に乗り込んだお陰で腰から上は開放的な一番後ろ。背中側から押される感覚は時折あるものの、開閉口に凭れかかってのんびり外を眺められる。

ちなみに乗り込む際、リゼルは「もう乗れないな」と当然のように思っていたが、乗れる乗れると押し込まれた。正直、ジルに引っ摑まれていなければ扉が閉まりきる前に押し出されていただろう。

「お前後ろ向きだと酔うんじゃねぇの」

「ただ乗ってるだけなら酔いませんよ。揺れは気になりますけど」

何度も馬車が往復し、踏み固められた道も所詮は森の中。揺れるのは仕方ないだろう。

そんな馬車の振動を感じながら、リゼルは木々の隙間からチラチラと覗く空を見上げた。早朝の森は肌寒いなと、そんな事を考えていた時だ。重なり合う枝葉の隙間から何かが空を横切ったのが見えた。

「(魔鳥かな)」

騎兵団の朝も早いなと、少しだけ身を乗り出す。

するとトンッとジルの手の甲に肩を押さえられた。それにリゼルが素直に身を引いた瞬間、頭上からザザザッと草木を掻き分けるような音。目の前を何かが落下し、イレヴンのナイフがそれを刺し貫いた。瞬きの間の出来事だ。

「何つったっけ、この蛇」

「碧玉蛇《サファイアスネーク》です。青い鱗が綺麗ですね」

真上から獲物を狙った蛇の魔物が、ナイフに貫かれながらも暴れまわる。

いつかの黄玉蛇と同じように、その鱗が宝石として扱われるほどの美しさを持つ種だ。黄玉蛇より小さい事もあり、その価値は一層高い。

碧玉蛇はイレヴンの腕を折ろうと巻き付くも筋力に阻まれ、牙を突き立て毒で抵抗しようとするも装備に防がれている。

「無視しろよ」

「暇じゃん」

装備があっても締め付けられる痛みはあるだろうに、イレヴンは平然としながらとどめを刺した。鮮やかな青の体が馬車の向こうへと落ちていく。

それに、一連の流れを「えー……」と思いながら眺めていた同乗者達は思わず声を上げかけた。碧玉蛇の鱗、一匹だろうが売れば一晩中好き放題出来るだろう。

しかし、捨てるぐらいならくれなどというプライドのない真似が出来る筈もない。彼らは森の獣の糧になるだろう碧玉蛇に思いを馳せるだけに終わった。

「そういえば」

石でも踏みつけたのか。ガタンッと跳ねた車体に近くの柱を摑みつつ、リゼルが思い出したように告げる。

「蛇といえばこの前、蛇の獣人の方に会ったんです」

「は？　何処で？」

「王宮の書庫で」

王宮勤めの獣人など珍しくはないが、しかし蛇の獣人はその存在自体が珍しい。

アスタルニアには比較的多いとはいえ、イレヴンでさえ同族の知り合いなど家族以外にいない程だ。彼は欠伸《あくび》を零しつつ、意外そうにリゼルを見た。

「それが多分、イレヴンのお父様だったんですよね」

「何て？」

流石のイレヴンも思わず真顔だ。

「イレヴンのお父様です。短かったですけど、君と同じ髪の色をしてたし」

「や、赤毛とか珍しいもんでもねぇし」

「王宮勤めっぽくない服を着てました。こう、布と皮で作られた服で、君のお母様と似たような」

「母さんの服ったって特に特徴あるもんでもねぇし」

「それに、大きなワニみたいな魔物を引き摺っていて」

「王宮ん中で何で誰も止めねぇの？」

次々と特徴を上げるリゼルに、イレヴンは必死で否定を重ねる。

父親が嫌いな訳ではない。彼にしてみればかなり良好な関係だと言える。ただ何をどうすればリゼルと父親が王宮の書庫で出会う事になるのか分からない。

「それに、落ち着いてましたけど迷子だったらしいですよ。国から出たかったみたいで、門はどっちかって聞かれました」

「あ、それ父さんだわ」

家を目指して王宮の深部である書庫に辿りつく程の方向音痴。イレヴンは確信した。入ろうと思って入れる場所ではないだろう。どうやって騒ぎにもならず出入りしたのか。確かにイレヴンが幼い頃も、気付けば海の迷宮のイカダに乗っていたやら、王宮の屋根にいたやら言っていた。嘘とは思っていなかったが、実際に第三者から話を聞くとインパクトが物凄い。

「そんでリーダーは何でいきなり書庫に現れたワニ担いだ男に普通に道教えてんの？」

「イレヴンのお父様かなって思ったので」

「ニィサン！」

「俺にキレんな」

害がなければ怪しい人間を普通にスルーするリゼルに、イレヴンは取り敢えずその時同行していただろうジルに当たっておいた。呆れたような目を返されるが、気にせず脱力したように流れていく風景に目を向ける。

「えー……マジ父さん何やってんの。相変わらず方向音痴すっげぇな」

「イレヴンは父親似ですね」

「お前の親にしちゃ人当たり良かったけどな」

自身も十年以上会っていない父親と、まさかリゼル達が初対面を済ませていたとは。

会ったら紹介しようと思っていたのにと拗ねるも、大して再会への期待がある訳でもない。まぁ良いか、と〝母親に比べて年相応〟だの〝あの魔物を罠で獲るには〟だの自らの父について話しているリゼル達を眺める。

「俺も満足に挨拶出来なかったし、また会いたいです。ちゃんと家に帰れてると良いんですけど」

「お前が教えた道と初っ端《しょぱな》から逆に行ったけどな」

「何だかんだで最終的に家に着いてっから良いんスよ」

そして三人は雑談で暇を潰しながら、目的の迷宮までの道のりをのんびりと馬車に揺られるのだった。


蔦《つた》の這う扉を潜り、リゼル達は迷宮〝楽園の遺跡〟へと足を踏み入れた。

その名の通り年月を経た遺跡のような内部は所々に蔦が絡み、見た事のない花を咲かせている。その花から時折ふわりと漂う小さな光の粒子に思わず目を奪われた。

足元にある魔法陣がぼんやりと光っている。この迷宮は既にジルが踏破済みだ。リゼルはその上に躊躇いなく立ち、最後の確認とばかりに今日の方針を口にする。

「狙い目は一番スライムの種類が多い中層。なるべく色々なスライム核を狙っていきましょう」

「ああ」

「りょーかい」

「その時、出会い頭に斬るんじゃなくて相手の出方を見せてくれると俺は嬉しいです」

隠す事なく宣言するリゼルにジルは溜息をつき、イレヴンはけらけらと笑った。

スライムに興味があるのは分かっていた事だ。二人にしてみれば言われなくともそのつもりで、楽しみたいのなら楽しめば良いと特に不満もない。

そして三人とも魔法陣の上に立ち、ひとまず三十階層へ転移する。この迷宮は六十階層となかなかの規模だ。中盤とはいえ初期、まだ三人が手こずるようなスライムはいないだろう。

「スライムとか、まともに戦うの久しぶりかも」

「その時はどんな攻撃をされたんですか？」

「すっげぇ数が転がってきた」

それなりの大きさの、それなりの重さもあるスライムの怒涛の攻撃。純粋に辛い。

「出来れば遭遇したくないですね」

「あれもうどうしようもねぇんスよね」

「時々そういうのあるよな」

来たらどうしよう、と話し合いながら歩いていると、通路の先に遂に最初のスライムを発見した。のったりのったりと移動しているスライムは、時折意味もなくその場で低く跳ねたりしている。

「リーダー、オレンジ」

「オレンジは形態変化するタイプ、の筈です」

リゼルは魔物図鑑の内容を思い出しながら告げた。

目の前のスライムは透き通った橙色。攻撃手段は色で見分ける事が可能だが、その色もとにかく多岐にわたる。

三人はさてどうなる、と足を止めて数匹のスライムを眺めた。どちらを向いているのかは全く分からないが、リゼル達に気付いたのだろう。スライムはぶるりと大きく体を震わせて、幼子にこねられたようにぐにぐにとその姿を変えていく。

「変化後の姿に相応しい言葉を投げかければ、簡単に倒せるらしいですけど」

「斬れねぇのか」

「君なら斬れそうですね」

正規の方法以外で倒そうと思うと途端に難易度の上がるスライムだが、リゼルはあっさりと微笑んで返した。斬撃が全く効かなくなるならまだしも、効きにくくなる程度でジルが後れをとる筈がない。

だからこそこうして、平然と相手の出方を待っていられるのだから。半透明の橙色の体が徐々に色を変え、変化を終える。現れたのは漆黒の死霊犬《しりょうけん》だった。

「あ、凄い。毛並みも完璧です」

「中層だし、そこそこでけぇな」

立てば大人の背丈を超えるだろう死霊犬が喉を鳴らす。

籠もったような低い唸り声。声帯まで真似できるのかとリゼルが感心していると、それは今にも噛み付かんばかりに獰猛《どうもう》な牙を露わにした。

「犬相手に相応しい言葉とか分かんねぇんスけど」

「そうですね、単純に〝わん〟とかで」

死霊犬の形が崩れ、核だけが残った。

「良いみたいです」

「適当だな」

コーン、と核が床を跳ねる。

まさか本当にこれで良いとは、と何とも言えない三人の前では、残りのスライムも次々と姿を変えていた。次に襲いかかってきたのは、一メートル程の草原ネズミ。

「ほらジル、来ましたよ」

「……だから何だよ」

「ニィサンほら草原ネズミ。ネズミだって」

「見りゃ分かる」

鳴いてみせろとばかりに急かすリゼル達に、ジルが顔を顰めた。

二人は肉薄する魔物に一切動こうとはせず鳴き真似もしない。彼は完全に面白がっているなと観念したように溜息をつき、そして直後に剣を抜いた。飛びかかった草原ネズミを核ごと斬り捨てる。

「あ」

「ニィサン邪道」

「うるせぇ」

残念そうな声と不満げな声は切って捨てられた。

「折角ちゃんとした倒し方があるのに……あ、イレヴン。もう一匹死霊犬です」

「〃わん〃。そうそう、楽しまなきゃ損じゃん。リーダー、ツノウサギ」

「ウサギ……ウサギ？　〃ぴょん〃。ん、違いました？」

「ウサギは〃ぶー〃とか〃ぴー〃とか鼻鳴らすんスよ、鳴き声っつって良いのかは微妙だけど」

流石は幼い頃からの森暮らし、説得力が違う。

リゼルは成程と頷き、止んだ猛攻に周りを見渡した。然して数の多くなかったスライムは姿を消し、点々と薄い橙色の核が転がっている。三人はそれぞれ歩を進め、それらを拾っていった。

「これって変身前に倒しても同じ核になるんですか？」

ぐっと力を込めて握れば、強い弾力で押し返される。

「見た目は変わんねぇな、拾った事ねぇけど」

「次に見つけたら先制攻撃してみましょうか」

リゼルはその後、有言実行とばかりに変化前のスライム目掛けて魔銃《ライフル》を連発した。

手に入れた核は全く同じ。しかし、都合よく変化前を狙うのはやはり難しいだろう。武器として相性の良いリゼルも大分撃ち込んだので、それ以上にダメージを与えにくい剣では変化される方が早い。

両手に核を握ってそう結論付けたリゼルに、満足ならば何よりだとジルとイレヴンは残りのスライムを掃討《そうとう》していった。

それから何階層か進み、深層へ近付いて来た時のこと。

この辺りになると、スライムも様々な色が混ざり合って襲い掛かってくる。一度、凄い勢いで床を転がり回るスライムと、凄い勢いで壁という壁を跳ね回るスライムと、凄い勢いでひたすら体当たりしてくるスライムが一気に出た時など、あまりの鬱陶しさにイレヴンが若干キレた。

一個体一個体が特別強い訳ではないものの、組み合わせ次第では一気に難易度が上がるのがスライムの特徴だろう。

「おい、黄色と紫」

「あ、ついに出ましたね」

ジルの声に曲がり角の手前で足を止め、三人は通路の先を覗き込んだ。

通路の先には少し広めの部屋。その中で複数のスライムがもぞもぞと動いている。その半透明の体の色はジルの言葉通り黄色と紫色で、ここまで一度も見かけていない色だ。

「黄色は本人に、紫は〝今までで一番恐ろしかった存在〟に変化です」

「マジで？　リーダー大量発生すんじゃん」

「え、怖いですか？」

「俺怒ったリーダー一番怖ぇもん」

むしろそれぐらいしか恐怖を感じた事がないと、イレヴンが堂々と言う。それもそうだろう、多少の恐怖はスリルとして楽しんでしまえるのだから。

リゼルは「何だかショックな気がする」と思いながらどうしようかとスライムを眺めた。変化は実力を伴わない。とはいえどの程度かによって話は変わってくる。

本来ならば、パーティは実力が拮抗《きっこう》している者達の集まりだ。弱体化した己と戦おうと、チームワークの差もあって命の危険はない。ただ、リゼル達のパーティにはジルがいる。

「黄色が全部ジルになったら怖いですよね」

「その上ニィサンが怖ぇもん来るとか詰むッスね」

「怖ぇもんっつっても」

考え込むように眉を寄せたジルが、ふとリゼルへと視線を向けた。

「俺もお前が出る気がすんな」

「君達は殺そうと思えば俺なんて簡単に殺せる実力があるのに、何がそんなに怖いんですか」

「色んな意味で」

揶揄うような笑みを浮かべるジルに、リゼルは苦笑を零す。

悪意からの恐怖ではないのだろうがそれもどうなのかと思わずにはいられない。しかし考えようによっては有難い。リゼルに変化したスライムなど、多少魔法に長けているだけの冒険者もどきだ。

流石に転移魔術は使うまい。

そうわざわざ自分に言い聞かせる程度には、リゼルも微妙に根に持っている。

「一番ベストなのは俺だけ行って、全てのスライムの変化を待ってからジル達に来てもらう方法かな」

「リーダー誰怖いんスか」

「多分お父様が出ると思います」

ジル達が意外そうに目を瞬いた。

二人の知るリゼルの父は、王都の路地裏で出会った男だ。リゼルに似たマイペース。何やら色々見透かされたが、とにかくリゼルが楽しければ良いというようだった。更に、最悪の迷宮の幻影でも散々甘やかしていた。

今のリゼルを見れば、ただ甘やかされただけではないと分かっているものの、二人にはリゼルが父親を怖がる理由がどうにも思い当たらない。

「あの父親が怖ぇの」

「怒ると怖いんです」

「リーダー怒られたんスか」

「俺に対してはほとんどないんですけど、幼心に色々ショックだったんです」

大泣きしたなぁ、とリゼルは懐かしげに誘拐された時の事を思い出していた。

「何で懐かしげなんだよ」

「まぁ普段あんだけ甘いのが怒りゃそうなんのかなァ」

今では何があろうと取り乱さない男が、幼い頃とはいえ恐怖して泣いたのだと思うと見てみたい気もするが。ジル達はそう考えながらも口には出さず、しみじみとしているリゼルを眺める。

「で、どうすんだよ」

「リーダーの父さん弱ぇの？」

「戦闘とは無縁の人だったので」

さて、と三人は通路を覗き込んでいた体を起こした。

「なら三人で行っても変わんねぇだろ」

「そうですか？」

「まぁ確かに、弱体化って割合じゃねぇっぽいし。多分ニィサン出てもラクショーッスよ」

そういうものなのか、とリゼルは納得したように頷く。

何処そのボスでは、当人の実力をそのままに変化する種もいるらしい。少しだけ気になるも、今は考えずとも良いだろう。

ならばさっさと終わらせてしまおうかと、三人はスライムの群がる部屋へ足を踏み入れた。


スライム核も依頼人に喜ばれる量が一通り集まり、ギルドへの帰り道。

「無表情のイレヴンって今思うと凄く貴重ですよね」

「無表情のお前よか見ねぇからな」

「そ？」

馬車の中、リゼル達は今日の出来事を思い返していた。

馬車は朝と比べると格段に空いていて、先に一組が乗っていただけだ。そんな彼らも床に座ってくつろいでおり、ならばとリゼル達も腰を下ろしている。ジャッジにより尽くし方を叩き込まれたイレヴンの要望もあり、尻には幻狼《げんろう》の毛皮で作られたクッションを敷いているが。

「お父様が出なくて安心しました。やっぱりやりづらいですし」

「お前俺の脳天躊躇なく狙っただろうが」

「戦えない人相手に、って意味です」

胡乱《うろん》なジルの目に、リゼルはのんびりと笑った。

ジル相手というが、ジルの姿を取ったスライムだから良いではないか。本物を間違えて狙うことなどなかった筈だ。恐らく。本物なら避けるか払うかするが、どの動作も見ていない。

「ジルだって俺の首とか容赦なく飛ばしたじゃないですか」

「こいつよかマシだろ。俺のこと嬉々として刺してたぞ」

「正直ニィサン相手にすんのちょっと楽しかった」

顔が同じ程度では、違和感はあれど躊躇う理由にならない。

そんなリゼル達の会話は当然、同乗している冒険者達にも聞こえていた。戦々恐々とした彼らによって翌日、〝リゼルたち殺し合い説〟が流れる事になるのだが、今の三人には知る由もない。

90.

以前、自らの国王から贈られたレターボックスを、リゼルはちょこちょこ覗いている。

なにせいつ来るかも分からなければ、来たとしても何の合図もない。自分で小まめに覗くしかないので、時折ポーチから出しては薄い箱を開いて中身をチェックしている。

勿論、自分の手紙がそのまま残っている時もあれば、何も入っていない時もある。今の所それなりの頻度でやり取りは出来ているので、順調なやり取りが出来ているのだろう。なにせ、入れた手紙が一月放置されている事もあるのだから。

「(あ)」

今日も王宮の書庫でアリムへと古代言語を教えながら、手が空いた時に覗いてみた時だ。

いつもと同じく、国の紋章入りの封筒が入っていた。手元にあったものをそのまま使っているのだろうが、本来ならば国同士のやり取りでしか使われない特注品の封筒だ。

相変わらずだと封を開け、幾枚にも及ぶ手紙を広げる。

「(国の近況報告と、陛下の近況報告と、家のこととか……)」

どうせ後でゆっくりと読むので、ひとまずざっと目を通す。

特に大きな問題が発生している訳ではないようで何よりだ。実際は、リゼルが抜けた事で各所些細な問題が大量発生しているのだが、致命的な問題は起きていない為に書かれていない。

某傭兵《ようへい》が煩いだの、リゼルの父親が公爵に仮復帰して容赦がないだのと、遠慮のない愚痴に柔らかく笑みを零す。帰還方法の進歩も少しずつだが動きを見せており、そして締めくくりはいつも同じ一文。幸福を噛みしめ、目を伏せる。

〝必ず迎えに行く。遊んで待ってろ〟

彼は決して、帰る手段を探せとは言わない。

そんな事を言わずとも、リゼルが自らの元へ帰るのは当然の事だからだ。自らが必要ないと告げない限りそれが覆らないとも知っているし、リゼル本人もそう考えている事を知っている。だからこその、その一文なのだろう。

返事は宿に帰ってから書こうとリゼルは丁寧な手付きで手紙を畳んだ。

「先生への、手紙？」

タイミングを見計らったようにかけられた声に、リゼルは微笑んで頷いた。

幾重にも重なる布の塊から、腕だけが覗きペンを走らせている。見えないが、こちらを向いているのだろう。

「先生は止めて下さいって言ってるのに」

「先生は、先生だから、ね。嫌、かな」

「嫌ではないですけど」

王族にそう呼ばれるなど畏《おそ》れ多《おお》い。

そう苦笑するリゼルに、アリムは相変わらず独特な笑みを零した。彼にしてみれば、リゼルが本当に嫌ならば呼び方を改めようと思うものの、王族だからという理由には何の意味もない。

何故なら知ったからだ。ギルドへの牽制で、リゼルが競う事を避けるような張り合いのない人物ではなく、競うに値する位置に他者を置かないのだと。褒めるような微笑みに反発心など湧かず、自然とそれを受け入れ満たされた瞬間、アリムはそれを自覚した。

なにより国の根幹たる魔鳥騎兵団の秘密を解き明かした知識量。

「尊敬してるん、だよ」

「殿下は買い被りすぎです」

「う、ふふ」

リゼルとて、それなりの努力を以て知識を身につけたのだ。

だからこそ過度に謙遜《けんそん》はしないが、同じく多大な知識を持つだろうアリムに褒められては流石に遠慮してしまう。

「手紙、といえば」

ふいに、アリムが何かを思い出したようにポツリと呟いた。

手に持つペンがうろりと彷徨《さまよ》う。その先からインクが滴り落ちそうになるが、彼は目を向ける事なくインク壺の上へとそれを避難させた。ぽたり、とインク壺の中に滴が落ちる。

「先生、は、パルテダールにいたんだよ、ね」

「はい、ほとんど王都でしたけど」

「そこの商業ギルドから、この国に手紙が来たみたい、で」

この国の商業ギルドに、という事だろう。

各国のギルド同士のやり取りは頻繁にあり、何も珍しい事ではない。それなのにアリム、アスタルニアの王族まで話が通っているならば、よほど重要な案件なのか。

いや、とリゼルは内心で否定する。ギルド内での出来事は各ギルド自身の中で片をつけたがる。ならば、他所の有権者がギルドを通してアスタルニアに申し入れたい事でもあったのかもしれない。

リゼルの世界にも、冒険者は存在しないものの商業ギルドや郵便ギルドなどはあった。ある程度の予想は立てられる。

「色々、バタついているみたい、だね」

「大変そうですね」

「ん」

とはいえリゼルにとっては他人事だ。

あっさりと告げれば、アリムが頷いたのだろう。布がさらりと揺れる。

「マルケイドの商人だった、かな。先生、行った事、ある？」

「ありますよ。そちらからいらっしゃるんですね」

商業国《マルケイド》には商業ギルドはないが、他所で加入している者も少なくない。

大抵が、他国でも活動しているような者達だ。パルテダールの流通を一手に担う商業国、その中でアスタルニアのギルドにも影響を及ぼせる商人。群島との貿易を独占するアスタルニアでしか手に入らない品も多く、そうなると周辺国随一である貿易商社を営んでいるインサイなど割と有り得るのではないだろうか。

そんな予想を内心楽しんでいたリゼルに、アリムの言葉が続く。

「商業国の、かなり有力な貿易商社の、トップが直々に来るらしい、よ」

当たった。

アスタルニアの門を潜って直ぐ、インサイは馬車を下りて背筋を伸ばした。

「相ッ変わらず遠いの、この国は」

馬車に揺られる事およそ十五日。固まりきった腰を叩いて労う。

相当な長身を持つ彼の姿勢は少しも腰が曲がらず真っ直ぐだ。その仕草をとるにはまだまだ早いと、誰もが口を揃えるだろう若々しい相貌《そうぼう》。それは年相応の口調や仕草にかなりの違和感を抱かせる。

「ま、相変わらずか」

彼はポケットに両手を突っ込みながら、強い日差しに一瞬顔をしかめた。しかしすぐにニッと笑い、久々のアスタルニアを眺める。商業国とは違った活気に溢れるこの国を、インサイはなかなか気に入っていた。

「ようこそお越し下さいました、インサイ殿」

「なんじゃ、迎えなんぞ頼んどらんぞ」

「そう言わず」

歓迎の言葉を口にしながら近付いてきたのは、アスタルニア商業ギルドの職員だった。

インサイや、その関係者がアスタルニアを訪れた際に担当する事が多い職員。それはインサイの商人特有の口の上手さに流されない為だったり、彼の破天荒《はてんこう》さに振り回されない為だったりと様々な理由がある。だがしかし、一番の理由は何と言っても気が合うからだろう。

「馬車を用意してあります。どうぞ」

「おう」

苦笑を零す職員に、インサイはカラカラと笑った。

御者に声をかけ、招かれるままに馬車へ乗る。窓から顔を出し、同行人らにここまで乗ってきた馬車を託した。折角のアスタルニアだ。商談、買い付け、やる事は色々あるが、それが済んだら存分に遊べと言い残す。

そしてインサイの乗る馬車が動き出した。冒険者が乗るようなものと比べて振動も小さく、乗り心地は格段に良い。

「群島《ぐんとう》向けの品《もん》が最近うちからよく流れとるな。景気が良いじゃねぇか」

「あそこは国の管轄ですからね。第三王子の腕が良いんでしょう」

インサイはアスタルニアの数多い王族兄弟を思い浮かべる。

一番目が国王。貿易担当は三番目だったか。商売柄、何度か顔を合わせた事があるが、人数が多すぎて三番目だの四番目だのと言われても区別がつかない。

知らん知らんと手を振り、窓の外を眺める。馬車の進路は、見知った道のりからどんどんと外れていた。予定通りだ。

「インサイ殿、ギルドに向かっているのでは……」

「ん？　おう、ギルドに行っとるぞ」

「ですが此方の道は」

「道を間違えるような耄碌《もうろく》爺に儂《わし》が見えるんか、お前さんは」

ニンマリと笑えば、職員は諦めたように肩を竦めた。

商業ギルド職員としては、真っ先にギルド長へと挨拶に赴いてほしいのだろう。だがそれを強要は出来ない。冒険者ギルドと同じく、登録員との間に明確な上下もなければ、インサイ程の商人となればギルド側が下手《したて》に出る事もあるからだ。

「まぁ、貴方が無駄な事を嫌うというのは知っておりますので」

とはいえ相手はインサイとは付き合いの長いギルド職員。

海千山千の商人達を相手に勝ち残ってきたインサイが、必要な礼儀や過程を無視してまで余所へと向かうなら、それだけ重要度の高い何かがあるのだろう。そう結論付けた職員に、インサイもにやりと笑う。

「儂も長居は出来んし、予約しておくに越したことはねぇしの」

「どこかの人気店にでも視察ですか？　それくらいなら此方でも可能ですが」

「無理じゃ無理。お前さんら程度じゃどうにもならん」

飄々《ひょうひょう》と告げれば、職員が訝しげな表情を浮かべた。商業ギルドが手を出せないような店舗が、このアスタルニアにあっただろうかというように。

そして、そうこうしている間に目的地へと到着したのだろう。馬車が小さく軋みながら動きを止める。御者により開かれた扉から、インサイは職員を引き連れて降車した。

「インサイ殿、ここは……」

到着した建物を唖然と見上げる職員に、声を上げて笑う。

「だから言ったじゃろうが。ギルドに行くってのう」

目の前には荒くれ者の拠点である冒険者ギルドがあった。

昼間である現在、冒険者の出入りは少ないものの丁度依頼から帰ってきたのだろう。一組のパーティが、いかにも仕立ての良い馬車を相手に邪魔だと吐き捨て扉の向こうへと消えていく。

「お前さんは待っといても良いぞ」

「……いえ、折角なので」

「なーにが折角じゃ」

勝気に唇を歪め、両手をポケットに突っ込んだまま、インサイは入り慣れていない筈の冒険者ギルドへ堂々と足を踏み入れた。その後ろを職員がなる様になれとばかりに続く。

ギルド内は男達の笑い声や喧嘩腰の会話で賑わっていた。理性的な商業ギルドの雰囲気とは違った、力のある空気に満ちている。インサイがギルドへ入った途端、視線が集まったのは、いかにも何処ぞの大商人といった風体を思えば当然の事だろう。

共に居るのが、商業ギルドの制服を身に着けた男だというなら尚更のこと。護衛の調達、素材の買取などもあり両ギルドの関係性はそれほど悪くないが、やはり「何故ここに」という疑問は出てしまう。

「指名依頼を申し込みたいんじゃが、此処で良いかの」

爺言葉の似合わない長身の男に声をかけられ、戸惑うスキンヘッドの職員など気にする事なく、

「お、おう」

よしよしとインサイは頷いた。

この時点で同行していた職員も、彼の目的が冒険者であると気がついたのだろう。それが商業ギルドや今回の訪問理由より優先すべき事なのかと唖然としている。

「それで、指名する冒険者はどいつだ？」

「そうじゃな、名前は知っとるが易々と名乗る奴らじゃねぇし」

指名依頼の説明を受けながら、インサイは手際よく手続きを進めていく。

「よく分からんが……分かりやすい特徴をあげてくれりゃ指名出来る事もあるぞ」

「なら、やたら品が良いのとやたらガラ悪ぃのとやたら性格悪そうな三人組なんじゃが」

ギルド内にいる面々の、全ての意識がインサイを向いた。

相変わらず派手な事はしない癖にやたら注目される奴らだ。そう快活に笑うインサイに、口元を引き攣らせたスキンヘッドの職員が言葉を選ぶように口を開く。

「あー……こいつら相手が誰だろうが、知り合い以外の指名依頼はあんま受けねぇんだが」

「知人じゃや、知人」

見るからに大物商人。そんな彼と知人。

指名したのがSランクならば誰もが納得しただろうが、相手はまだまだ上位ランクには届かないリゼル達だ。いや、ある意味もの凄く納得出来るがとギルド内に微妙な空気が漂う。

「ジャッジの爺《じじい》が会いたがってる、とだけ伝えてくれりゃいい。今日は多分、港をうろつくか支部におる」

「……それが依頼内容、で良いんだよな？　報酬は？」

「何でも好きなモン買ってやるとでも言っとけ」

それは、莫大な財産を手に入れたら何が欲しいのかと同義だった。

了承を示したスキンヘッドの職員に礼を告げ、インサイは踵を返す。羨《うらや》ましげな視線を受けながら冒険者ギルドを後にし、茫然自失の職員と共に再び馬車へと乗り込んだ。

そして馬車が動き出してから十数秒。我に返った職員が恐る恐る問いかける。

「その冒険者の方々とお知り合いなんですね」

「おう、孫が世話になっとる」

「ああ、お孫さんの……」

インサイが孫を溺愛《できあい》しているのは、彼と親しい者ならば誰もが知っている。

職員はひとまずは頷いてみたものの、それだけで納得するのは難しかった。彼の知っているインサイは商売が絡めば決して人当たりの良い男ではない。破天荒で苛烈《かれつ》、そして好戦的。会話の節々に出てくる孫以外には、決して機嫌など窺おうとしない。

そんな彼が、事前に指名依頼という手段で己の存在を知らせ、会うか会わないかを相手の判断に委ねるという。

「お前さん、あやつらを知っとんのか」

「目立つ方々ですので。噂を聞いたに過ぎませんが」

「何じゃ、つまらん」

馬車に肘をつき、インサイは言葉通りつまらなそうに外の景色を眺めた。

久しく訪れていなかったというのに、流れる風景は以前とほとんど変わりがない。今度は間違いなく、商業ギルドへと向かっていた。

そもそも何故、今回インサイがアスタルニアを訪れたのか。

それは交易で扱っている品が入ってこなくなったからだ。元々希少であり、輸送も困難な為に安定した流通のある品ではなかったが、つい最近アスタルニアから訪れる商人に暫く無理そうだと告げられた。

ならばいつになるかと聞けば酷く曖昧ではっきりせず、ならば出向いて直接聞こうかと即国を出たインサイに、とある領主は今頃忌々《いまいま》しそうに舌打ちを零している事だろう。

「当ギルドでも事前に用件を窺い、先立って漁師の方々と話をしてみましたが……」

「難しい相手のようじゃな」

ふん、とインサイが短く息を吐く。

「ま、今回は儂個人の事情みてぇなもんじゃ。まさかギルドも動くとは思わなんだが」

「アスタルニアの特産品ですからね。此方としても、無視できるものではないので」

苦笑する職員に、ギルド勤めとはいえ商売人だとインサイは愉快そうに笑うのだった。


そこそこの付き合いのあるギルド長とそれなりの雑談を交わし、長い長い挨拶を終えて必要な情報を手に入れ、インサイは予定通り港を訪れていた。

まだ夕方にもなっていないが、日が昇る前から動き始めている漁師達にとっては一仕事終える時間なのだろう。活気がありながらも何処か気の抜けたような雰囲気の中、そこらの木箱に腰掛けて大声で笑い合う漁師の声が響き渡る。

「さて、どうするか」

大の男と比べても、頭一つ分高い長身でインサイは周りを見回した。その後ろには相変わらず商業ギルドの職員の姿がある。

「ちょっとブラつこうかの」

「御案内しましょう」

職員の案内の元、港を歩き回る。

大量に魚の入った木箱、吊るされビチビチと尾を振る巨大魚など、港は様々な魚で溢れていた。

だが目当てのものは全く見当たらない。

そう、インサイの目的は魚の魔物肉だった。海での魔物漁はアスタルニア特有の漁法。ノウハウを知る熟練の漁師達により、博打《ばくち》的だが好んで行われている漁でもある。

漁師達が手を組んで一獲千金の小遣い稼ぎへ。当たり外れはあるものの、運任せというにはそこそこの勝率を誇る。魔物漁へと出られる技量を持つ者は、周囲の漁師から尊敬される存在だ。

「漁をやっとらん訳じゃねぇらしいが」

「どうにも曖昧で……私達が〝魔物肉を望む方がいる〟と伝えても、男のロマンに口を出すなの一点張りでして」

「変な言い方じゃな」

まるで、魔物漁が男のロマンではないというような言い分。

アスタルニアの漁師にとって、今までは確かにそれがロマンであった筈だ。だが、それ以上のものがあるとでも言うかのようだった。

インサイはむぅ、と唸って天を仰ぐ。雲一つない青い空があった。

「何とかやる気になってもらいたいもんじゃが」

「私どもも再三お願いはしたんですが……」

「漁師みてぇな職人気質な奴らは、外から口出されんの嫌がるしの」

やりたくないものを無理にやらせるつもりはないが、インサイとしてもアスタルニアまで来て収穫なしという訳にもいかない。漁師が言う所の〝ロマン〟の正体ぐらいは突き止めておきたかった。

とはいえ職業柄、色々な職に関わる事の多いインサイだ。職人という人種がどうにもこうにも全員頑固で、自らのテリトリーに人を入れたがらないのもよく知っている。

「まぁ、どこぞの商人の妨害じゃないだけマシか。最近張り合いのある奴がいねぇからそれも良いかもしれんが」

「ご勘弁を」

職員が乾いた笑みを浮かべながら、すかさず言葉を挟む。

孫が出来て丸くなったと言われているが、インサイはとにかく自らの商売を邪魔されるのを嫌う。もしも敵対されれば全力で相手を潰しにかかるだろう。以前もそれで、とある商会を跡形もなく潰している。

しかしルールを守る同業には寛大なので、周囲からの信頼は厚いのだが。

「とにかく原因を知らんことには」

「あ、いました」

ふいにかけられた穏やかな声に、インサイはにやりと笑って立ち止まった。

「おう、久しぶりじゃな」

「お久しぶりです。お土産、有難うございました」

「ジャッジの爺さんでっけぇから直ぐ見つかんなァ」

周辺国一帯に影響を及ぼす貿易商社のトップに何て口を、と青ざめた職員はふと気付く。親しげに近付いてくるのは、インサイがわざわざコンタクトを取ろうとしていた冒険者達だ。

窺えば、インサイも怒るどころか機嫌が良さそうな様子を隠そうともしない。孫相手のデレデレした姿ではないが、見るからに孫に甘い祖父のようであった。

「依頼帰りか、ご苦労さんじゃな」

「はい。ギルドで聞いて」

「何で居んだよ」

「仕事じゃ、仕事」

職員が初めて目の当たりにした噂の冒険者三人は確かに浮世離れしていて、選ばれし者しか足を踏み入れられないのだろうと思わせる程にそこだけ世界が隔絶しているかのようだった。特に微笑みを浮かべた一人など、インサイと並ぶと得意先の貴族のようだ。

そんな風に、果たして本当に〝孫が世話になった〟だけの関係なのかと疑う職員を尻目に、インサイは久々の再会をしっかり堪能していた。

「どうじゃリゼル、酔い止めは使っとるか」

「はい。魔鳥車でも一度も酔いませんでした」

「良し。ジル、手入れはしとるか。儂秘蔵の剣じゃぞ」

「何回聞くんだよクソ爺」

「うむ。イレヴンはどうじゃ、悪い事はしとらんか」

「リーダーの迷惑になる事はしてねぇ」

良し良し、とインサイが満足げに笑うのを、リゼルは相変わらずだと可笑しそうに目を細めた。年に不釣り合いの覇気《はき》。眼光は衰えず、まだまだ現役の商人だと訴えかけてくる。

外見年齢には釣り合っているので違和感はない。

「そういや天井直った?」

「あれは記念にそのままにしとる」

「修理代請求したじゃん!　俺払ったし!」

「嫌がらせじゃ」

ニンマリとした笑みと共に、片手に輝くVサイン。イレヴンが盛大に顔を引き攣らせる。

だがそれでも、名を呼び土産を渡し、嫌がらせで水に流してやるというのだからインサイにしては破格の待遇だろう。これでイレヴンがリゼルの身内ではなく、ジャッジの店での盗難事件に一役買うこともなかったのなら、顔を合わせた途端に殺伐《さつばつ》とした空気が流れていた筈だ。

限りなくイレヴンの自業自得なのだが。リゼルは赤色が鮮やかな頭をぽんぽんと撫でてやりながら、ふとインサイの後ろへと視線を向けた。

「商業ギルドの方、ですよね。まだお仕事中でしたか？」

「いや、散歩みてぇなもんじゃ」

あっさりと告げたインサイに、なら良いけれどとリゼルは頷いた。

職員へと目礼《もくれい》する事で挨拶を交わし、聞いても良いのだろうかと考えながら問いかける。

「インサイさんはアスタルニアへは何を？」

「お前さんらの用事は良いんか」

「依頼も終わってるし、ちょうど港に用があったので」

「なら丁度えぇな」

そしてインサイは事の経緯を語りだす。

そこには、協力しろといった意図など一切ない。話して良いのか、話してどうなるのかと訝しげな職員を前に、聞かれたから答えたまでだと躊躇なく事情を説明していた。

「魚の魔物……」

「おう、何か知っとるか」

リゼルは何かを考えるように視線を流し、ジルは退屈そうに何処かを見たままで、そしてイレヴンが欠伸を零しつつ目をしぱしぱさせながら怪訝そうに口を開いた。

「魚の魔物ならさァ、別に王都でも獲れんじゃん。迷宮あるし」

「迷宮の魔物は倒したら消えますし……あ、でも食用ならセーフでしたっけ」

「判定が微妙すぎるけどな。持ち出せねぇやつも多い」

「どっちにしろ、冒険者が捌いた魚なんざ商品として扱えんわ」

つまりは海育ちの天然もので、プロの漁師が捕まえてすぐに捌き、そして魔道具や迷宮品ですかさず保存した魔物肉のみに価値が出るという事だ。特に魚の魔物ともなれば、捌き方が特殊なものも多い。冒険者が普通に魚を捌くのと同じ要領で挑めば目も当てられない事になる。

だからこそアスタルニア特有の漁法で、熟練の漁師しか扱えない獲物であるのだから。

「あの、インサイさん」

「なんじゃ」

ふと呼びかけたリゼルに、さて何が出るかと笑ってインサイは先を促した。

商人の勘なのか、年の功なのか。彼はリゼルの口から出るのが今回の案件を解決する決定打なのだと既に気付いている。それを楽しみに待てる程度には、年も経験も重ねていた。

少しばかりバツの悪そうな顔は、高い位置にあるインサイの顔を自然と窺うように見上げる。いい年した男の癖に似合っているのは相変わらず。わざとだとしてもインサイ的には面白いから良し。

「それ、多分俺の所為です」

「なら仕方ないの」

「は!?」

思わず声を上げた職員に、今まで一度たりとも視線を向けなかったジルとイレヴンがそちらを一瞥する。どうしたのかと言うよりは、何か文句でもあるのかと言うような視線。

背筋が震えあがる感覚に、職員は無意識に一歩後ずさった。

「これ、苛《いじ》めんじゃねぇ」

「見ただけだろ」

「どうかーん」

眉間に皺を寄せるジルの横、イレヴンがイッと歯を見せつける。

彼らがリゼルの言葉以外に反省を示そうとしないのは分かりきっていたこと。むしろ今回は、そんな二人にカラカラと笑うインサイにこそ職員は驚愕していた。

自ら遠いアスタルニアに赴く程には重要視した問題。その原因を前に落とし前もつけさせる事なく、あっさりと事態を収束させる姿が信じられなかったからだ。

「何じゃ、味にハマって買い占めたんか」

「いえ、そういう訳じゃなくて……あ、でもこの前、凄く良いものを食べたんですよ。今までで一番美味しかったです」

「良し良し。じゃあ今度マルケイドに来た時に、とっておきの魔物料理を出す店に連れてってやろう」

「つう事は一見《いちげん》お断りな高級店じゃん。やりィ」

「楽しみですね」

アスタルニアの魔物漁に冒険者が影響を及ぼした。その驚愕の事実に驚きもせず、当然のように話を進めるインサイに職員は完全に話についていけていない。

「なら、どうでしょう」

丁度良い、とリゼルが思いついたように告げる。

「インサイさん、俺達の用事に付き合いませんか？　その方が説明しやすいので」

「ならお言葉に甘えようかの」

「終わってっかなァ」

「そろそろっつったしな」

「そういえば領主様はお元気ですか？」

「仕事に追われとる。まぁ仕事中毒《ワーカホリック》だから問題ねぇじゃろ」

そしてリゼル達は各々言葉を交わしながら呆然とした職員を引き連れ、港を歩き始めた。


港に並ぶ倉庫。その中で最もしっかりとした造りの倉庫の前にリゼル達はいた。

中には魚の鮮度を保つための魔力布や、貴重な解体包丁などが並べられている。主に巨大魚や希少魚の保管に使われ、それ故に漁師が順に見回ったり施錠をしたりと、アスタルニアでは珍しい程の厳重な保管が可能な場所だ。

顔見知りの漁師に声をかけ、一同は招かれるままに倉庫へ入った。

「あ？　商業ギルドの人間がまた来やがったのか……てめぇらのお目当てのモンはねぇよ。てめぇらにゃ分からねぇだろうがな、ロマンってのは金勘定とは全く別の」

「すみません、俺の付き添いです」

「おお、冒険者殿。なら仕方ねぇ、通んな」

事前の調査で若干の反感を買ってしまった職員だけが止められたが、リゼルの言葉であっさりとそれも覆される。相変わらず節操なく周りに影響を与える奴らだとインサイは笑い、職員は目を白黒させていた。

「出来てますか？」

「アスタルニアの漁師を舐めちゃあいけねぇぜ」

「失礼しました」

可笑しそうに笑うリゼルに、老いた漁師も満足げに笑う。

そして彼は倉庫の奥を親指で示した。そこにあるのは倉庫を埋め尽くさんばかりの巨大な作業台、その上には布で包まれた何かの塊と無数の鱗。近付けば、インサイが訝しげな顔でそれを覗き込む。

「見た事ねぇ鱗じゃやな。形的に魚の魔物に違いねぇが……こんなにでかいとなると滅多におらんぞ」

「……これは、まさか鎧王鮫《オリハルコンシャーク》ですか？」

「鎧王鮫《オリハルコンシャーク》？　鎧鮫《よろいざめ》か。つうと獲れんって噂じゃ……ああ、お前さんたちか。期待通りやらかしおって」

噂で聞いていたのだろう。まさかと目を見開いた職員の言葉に、インサイも納得したようだ。アスタルニアにしかいない種なので初見で見抜くのは難しい。

「二匹目が出回ったという噂は聞いていましたが、これはまさか三匹目では……？」

「ああ、そういう事か」

インサイが腑に落ちたように一つ頷く。

「あれか、魔物漁に出るような熟練の漁師達がこれの解体に追われとったんじゃな」

「皆さん、張り切ってくれたみたいです。すみません、インサイさんが出てくる程に影響があるとは思わなくて」

「何、そんな大ごとじゃねぇぞ。馴染みの店が絡んでな、勝手に儂が出張っとる」

リゼル達も思う存分、鎧王鮫《オリハルコンシャーク》の肉を食べた。

暫くは〝人魚姫の洞《セイレーンほら》〟にも潜らないだろうし、漁師達も解体に一段落ついて魔物漁へと戻るだろう。むしろ鎧王鮫《オリハルコンシャーク》の肉を食べた若い漁師が魔物肉に酷く熱心になった事もあり、漁に連れて行けと張り切っているという。

彼らが技術を修める事が出来れば、これからどんどんと流通量は増える筈だ。

「しっかし手ぶらで帰んのも癪《しゃく》じゃな」

ふむ、と腕を組むインサイに、イレヴンがパッと顔を上げた。

「俺ら食べねぇし、この肉持ってけば」

「おい」

そんなイレヴンはすかさずジルに引っ叩かれた。

何故この鎧王鮫《オリハルコンシャーク》だけが、こんな厳重な倉庫の中で捌かれているのかを知らない筈がないだろうとでも言うように。なにせ、際限なく毒をつぎ込んだ本人なのだから。

「冗談なのに……」

「これで爺が素直に持ってこうとしても何も言わねぇだろ」

「そうだけど」

ブツブツと恐ろしい事を愚痴るイレヴンを笑って流し、インサイは作業台の上に並ぶ鱗を指さした。

「なら鱗をくれんか。これを売って貰えんなら、来た甲斐もあるってもんじゃろ」

「あー……じゃあ全部持ってけよ。金貨三百」

「儂を誰だと思っとる」

やや吹っかけたな、とリゼルとジルが見守る中。

それ以上の値で売りきる自信があるのだろう。インサイは容易に金貨を用意してみせた。空間魔法から続々と出てくる金貨と、「どーも」と軽くそれらを回収するイレヴンに、その場にいた職員と漁師が目を剥いている。

「こいつにしちゃ良心的だな」

「知り合い価格って事でしょうか。イレヴンもまだ鱗は残ってるみたいですしね」

平然とそんな会話を交わす二人に、彼らも同じ世界の住人なのだと職員達は思わずにはいられない。

そして取引は円満に成立し、リゼル達は倉庫を後にする。毒に浸りきった肉の処理は漁師に任せたので、上手く処分してくれるだろう。

「漁師さん、有難うございました」

「おう、またいつでも持ってきて良いからな！」

気の早い見送りの言葉を受けながら、港を去ろうと歩を進める。

インサイからの指名依頼。顔を合わせただけで達成となるそれが済めば、後は報酬だ。

「で、何が欲しいんじゃ」

「そうですね」

面白そうに問いかけるインサイへ、三人は全く遠慮する事なく希望を口にした。


夜の宿の自室、リゼルは美しい姿勢でペンを走らせていた。

見下ろすのは真新しい便箋《びんせん》。そこへ流れるように文章を綴っていく。均等な間隔で綴られる文字は丁寧で、止まらぬペンの動きに反して走り書きは一か所もない。

部屋の中にはさらさらとペン先が便箋をなぞる音。そこに、ふいに研ぎ澄まされた摩擦音が混じる。手の動きを止めぬまま微笑んだ。

「どうですか、ダマスカスの砥石《といし》」

「まぁまぁ」

背後のベッドに腰かけたジルが端的に告げる。

その手にはインサイに買わせた砥石と、自らの大剣。ダマスカスの砥石も相当な値段だったが、それ以上の砥石も店先には並んでいた。リゼルにしてみればそちらの方が良いのではと思うが、ジルやイレヴンに言わせると〝値段じゃない〟そうだ。

ジルも資金面で苦労はしないが、人脈だけはどうにもならない。滅多に出回らない上物の砥石に満足げであった。

「イレヴンは裏競売の参加証でしたよね。そういうの、何処で知ってくるんでしょう」

「あいつ爺の名前も覚えてねぇ癖に調子良いな」

ジルもイレヴンも、随分と無理難題を吹っかけたものだ。

中流程度の商人では手も足も出ない品だろう。イレヴンが求めた報酬など、その最たるものだ。

それでも飄々と用意してみせたインサイの手腕は言うまでもない。

「(俺みたいに、無難なものを頼めば良かったのに)」

リゼルは苦笑し、手に入れたばかりの便箋と封筒を眺める。

探す手間など一切かからない。一級の素材を用い、一流の職人により細やかな装飾が施された、その技術の象徴たる一品であるとガラスケースに飾られていたものなのだから。

当然非売品であったが、インサイにねだったら「よしよし任せとけ」と何とかしてくれた。

「インサイさん、無事に帰れると良いですね」

「来れたんだから帰れるだろ」

「それはそうですけど」

そんな彼も、明日の早朝にはもう商業国へと帰るという。

別れの挨拶はすでに済ませていた。随分と慌ただしい事だと思うものの、一か所でじっとしているイメージもないので彼らしいと言うべきか。

「そういえば」

リゼルはふと、便箋から顔を上げた。

「最近、陛下もジル達のことを思い出してくれたんです」

「お前変なこと書くなよ」

「書いてませんよ」

胡散臭そうな目に、可笑しげに目元を緩めてみせる。

ジル達とリゼルの敬愛する国王との邂逅《かいこう》は、とある路地裏でのこと。一瞬ではあったが、確かに互いが互いの存在を認識したのだ。

「〝黒いのと赤いのがいたのは覚えてる〟って書いてありましたし」

「それは覚えてねぇっつうんだよ」

呆れたようなジルの声に、リゼルは微かに声を上げて笑った。

ペンを置き、手紙の内容に誤りがないか確認する。半分に折って封筒へと入れ、完全に封はせずに蓋をした。机の端で月明かりを映すレターケースを開き、静かに中へと寝かせる。

「うん」

頷いて、振り返る。

ベッドの上で眉を寄せるジルも、それに気付いて視線だけを寄越した。その手元は砥石や大剣を片付け始めていたので、手入れは終了したのだろう。

「陛下にしてみれば充分ですよ。本当に興味がなければ、存在ごと忘れる方です」

「そりゃ光栄だ」

目を眇めたジルに、リゼルも口元を綻ばせる。

そして今朝も早かったしそろそろ寝ようかと立ち上がれば、ジルもベッドを退いた。気にせず寝るから良いのにとは思うものの、居座る理由もないかとそのまま見送る。

「おやすみなさい」

「ああ」

告げた挨拶への返答と扉が閉まる音を聞き、リゼルは小さく欠伸を零してベッドへと潜り込んだ。

91.

アリムはいつもの通り、床の上で布の塊と化していた。

最近は古代言語の勉強に集中しており、現に今も師事する相手が作ってくれた資料を読み込んでいたが、それが続くと普通の読書も恋しくなってくる。勉強の間も新しい本は書庫に追加され、彼が未読の書籍も増えていた。

リゼルが来ないようだったら、今日は久々に全力で読書に励むのも良いかもしれない。そんな事を考えていた時だ。

「あ」

ふいに書庫の扉が開く音が聞こえた。

この書庫に足を踏み入れる者など、時折資料を探しに来る王宮関係者が、後はリゼルしかいない。堅苦しい口上もなく入ってきたのならば後者だろう。

読書に励もうと思っていようと、古代言語の授業があるならそれに優るものはない。笑みを浮かべ、布を引き摺りながら立ち上がる。書庫の中心にある机へとゆったりとした足取りで歩むアリムは、しかしふいにその足を止めた。

「先、生？」

「こんにちは、殿下」

向けられる微笑みに布の下で口元を緩めるも、しかしどうしたのかと首をひねる。

リゼルの腕には数々の本が積まれていた。それが授業に使われる本だというならまだしも、明らかにそうではない。この書庫で普段リゼルが娯楽として嗜《たしな》んでいるような、ジャンルに統一性も何もない本だ。

「すみません、今日の授業はなしでも良いですか？」

「ん、それは、良いけど」

「場所、お借りします」

礼を告げられながら、アリムはぱちりと一度だけ目を瞬かせた。

リゼルが古代言語の教授を全く抜きにして、書庫に訪れた事など一度もない。教える合間に読書をしたり、本を宿に持ち帰って読んだりはするが、それだけだ。アリムにしてみれば純粋な読書目的だろうと全く気にならないが、リゼルが意識して一線を引いているのだろう。

好きにすれば良いと思う。だが、珍しいものだとも思う。

アリムがそう考えている間にも、リゼルは本を抱え直して机の前を通り過ぎた。立ち止まるアリムを通り過ぎ、近くの本棚の前で止まる。そして、おもむろに床へと座り込んだ。

綺麗な姿勢で椅子に座るリゼルの姿を見慣れている身としては、結構な衝撃だった。

「(何か、あったのか、な)」

付き合いの浅いアリムでさえ、そう思わざるを得ない。

今日はいつもと違う事だらけだ。今までの一連の流れもそうだが、何よりいつも必ず付いている付き添いがいない。ジルも、イレヴンも。

「(何か、あったんだろう、な)」

決して分かりやすいとはいえない相手だ。

その視線は既に手元の本へと落とされ、表情に笑みはなく。集中している時は大抵そうではあるが、それでも常とは何かが違う。それに気付けてしまう事自体、王族として観察眼にはそれなりの自負があるものの、それでも異常な事態であった。

「……」

アリムは止めていた足を動かした。シャリ、と足首を彩る金の装飾が音をたてる。

座り込んだリゼルの正面へ。何も言わず、向かい合うようにその場に腰を落ち着けた。布を掻き分け腕を伸ばし、床に横たわる適当な本を引き込んで読書を始めること暫く。

「いきなり、すみません」

リゼルの視線が、そろりと本を離れた。

「うん」

「不躾《ぶしつけ》でしたね」

「先生なら、良い、よ」

育ちの良さか本来の気質か。アリムの知るリゼルは了承をとった上だとしても、理由も話さず他人のテリトリーに居座るような人間ではない。

話したくないのならそれでも良いと思っていたが、本人が耐えられなくなったのだろう。苦笑する姿に理由を話して貰えるのだろうかと本を閉じ、真っ直ぐにリゼルを見た。

「ちょっと、読書に集中したくて」

対するリゼルは、膝に乗せていた本を開いたまま。視線だけをアリムへ向ける。

真正面から人を見る彼にしては珍しい、と布越しの視界で眺めていれば、ふいに本を支えていたリゼルの手が動いた。無意識なのだろう、本の片隅へと向けられた指先がページを摘む。

「(あー……)」

丸められた。

アリム自身は読めれば良い派なので気にしないが。

「好きなだけ、いて良いよ。おれ以外、ほとんど誰も来ない、し」

「有難うございます」

「うん」

やや眉を下げながら微笑まれ、アリムはやはり何も言わないまま頷いた。

誰しも、何も考えず読書に没頭したい時もあるだろう。幼い頃から数多の本を読み続けてきたアリムには、その気持ちがとてもよく分かる。

そしてアリムは床に手をつき、胡坐から膝を立てた。腰を持ち上げかけ、前傾した姿勢のままふいに本を持たない手を伸ばす。外気に晒された手は真っ直ぐにリゼルへ。

長身に相応しい大きな掌。細く長く、形の良い指。それを白金色の髪へと軽く乗せ、滑らせ、離した。手首の装飾が澄んだ音を立てる。

「ごゆっくり、どうぞ」

甘く静かな、微かな笑みの滲む声でそう告げた。

そんなアリムに、リゼルは思わず苦笑を零した。

離れた場所へ移動していく布の塊を眺める。気を散らさないように、と気遣ってくれたのだろう。知識欲に正直すぎる姿に忘れがちだが弟も多い年長者、こういった事に手慣れていても不思議ではない。

慰められたのか、落ち着かされたのか。堂々と書庫に入り、取り繕う事なく読書宣言してしまったのは事実だ。しかし構われ待ちの意図などなく、そんな行動を取らせてしまった事に若干の申し訳なさが募る。

しかしリゼルは今、全力で不貞腐れていた。常の自分を保とうと思えば出来るのだが、わざわざそうしようとは思わない程に不貞腐れていた。

「ジルの馬鹿」

いい年して喧嘩なんてものをしてしまった相手に呟いた声は、誰に聞かれる事もなく書庫の空気に溶けて消える。リゼルは気を取り直すように本へと向き合い、今度こそ気分を入れ替えようと読書を再開した。


切欠は些細な事だったのだろう。

そして恐らくタイミングが恐ろしく悪かったのか、状況が果てしなく悪かったのか、二人の運勢が底辺にまで落ち込んでいたのか。もしくは全てが重なり合う様にこの事態を生んだ。

「勘弁しろよなァ、もぉー……」

イレヴンはがしがしと髪を掻き混ぜ、肺の空気を吐き尽くさんばかりの溜息をついた。

場所はリゼルの部屋。凭れかかるように窓枠に肘をつき、勝手に視界に入ってくる外の景色を何となく眺める。

夕焼けに染まるアスタルニアは、家に帰ろうと歩く人々の声に溢れていた。自分がこんなにも頭を悩ませているのに呑気なものだと、全てブチ壊したい衝動を耐える。八つ当たりだ。

「何で喧嘩になんの?」

全く以て理解できない。

人当たりが良く、相手の感情に敏《さと》いリゼルが相手を怒らせる事などわざとでもなければ有り得ず。唯一人に対しては何をされようと許容するジルが、その相手を意図的に怒らせる事など絶対に起こらないのだから。

そして自らの感情を完全にコントロール下に置けるリゼルが怒るなら、それは敢えて抑えなかったという事で。唯一自身の感情を揺り動かせる相手に対し決して感情を荒らげたがらないジルが怒るなど、それに無意識に煽られたからに外ならない。

「あーあ……」

だらりと窓の外に身を傾けながら、顔を顰める。

些細な仲違いならば、イレヴンとて全力で楽しめた。あの二人にとって些細というのは、それこそ遊びの範疇に収まる程度の事なのだから。

しかし今回は違う。イレヴンも何が原因かは分からない。だが、それだけは断言出来る。

『なら帰れよ』

思い出すのはジルの言葉。

二人揃っているようだと何気なく入った部屋で目の当たりにしたのは、声を荒げる事なく、しかし確かに感情を乗せた強い声でリゼルへと言い放つジルの姿だった。

一瞬、理解できなかった。一瞬で理解した。咄嗟に目を向けた先にあったリゼルの微笑みが、その時確かに。

『ッに言ってんだテメ……ッ』

『分かりました』

反射的にぶち切れた理性。怒鳴りかけた声はリゼルの酷く冷静な声に阻まれた。

そのまま部屋を出ようとするリゼルに、自らは縋《すが》ろうとしたのだろうか。伸ばしかけた手は、すれ違い様に謝るように頬を掠めた掌に何も出来ずに動きを止めた。

追いかけても、恐らく意味はなかった。足は床に縫い付けられたかのように動かなかった。まさか本気で帰る訳ではないだろうと、少しばかり跳ねる心臓を服の上から握り締める。

リゼル同様、今は何処かに消えてしまった黒い背を思い出し、強く舌を打った。

「で？」

感情をそぎ落とした声で、誰もいない部屋に問いかける。

窓の外に投げ出していた体を起こした。振り返りもせず、音も気配もなく部屋へと入ってきた精鋭の返答を聞く。

「貴族さんは王宮、一刀は迷宮っぽいですね」

「本に埋まって満足すんなら良いけど」

予想はしていたが、やはり大量の本がある王宮へと向かったようだ。

あまり単独で行かせたい場所ではないと、そう考えているジルやイレヴンの意見を尊重するリゼルが何も言わず向かった。ならば一人で没頭したいという事なのだろう。追いかけないで正解、と外を眺めながら自嘲する。

ジルはといえば、迷宮でさぞかし荒れているのだろう。どちらにどんな原因があろうと迷わずリゼル側に立つイレヴンだからこそ、いい気味だと嘲笑を零すのみ。

「そのまま張っとけ」

ひとまず様子見だ。

両者共に、いつまでも根に持つタイプでもなければ、自らの非を認められないタイプでもない。落ち着いたら元に戻る筈だ。と、信じたい。

普段、相手が互いでなくとも喧嘩という単語とは無縁の二人なだけに断定が出来ない。

「反応鋭い魔鳥かわすの面倒なんですけど」

不満を垂れながら、やはり声以外は無音で部屋を出て行った精鋭の存在をイレヴンが気に掛ける事はない。窓から離れ、考え疲れたとばかりにベッドへと倒れ込んだ。

「……」

帰ってしまったらどうしよう、という考えがぐるぐると頭の中を回る。謝るように頬を撫でられた感覚が今も消えない。

「(でも帰れんならとっくに帰ってるし……ニィサン止めなかったし)」

あの時、部屋を出るリゼルを引き止めなかった男を思い出す。

ジルが止めないのなら、本当に元の世界へ帰ってしまうという事はない筈だ。帰れと言いながら彼はきっと、本当にリゼルが帰ろうとするのなら黙って見てはいないだろう。

ごろりと仰向けになり、再びぐしゃぐしゃと前髪を掻き混ぜる。そう、そもそもの前提がおかしいのだ。

「(リーダーが本気で誰か怒らせんのがねぇだろ。わざとでもねぇのに)」

相手の感情を容易く悟り、誘導し、初対面の相手であっても不快感を抱かせない。

やろうと思えば好印象を抱かせ、自身に興味を向けさせる事すら可能だとすらイレヴンは思っている。きっとその予想は外れていない。だからこそ自らもジルも、彼の隣にいるのだから。

ならばジルから出た言葉はリゼルにとって全く予想外のことではなく、しかし想定内でもない。矛盾しているが最もしっくりと来る表現がこれだ。

「(リーダー時々、ニィサンに対して試すっつうか……反応見る？　なんっか手探りになるもんなァ)」

対等は難しいと、とある迷宮の前で苦笑していた姿を思い出す。

今回もそうなのだろう。ならば最悪の事態にはならない筈だ。イレヴンは無意識の内に微かに安堵の息を吐き、取り敢えず明日リゼルの様子を見に行こうと決めながらフテ寝を開始した。


ナハスがそれを聞いたのは、すっかり日も暮れてしまってからだった。

魔鳥に乗って国を見回り、夜目の利きにくい自らの相棒を労わりながら厩舎へと連れていった先。自らの世界に浸りきり、心からの賛美と共に毛繕いを手伝っていた時の事だ。王宮の門番がわざわざナハスの元を訪れたのは。

曰く、いつものように王宮を訪れた冒険者らしくない冒険者が、まだ宿へ帰っていない。更に同行者がおらず一人きりで、これはいつもだが書庫から一歩も出ていないという。

何故それを自分に伝えるのかと心底疑問を抱きつつも、一応礼を告げておく。古代言語の授業が長引いているのだろうか。

「ん？　一人だったのか」

「ああ、珍しいよな」

確かに珍しい。

ナハスは、ジル達がリゼルへ同行する思惑には気付いていた。確かにリゼルの、洗練されきった立ち振る舞いというのは目をつけられやすいだろう。だからこそナハスも普段は王族が使わない道を通って案内したのだ。

「なのに一人か。全く、喧嘩でもしたんじゃないだろうな」

「お前って何で時々あの冒険者達に母親目線になんの？」

こんなに面倒見が良かっただろうかと不思議そうに去っていく門番を見送り、ナハスはやれやれと溜息をついた。手を抜かず、いつも通り魔鳥の世話を終える。

じっと見つめてくる最愛の相棒の毛並みを撫で、そして厩舎《きゅうしゃ》を出た。そして進路は騎兵団の詰め所ではなく、一度話を聞いておこうかと書庫へ。もしかしたら入れ違いで帰っているかもしれないが、その時はその時だ。

白亜の支柱が等間隔で並ぶ廊下を歩き、紺と橙のグラデーションに星が交じり始めた空を眺める。中庭を通り過ぎ、すっかり薄暗い通路に入って階段へ。

そこを下りた先にある扉をノックし、一声かけながら書庫へと足を踏み入れる。ここは昼でも夜でも変わらず、柔らかい光に灯されて落ち着いた雰囲気に包まれていた。

「殿下、今宜しいでしょうか」

「良い、よ」

本棚の向こう側から返ってきた布越しの声は小さい。

ナハスは了承を得られたと、本棚の隙間を縫うように歩き出す。そして幾つかの棚に行く手を阻まれながらも辿り着いた先には、以前まではトンと縁のなかった書庫の中枢。

最初に視線を向けたのは椅子と机。授業の最中ならば大抵そこにある姿はない。やはり入れ違いで帰っていたかと、アリムに声をかけようとした時だ。

「……、……！」

二度見した。

「どうした、気分でも悪いのか！」

「え？」

リゼルが床に座り込んでいる。

見た事ない光景、想像もしなかった姿に思わず駆け寄り、目線を合わせるように膝をついた。伏せた顔を上げさせるように肩を摑めば、ふっと持ち上げられた紫紺の瞳が真っ直ぐに正面を見る。

ナハスは焦点のしっかりした目を確認し、特に体調が悪い訳ではなさそうだと肩の力を抜いた。

それならば何をしていたのかとその手元を見下せば、予想に反する事なく一冊の本が握られている。

「ナハス、先生の読書の邪魔、しないで」

何故座りこんで読むのか。行儀が悪い。とは、普段床の上で生活する自国の王族の前では言えなかった。出かけた言葉を呑み込んで立ち上がる。

「読……」

その足元では、本を閉じる様子を見せないリゼルがふっと周囲を見回していた。

「ナハスさんが来るような時間になってたんですね。気付きませんでした」

光の入らない書庫では、時間の経過が分かりにくい。

随分と読書に集中していたのだろう。連れがいないとこういう弊害があるのかと、ナハスは仕方なさそうにリゼルへと声をかける。

「もう外は暗いぞ。帰るなら早めの方が良い」

「今日は帰らないので大丈夫です」

「うん？」

聞き間違えかと見下ろした先、リゼルはすっかり読書を再開させていた。

おかしい。今日は色々とおかしい。付き添いもいなければ、床に座り込んでおり、話の途中で本を向いてしまう上に帰らない。誰がどう見ても様子がおかしい。

ナハスは一体どうしたのかと唯一事情を知っているだろうアリムを見たが、床の上に布の塊がある事しか分からなかった。しかしごそりと微かな反応があったので、歩み寄って小声で問いかける。

「良いのですか、殿下」

「好きなだけ良いよって、言ってあるし、ね。事情は、知らないけど」

この場で一番の権力者に言われてしまえば従う外なく、ナハスは怪訝に思いながらもリゼルを振り返った。決してアリムは迷惑などと思わないだろう。それはナハスも同様だ。だが、普段はさり気なく気を回す彼が珍しい事もあるものだと思ってしまう。

しかし、それなら色々と準備も必要だろう。ひとまずは夕食か。何処かに食べに出るのならばそれでも良いがと眺めていれば、ふいにリゼルが動いた。本から目を離さぬままポーチへと手を差し込み、何かを取り出す。

「何を食べようとしてるんだ、ちゃんと飯を食え！」

「あ」

ナハスは口へ運ばれかけた木の実を咄嗟に取り上げた。

見覚えのある木の実だ。冒険者や兵にとっては、一粒で一食まかなえると非常食として大変重宝されている。しかし非常食は非常時に食べるもので、普段の主食にするものではない。

不満そうに此方を見上げるリゼルへと、譲らない姿勢をとる。

「今はとにかく、本を読んでいたいんです」

「駄目だ。飯はちゃんと食え」

「ナハスさん」

「そんな目で見ても駄目だ。少しの時間だけだろう、簡単な食事を用意させるから一旦本を寄越……こら、手を離……………手を離せと言ってるだろうに！」

本を取り上げようとするも、ぐいぐいと予想外の抵抗にあった。

両手でしっかりと本を握り、決して離そうとしない。普段ならば言われた通りに本を渡し、悠々と別の本を開くだろうリゼルの抵抗に疑問を抱きつつ、ナハスは本を諦める。食を犠牲に読書に励むような節操のないタイプには見えないので、やはり何かあったのだろう。

「……ならば仕方ない」

溜息をつき、ナハスは一度書庫を出た。

黙々と本を読み続ける二人しかいない空間を後にし、暫く。数人の使用人と共に、再び書庫の扉を叩く。

「ほら、これなら読みながら食べられるだろう」

同行させたのは、普段アリムの食事を用意している者達だった。

席につけという言葉は恐らく聞かないだろう。ナハスはそう判断し、サンドイッチと飲み物の載ったトレーを座りこんだリゼルの隣に置いた。後ろでは使用人が、手慣れたように机へとアリムの分の夕食を並べている。

いつもならば書庫の隣にある生活スペースで食事をとるアリムだが、取り敢えずリゼルを見ていようと机に用意させたらしい。本以外にあまり関心を持たない男がよくぞ、そう思いながらナハスは小さく息を吐き、本から視線を上げたリゼルを見る。

穏やかな顔立ちがゆっくりと苦笑を浮かべるのを、多少は元に戻りつつあるのかと満足そうに頷いた。

「すみません」

「良い、気にするな」

その謝罪は、様々な意味を含んでいるのだろう。

しかしナハスは何て事なさそうに首を振る。ついでに持ってきたブランケットを置いてやり、立ち上がるとグルリと腕を回した。体を動かしているのを好む彼にとって、書庫というのはあまり居心地の良い空間ではない。

「ちゃんと好き嫌いせず食べるんだぞ。明日の朝も用意するから、木の実は止めておけ」

「はい」

「寝床は殿下が自分の部屋を使って良いと言って下さったからな。失礼のないようにしろ」

「分かりました」

「風邪をひくから此処では寝るなよ。徹夜なんて以《もっ》ての外《ほか》…………聞け！　返事は！」

素直に了承を示していたリゼルからの返事が途切れた事に気付いて見下ろせば、もはや完全に読書モードへと戻っていた。まあしおらしくされても困るがと眉間を揉み、溜息をつく。

ひとまず、視線で文字を追いながらもサンドイッチに手をつけ始めていたので良いだろう。しかし座りながらだろうが綺麗に食べるものだと、そんな事を思いながら長居はすまいと踵を返しかけた時だ。

「おまえは、鈍感で良い、ね」

「はい？」

食事の席についたアリムから寄越された声に、ナハスは足を止めた。

鈍感というのはどういう意味なのか。気配には敏い筈だがと疑問を浮かべていれば、アリムが棒読みのような笑いを零す。布の隙間から覗く指先が、ちょいっとリゼルを指した。

「良い意味で、だよ。高貴だとか、上位だとか、畏れ多さは感じてる筈なのに、それを理解した上で、引かないし、委縮しない」

「それは……」

「分からない、でしょ？　だから、鈍感」

再びアリムが笑う。

王族に仕える立場のナハスが、自らを従えるような存在に気付かない筈がなく。それなのに平然と世話を焼き、本心から説教が出来るというのは矛盾ではないのかと。

「だから、気に入ったんだろう、けど」

「殿下？」

「何でもない、よ」

ひらりと退室許可を与えられ、ナハスは訳が分からんと思いつつ書庫を出た。

「理想は、気付いてる癖に、平然と並べること、かな」

ナハスの去った書庫で、アリムがぽつりと呟いた。

思い浮かべるのは、今はいないリゼルの隣に立つ二人。両手を目の前の布に差し込み、さて食事にしようかと左右へと割って露わになった口元には、薄っすらと笑みが浮かんでいた。


空に朝焼けが覗き始めた頃、ジルは外から宿の扉を開いた。

「リーダー、昨日帰ってきてねぇんだけど」

二階の柵から此方を見下ろし、欠伸を零すイレヴンを一瞥してシャワー室へと向かう。

ジルも昨晩は宿に帰っていない。一晩中潜り続けた迷宮で、夜中だろうが何だろうが今まで止まる事なく淡々と魔物を斬っていた。汗ばんだ肌に舌打ちを零し、誰もいない脱衣所の扉を開ける。

狭いそこで手早く服を脱ぎ捨て、張り付いた髪が鬱陶しいとばかりにグシャリと一度だけ搔き混ぜた。

「……、……」

眉を寄せ、一瞬立ち止まりながらもシャワー室へと足を踏み入れる。

首筋に滲む汗の感覚が不快だ。最近のアスタルニアは特に暑い。一過性のものらしいが、暑さの苦手なジルには随分と堪えた。

だからだろうか。暑さと、それ故の寝不足で、言うつもりのない言葉を口にしてしまったのは。切欠が何だったかなど覚えていない。口論と言う程に激しくはないが、いつの間にか会話は不穏なものになっていた。

「(ぬりぃ……)」

壁に埋め込まれた魔石に触れると、頭上から幾筋もの水が降ってくる。

湯というには酷く温い。だが、熱を持った体には熱いより良い。ざっと頭からそれを被り、水気をとるように額から後頭部にかけて掌を滑らせる。閉じていた瞳を開き、思い出すのは硬質のアメジストだった。

その瞳が自身の告げた言葉に一瞬揺らいだのは、きっと気のせいではない。顔を顰めながら、簡単に全身の汗を流していく。

「(被害者面すんじゃねぇよ)」

何をしてでも許してやるし、何を請われようと叶えてやるが、自身の行動に口出しされる謂《い》われはない。たとえリゼルの方が正しかろうが何だろうが、従う理由にもならない。それを理解しているリゼルだからこそ、普段はジル達を放置しているし、何かを強要したりもしないのだから。

しかし、リゼルもそうかと言われると違う。彼は好き勝手動いているように見えて、ジル達の意見に従う事が多い。それは冒険者として教えを請う場面に限らず、大抵は何を言われてもすんなりと頷いている。

周囲を従わせる姿が容易に想像できる彼のイメージとは矛盾するそれが、元の世界の国王の影響かどうかはジルには分からない。知りたいと思った事もない。重要なのは、つまり今回の諍いはリゼルにとってわざとであるということ。だからこそ、ジルも引かなかったのだから。

「(意外と形から入りたがんだよな……)」

分かりやすく対等でいたいのか何なのか。とる手段は割と力技のリゼルだ。

勿論、遊びや試しで人を怒らせるような真似をする相手ではない。ただ、普段は無意識で保つ平常心を敢えて放棄した。貴族として敵対者との口論など慣れたものだろうに、感情のコントロールを全て外す事にも、会話の先を予測しない事にも全く慣れていないのだ。

その結果、拗ねているのだから世話がない。

ジルは舌を打ち、ぬるま湯を止めてシャワー室を出る。備えられたタオルを手に取り、適当に水気を拭った。最低限の服だけ身につけ、狭く暑苦しい脱衣所から廊下へ。

「あー……何だあの夢……すっげぇ夢見た……訳分からん……誰だ出て来たの……怖……あんな夢

見る俺が怖……」

向かいから宿主が、明らかに寝起きでとんでもない寝癖を披露しながら歩いてきた。

訳の分からない事を呟き、ふらふら歩いている宿主へ視線を向ける事なくすれ違う。階段を上り、水滴が落ちそうな髪を軽く掻き混ぜることで散らし、昨晩は帰らなかったと告げられたリゼルの部屋を一瞥しながら自室の扉を開けた。

一歩足を踏み入れ、後ろ手に扉をしめた直後。その手を扉に叩きつけそうになったのは完全に無意識の事だった。咄嗟に気付いて寸前で止めなければ、大破した扉に階下の宿主から悲鳴が上がった事だろう。

扉に触れるか触れないかで握られた拳から、ふっと力を抜いた。ぶらりと腕を下ろし、トン、と扉へと背を預ける。

「……だからってアレはねぇだろ」

片手で顔を覆い、ずるずるとしゃがみ込んだ。

あまりにも珍しい姿に、もしリゼル達が見ていれば囃し立てただろう。慰める気など微塵もない。運が良い、といっては本末転倒か。

ジルは深く長く息を吐き、消えた表情の中で一瞬揺れたアメジストを思い出す。

「あー……」

自責の念を散らすように低く唸った。

よくよく考えれば、別に苛立つことでもなかったのだ。自分がとんでもなくガキ臭い反応を返し

てしまったと酷く自覚している。

穏やかなリゼルの、枷《かせ》を外した珍しい感情の揺れに煽られた。普段ならばリゼルが頷いて終わるだろう会話が予想外に長引き、特に相手が喧嘩腰ではなかったというのに暑さと寝不足で苛立った。後は言うまでもない。

誰にどんな暴言を吐かれようと流せるというのに、何故たった一人の些細な反応を流せないのか。本心から告げた言葉ではないと察している癖に、リゼルがその瞳を揺らした事に多少の優越感を抱いているのだから我ながらタチが悪い。最悪だ。

「(……ぜってぇ不貞腐れてる)」

覆っていた掌から顔を上げ、彼にしては緩慢な動作で立ち上がる。

帰ってきていないと言っていた。恐らくは、どこぞの書庫で本に埋まっているのだろう。ジルはもう一度溜息をつき、取り敢えず仮眠をとろうと上着を脱ぎ捨ててベッドへと潜り込むのだった。


「(ハイ皆さんお待ちかね、リーダー寝起きドッキリの時間でーす)」

イレヴンは戯れるように内心で実況し、王宮の書庫へと潜り込んだ。

なにせ彼がリゼルより早く起きるのは珍しい。ややテンションも上がってしまうというものだ。

厳重な警備を潜り抜けての無断侵入に感慨もなく、本に埋もれた書庫を歩く。

「(床で寝かせてたら消す)」

真顔でそんな事を考えながら、いつもリゼルが古代言語の授業を行う机へ。

そこにリゼルの姿はない。立ち並ぶ本棚の狭間をうろついているのだろうかと思うも、ふと見つけた痕跡にその可能性を捨てる。床の上に、まるで人一人を囲むように積み上げられた本の山。

「(床かァ……)」

イレヴンは歩みを再開した。

迷路のような本棚の道を抜け、書庫の端へ。壁に埋まるようにひっそりとある扉を見つける。以前に聞いていた、王族の引き籠もり用生活空間だろう。

遠慮なく扉を開け放ち、中へと体を滑り込ませた。

「見っけ」

吐息だけで呟き、イレヴンは薄っすらと笑った。

部屋は特別狭くも広くもない。しかし意外ときちんと王族らしかった。そのまま奥に置かれたベッドを無視し、ソファへと近付いていく。流石に王族をどけてベッドに寝る、とはならなかったのだろう。

ソファの真横に立ち、上下する毛布のふくらみを見下ろした。自らの髪を弾きながらしゃがみ込み、端に顎を乗せるように覗き込む。

柔らかいソファの上で、柔らかいクッションに頭を乗せ、静かに寝息を立てているリゼル。その顔に疲労の色はない。自らのコンディションを整えつつ読書に没頭する彼が、徹夜という手段をとるほど深刻な状況ではないようだと安堵する。

そのまま暫くじっと見ていたが、起きる様子はない。リゼルの顔を滑った前髪を指先で摘んでみて、ふと思いついた。紐を取り出しごそごそと手元を動かす。

「よっし」

呟き、立ち上がった。

寝起きドッキリと戯れてはみたが、元々起こす気など微塵もない。確認すべき事もしたしと、入ってきた時と同様にイレヴンは無音で書庫を出ていった。


ナハスは朝から床で黙々と本と向き合っているリゼルを見下ろした。

ちなみに昨晩は、そろそろ寝ただろうかと一応覗きに来た書庫で黙々と読書に励むリゼルを見つけ、無理矢理寝かせている。寝た時と格好が違うし、最低限の身支度も済んでいるので、きちんと寝て起きて読書を再開したのだろう。

朝食をどうするか聞きに来たのだが、とじっと見る。探すまでもなく、昨晩とは決定的に違う点が一つだけあった。

「前髪が跳ねてるぞ」

「うふ、ふ」

あらぬ方向に一房、飛び出た前髪。

これは直そうとしても直らなかったのだろう。きちんとした身なりを好むらしいリゼルにしては珍しい。寝癖なのだろうかと疑問に思っていると、ふとアリムから答えが寄越された。

「起きたら、髪が結ばれてたって、笑ってた、よ。真紅のかれの所為、だって」

無断侵入されている。

王族の寝室に忍び込むなど厳罰ものだ。リゼル達など既に顔パス状態にも拘わらず、何故わざわざ忍び込むのか。その理由が〝何となく雰囲気が出ると思った〟などとはナハスには知る由もない。

これは一度きつく言わなければと考えつつ、膝をつく。取り敢えず今はリゼルの事だ。この調子だと朝食もここで食べるのだろうが、そろそろ事情ぐらいは聞いておきたい。

「御客人、聞きたいことがあるんだが」

リゼルの開く本に手をかけ、問いかける。すると、ようやく気付いたとばかりに伏せていた顔が上げられた。

「おはようございます、ナハスさん」

「ああ、おはよう」

微笑みながら寄越された挨拶に、頷きながら返す。

昨日に比べ、若干の余裕が出てきたようだ。座りこんでの読書姿を見る限り、全くの普段通りという訳でもないようだが。

ふいに、アリムも近付いてくる。近くの床に座り込む姿は、その話に興味があると如実に伝えてきていた。

「聞きたいこと、ですよね」

苦笑するリゼルは、ナハスが何を聞きたいのか当然理解しているのだろう。

何故一人、書庫で読書に励んでいるのか。何があったのか。それは純粋な心配で、言いたくないというならばナハスも無理に聞き出す気はなかった。

しかしリゼルは、あっさりとそれを口にする。

「ジルと喧嘩しまして」

「お前らはどうしてそれだけの事を大事《おおごと》に出来るんだ」

「俺にとってはそれだけじゃないんです。だから、全力で不貞腐れてます」

ナハスは確かにと納得しそうになり、すぐに否定した。

どう考えても屁理屈だ。普段は話一つで他者を納得させる術を持っている癖に、時々こうして堂々と屁理屈を混ぜるのだから油断できない。不貞腐れるのに王宮の書庫を使うなだの、使うなら席に着けだの、食事時ぐらい本を置けだの言いたい事はあるが、その心情を憚《はばか》り口にするのは止めておく。

隣のアリムは納得したのだろう。頷きながらリゼルの積み上げた本へと手を伸ばしていた。

「分かった。なら、朝食は用意させよう」

「有難うございます」

「早く仲直りするんだぞ」

王宮関係で特に何かがあった訳ではないようだ、と安堵してナハスは書庫を出た。

ナハスの消えた書庫で、アリムはじっとリゼルを見ていた。

投げかけられた〝仲直り〟の言葉に目を瞬かせ、何かを考えている。しかし珍しい事に、どうにも思考が纏まらないらしい。まるで逃げ道を探すように読書に戻ろうとしている。

そんなリゼルが、ふとすぐ隣に座り込むアリムに気付いたようだ。昨晩もアリムは、何だかんだで離れすぎない距離にはいた。それより近い事に、何か用事でもと思ったのだろう。

「殿下？」

「あなたから、仲直りするのかと思った、けど」

ナハスのように言い聞かせはしない。ただの問いかけだ。

強要はせず、ただ少し促しはしたかもしれない。悪意も他意もなく、普段とは違うリゼルの行動を観察したいという知的好奇心も否定は出来ないが。

答えはすぐには返ってこなかった。濡れた宝石のような瞳が一瞬瞼の向こう側に消え、そっと他所へと流れてしまう。

アリムから見たリゼルの印象は、自ら波風を立てないよう立ち回るタイプだ。きっと敵対者との対面もソツなくこなす。戦場で殺意を向けられようと気にもかけないだろう。しかし、必要であれば容赦なく相手を叩き伏せる事も出来る。

「喧嘩、したことなくて」

そんなリゼルの少しばかり遠慮がちな声に、アリムは布の中で目を瞬いた。

昔から書庫に引き籠もりがちな彼自身にも、数多い兄弟との喧嘩の記憶は多々あった。それこそアスタルニアの男らしく、殴り合いも珍しくはない。応戦は主に蹴りだったが。

些細な仲違いを含めて喧嘩というなら、それこそ数えきれない程にあるだろう。

「俺が余計なこと考えたからかなっていうのは分かってるんです」

「うん」

「けど、いつもなら許してくれるのに」

「うん」

「あそこまで言う事ないと思います」

「（あー……）」

丸められていくページの角を、もはや少し楽しみながら眺めた。

きっと無意識なのだろう。以前にもふとした時に、曲がってしまったページをせっせと直している姿を見た事がある。その視線は紙面を向いてしまっているものの、読んではいないようだ。

不満を零す口元は動きを止めず、しかし言葉通り自身に落ち度があるのは分かっているのだろう。アリムとて弟の多い兄である。全てを察し、好きに吐き出させる事に決めた。

もはやアリムにとって、どちらに落ち度があるかなど問題ではない。ただ普段は穏やかに古代言語の教授を務めるリゼルの変化がひたすら興味深い。

「大体ジルなんて、俺がいないと勘で迷宮を進むんですよ。確かに彼ならそれでも踏破できるけど、ちょっと迷うだけですぐに面倒臭がるくせに」

「そう、だね」

「甘い物だけじゃなくて実はキノコもあまり好きじゃないからって、時々俺の皿に乗せてくるのはどうかと思います。食べれるなら食べれば良いのに」

「気持ちは、分かるけど」

「前なんて、見張り交代で私を起こす時に枕を顔の上に乗せてきたんですよ。微妙に押さえられて凄く苦しかったです」

「(わたし……?)」

気が済むならそれで良いと、アリムはうんうん頷きながら聞いていた。

ちなみに普段ならば、実の兄である国王の愚痴さえ開始数秒で聞き流す。そんな彼が本も開かず、親身になって聞いているのだから随分と破格の待遇だった。

そして、不貞腐れた表情で髪を耳にかけたリゼルの、その髪の隙間から覗いたピアスを眺めていた時だ。ふいに書庫の扉が開く音がした。ナハスが朝食を用意して戻って来たにしては随分と早い。

近付いて来る足音を、リゼルと共に待つ。現れたのは予想に違わぬナハスだった。

その手には朝食も何も持たれていない。背後に使用人も連れていない。どうしたのかと二人で反応を窺っていれば、ナハスは神妙な顔でリゼルを見下した。

「一刀が来てるぞ。……ついでに言えば、会話は扉まで聞こえていた」

外の雑音が届かぬ書庫では些細な音もよく響く。

リゼルの愚痴はナハスの咄嗟の判断で告げた〝入室許可をとるまで〟という建前の元、扉の前で待たされているジルに丸聞こえだったようだ。アリムがリゼルを見れば、真顔で本を閉じている。

「隠れたら怒られるでしょうか」

「ここ、入る?」

アリムは重なり合う布の前面を広げてみせた。

露わになった形の良い輪郭が、弧を描く口元までリゼルへと晒される。金糸のような髪が肩を滑り、アスタルニアの王族らしい服装が書庫の優しい明かりに照らされた。

つまり他の大部分の国民と同じく腹が丸出し。本人に自覚はないが、鍛えられたしなやかな体つきと薄っすらと割れた腹筋は、王族の武術的教養のお陰だ。伊達に相応の重さのある布を平然と被り続けてはいない。

「魅力的な申し出ですけど」

「そう、残念。居心地良い、のに」

一音一音、呟くように笑い、アリムは布を閉じた。

そのままゆっくりと立ち上がり、一言「良いよ」と告げる。その許可を向けた先、ナハスが気遣わしげにリゼルを見て、リゼルがそれに苦笑しながら頷いた時だった。

ずっと声は聞こえていたのだろう。早々に本棚の隙間から黒の長身が現れた。視線は真っすぐにリゼルへ向けられており、アリムはその場を離れようとした足を止めてその姿を目で追う。

「ジル」

手にした本を床へ置き、座り込んだまま己を見上げる姿に何を思ったのか。

ジルはふいに背をかがめ、手を伸ばす。その長い指が微かにリゼルの額をなぞり、指先を潜らせるように前髪を梳いて離れた。

「寝癖」

呆れたような声に、リゼルが少しばかり拗ねたように目を細める。

「君だって起きたばっかりでしょう。ちょっと跳ねてます」

「俺は良いんだよ」

「俺だって寝癖じゃないです」

前髪を撫でた手が、立てと言わんばかりに座り込んだ相手の腕を引き上げた。

リゼルは抵抗なく立ち上がり、軽く服を払う。そして心配しているのか何なのか、複雑そうな顔をしているナハスへと微笑んだ。

「朝食、食べられなくてすみません。機会があれば、次はぜひ」

「あ、ああ」

「本、そのままで、良いよ」

床に積み上げた本へ視線を向けるリゼルに、アリムはあっさりと声をかけた。

「勉強は良いのか」

「はい、殿下も読書に気が向いてるみたいですし」

「つうか嘘言うんじゃねぇよ、キノコ食っててんだろ」

「時々、大きいのを俺の皿に乗せてくるじゃないですか」

離れていく話し声。

アリムはそれに耳を澄ましながら、目当ての本を探し出す。壁から三列目、背の低い本棚の一番下の段。右端に置かれた本を手に取って元の場所へと戻れば、それで良いのかと言いたげなナハスが立ち尽くしていた。

きっと、それで良いのだろう。

誰と仲違いしようと、決して自ら動こうとはしないだろう男が迎えにきた。それを知るリゼルには充分伝わり、それは逆も同じこと。そもそも自身に落度を感じていなければ書庫になど籠もらなかっただろうと、ジルも気付いているのだから。

「まぁ、あいつらが仲違いしてると落ち着かない……というか、何か起こりそうな嫌な予感で落ち着かないからな。元に戻ったなら良かった」

そう結論付け、安堵したように零すナハスをアリムが一瞥した。

「ナハス、本、片付けて」

リゼルと関わって以来、何故か王族との関わりが増えたという一見すると栄誉でしかない現状に、しかしナハスは釈然としないものを感じている。そんな彼に気付く事なく、アリムは至福の読書タイムを堪能するのだった。

92.

パルテダールの王都。

そこの、大衆向けよりもう少しだけ良い立地にある小さな店。店先にある〝鑑定に自信あります〟と自信なさげに書かれた小さな看板が、爽やかな風に揺られていた。

窓から暖かな日差しが降り注ぎ、ゆったりとした時間が流れている店内。そこでは訪れた上位冒険者を送り出したばかりの店主が、無事に鑑定を終えられた安堵にゆっくりと肩の力を抜いていた。

少しだけ猫背ぎみの長身を反らすように腰を伸ばし、片目にかかるモノクルを慣れた手つきで外す。シャラ、と細いチェーンが擦れ合う音。そのまま作業台へと置いた。

そこには、相手が希望した為に買い取った迷宮品があった。ちらりと見下ろし、さてどのルートで卸そうかなと、丁寧な手付きでそれを手にする。店では扱わない類の迷宮品だ。そういったものは、定期的に店を訪れる馴染みの商人にまとめて卸す事が多い。

冒険者に縁はないものの迷宮品は欲しい中心街に頼まれ、そちらに回す事もあるが。

「すみませーん」

「あ、はいっ」

扉の向こうから聞こえた声に、ジャッジはパッと顔を上げた。

手に持つ迷宮品を置いて、足早にそちらへ向かう。扉を開ければ、立っていたのは郵便ギルドの制服を身に纏った少女だった。不釣り合いに大きな鞄を肩にかけ、その中から二つの封筒を取り出して渡してくれる。

礼を言って受け取り、扉を閉めながら手にした手紙を見下ろした。

一通は、月に一度は必ず届くインサイからの手紙。恐らく中は、ジャッジを心配していたり溺愛していたり助言だったりが綴られているのだろう。

「あっ」

そしてもう一通、封筒を裏返して見つけた名前にジャッジは喜びの声を漏らす。

アスタルニア独特の野趣《やしゅ》に富んだデザイン。しかし繊細な細工が施されている封筒は品格すら感じ、そこに少し斜めになった綺麗な文字でリゼルの名前が書かれていた。

「開くの、勿体ないなぁ」

にこにこと顔が緩むのを抑えきれないまま、封筒を眺める。

裏返し、傾け、そうしている内に封筒の片隅に何かの紋章が薄っすらと浮かび上がっているのに気付いた。よく見えるように光に翳《かざ》しながら、どこかで見た事がある紋章だと首を傾げる。

「あ……」

アスタルニア王族が好んで使用する紋章だ。それに気付き、無言で翳していた手を下ろした。

「……貰ったのかな」

面白みのない封筒しか見つからないと零したリゼルに、アリムが〝たくさんあるから〟と普通に渡した事実を言い当てながらジャッジは頷いた。面倒ごとに巻き込まれるようなリゼルでもないし、アスタルニアを満喫しているのならそれで良い。

きっとアスタルニアっぽいから喜ぶだろうと送ってくれたんだろうな、とふにゃふにゃ笑い、作業台の椅子へと腰かける。ペーパーナイフを手に取り、ひとまずインサイの手紙は後回しにリゼルの手紙の封を開けた。

「礼儀正しいなぁ」

季節の挨拶から始まる文章は、しかし親しみがない訳ではない。

内容は、以前ジャッジが送った手紙に対する返答。そしてジル達のことを含めた近況報告や、アスタルニアでの体験談など。読書を趣味にしているからかどうかは分からないが、読みやすくて楽しい手紙だ。

ざっと最後まで目を通し、そして再び最初からゆっくりと大切に読んでいく。どうやら初めての料理でジルに器用だと言われたようだ。初めてと聞くと危なっかしいし、正直リゼルに包丁を握るような真似をしてほしくないが、流石だなぁと口元を綻ばせた時だ。

「失礼します」

聞き慣れた声と共に店の扉が開く。

淡々とした無表情と抑揚《よくよう》のない声、現れたのはスタッドだった。リゼルと出かける用事でもなければ基本的にギルドの制服しか着ないので、休みなのかどうなのか判別がつかない。

しかし休みの日もやる事がないと働いている上、個人的な用事でジャッジの店に来る事も滅多にない。今日も仕事関係なのだろう。

「スタッド、どうしたの？」

「次回の鑑定依頼について確認したい事があったので。想定していた量を超えての鑑定となりそうなので先立って代金の相談をしようと思ったんですが、何を締まりのない顔を」

ぴたりとスタッドが言葉をきった。

ふにゃふにゃとした、いつもリゼルへと向けていたジャッジの表情に気付いたのだろう。その視線が手元に流れたのを見て、ジャッジはこれでもかという程に幸せそうに手紙を持ち上げてみせた。

「リゼルさんからの手紙、届いたんだ」

「何故愚図《ぐず》にはあって私にはないんですか」

「え、だって返事だし……リゼルさんが行っちゃった後、手紙出してみたから」

表情は何も変わらないまま、スタッドの背後にピシャンと雷が落ちた。ようにジャッジには見えた。その心情を想像してみるならば「そんな方法が……」だろうか。

スタッドにとっては手紙など、業務の一端に過ぎないのだろう。必要になれば用意して、形式的な挨拶から始まり、用件だけを書いて、形式的な挨拶で締める。それだけのものだったので、リゼルに手紙を出すという発想がなかったようだ。

「やっぱりアスタルニアって遠いよね。返事が貰えるとは思ってなかったけど、結構かかるみたい」

リゼルの事だから、さほど間を置かず返事をくれたのだろう。

ジャッジとしてはその手を煩わせるつもりなど微塵もなく、勿論返信が貰えたのは心の底から嬉しいが、読んでもらえたら良いなという気持ちで送ったのだ。返事を一日一日数えて待つ事などなかったが、思えば自らが手紙を出してから結構な日数が経っている。

簡単に会いに行けないなと内心で寂しげに零しつつ、ジャッジは手にした便箋の内の一枚をスタッドへ差し出した。

「はい、スタッド宛」

言われた意味が分からなかったのだろう。スタッドが一瞬動きを止める。

「あの方から私に」

「うん」

スタッドは特例でギルドに住み込んでいる。

個人的な手紙を送っても、他の業務的な手紙に紛れてしまう。だからリゼルはジャッジの店へと一緒に送ったのだろう。封筒を一枚にまとめたのは、アスタルニアと王都間では手紙の枚数制限があるからか。

距離があるって色々と大変だなぁと考えているジャッジの目の前では、スタッドが神妙《しんみょう》に便箋を受け取り、見た事ないものを見たとばかりにそれを見下ろしている。

とはいえ、傍から見れば無感情なのだが。これを完全に読み取れるリゼルは凄い、と何度目かの賛美を遠くアスタルニアへと送りつつ、ジャッジは再び自らへと宛てられた手紙に目を通していく。

「手紙の」

「ん？」

暫くして、ぽつりとスタッドが呟いた。どうやら読み終わったようだ。

「手紙の返事を書きたいんですが、書くべき用件が何もありません」

「別に、特別な用事がなくても良いんじゃないかな。こんな事があったってだけでも、スタッドが元気だっていうのは伝わるし……リゼルさんは喜んでくれると思うよ」

じっと手紙を見下ろすスタッドを眺めてると、ふいに銅貨を差し出された。

ジャッジがそれと引き換えに封筒と便箋を渡してやると、彼は立ったまま作業台に向かってカリカリとペンを動かし始める。

その間に、ジャッジは裏で二人分の紅茶を用意した。一つを作業台の上に置くが、スタッドがこの店に来てカップに手をつけた事はない。飲まなければ飲まないで自分が飲めば良いし、と椅子に腰をかけて温かな紅茶を一口飲む。

そして数分後。息抜きのティータイムを過ごしていたジャッジの前で、スタッドがすっと背筋を伸ばした。

「出来ました」

「え、見て良いの?」

「何がですか」

「スタッドが良いなら良いけど……」

堂々と差し出された手紙を受け取り、ジャッジは恐る恐る目を通す。

「…………スタッド、これじゃ業務日誌……」

「貴方の言う通りに書いたのに何が駄目なんですか愚図」

凍り付くような視線に、そんなこと言ってもと口ごもりながら再び手紙を見下ろした。

書かれているのはスタッドの行動報告。しかも箇条書き。リゼルの事なので、ほのほの微笑みながら「相変わらずですね」と受け入れそうだが、流石にこれは手紙とは呼べないのではないか。

「えっと、じゃあ……ほら、リゼルさんの手紙の返事とか! 後は伝えたい事とか、自分の気持ちとかも書くと手紙っぽいんじゃないかな」

「貴方は用事もないのに何を書いて送ったんですか」

「僕？　それは、その……店は順調だとか、リゼルさんの事をお客さんに時々聞かれるとか、鑑定で変わった本が持ち込まれたとか」

ジャッジは一度言葉をきり、ぐぅっと口を噤《つぐ》んでそろそろと視線を流す。その目元が微かに赤く染まった。

「さ、寂しい、とか………痛っ、何スタッド！」

無感情に引っ叩かれた。

半泣きになりつつ抗議するも、何かが苛ついたのだから仕方ないと切り捨てられる。そのまま、贈った助言を参考にしたのかどうなのか次の手紙を書き始めたスタッドを見て、ジャッジは泣き寝入りするしかなかった。

「リゼルさんの前ではあんまり叩かなくなったのに……」

恨めしげに零すも、完全に無視された。

そのスタッドの手つきは、流れるように動いていた先程と違い途切れがちだ。黙々と考えながら書いているのだろう。

なら自分もすぐに返事を書いてしまおうと、ジャッジは心弾ませながらペンを握った。

感情のないガラス玉のような瞳を伏せ、スタッドはペンを握る手に力を込めた。

「（返事、というと）」

目に焼き付けたばかりのリゼルの手紙。

挨拶の文から始まり、簡単な近況報告があった。そしてアスタルニアの冒険者ギルドの依頼ボードには、雑多に依頼用紙が張り付けられていて王都との違いを見つけたこと。リゼルの目に入るものなのに適当な事をするなと言いたくなる。

ギルド職員をついスタッドと比べてしまうこと。少しの優越感と、思い出してもらえている事への喜びを感じる。迷宮の初踏破で少し目立ってしまったこと。リゼル達が迷宮踏破したくらいで、何を驚く事があるのだと思う。

ギルドが勝手にリゼル達への指名依頼を断ってしまったこと。自分だったら王族を相手にしていようが何をしていようが、リゼルの優先順位を考慮して話を通してみせるというのに。

栞《しおり》の使い心地が良いこと。美味しいコーヒーの店を見つけたから、ぜひ一緒に行きたいと思ったこと。自身を気遣う言葉。全てがスタッドの動かない筈の感情を揺り動かす。

「(伝えたい事と、自分の気持ち)」

再びペンが止まる。

果たして書いて良いのだろうか。正直、というよりは思った事をそのまま口にするスタッドを、確かにリゼルは好ましいと言ってくれた。ならば問題はないだろう。

ジャッジと被るのは心の底から癪だが。ペン先を短く走らせる。

「あ、書き終わった？　へぇ、やっぱりスタッドの方はギルドの話が多かったんだ」

「何を勝手に見ているんですか愚図。引っ叩きますよ」

「えっ、だってさっきは見せてきたから……！」

覗きこんで来た顔を、冷たく見下《みくだ》した。

そして便箋を折りたたむ。リゼルに出すのだから、もう少しきちんとしたものが良いだろう。ギルドの対お偉方《えらがた》封筒は何処にあっただろうかと考えながら、腰元のポケットにねじ込んだ。

リゼルからの手紙は丁寧に胸ポケットへと仕舞い、押さえるように上から手を当てる。

「早く、貴方に会いたい」

ぽつりと零したのは、手紙の最後に綴った本心。

スタッドは何か言ったかと不思議そうなジャッジに淡々と否定を返し、当初の目的である鑑定依頼についての話し合いを何事もなかったかのように始めた。


リゼルがアスタルニアで見つけた、コーヒーの美味しい喫茶店。

居心地の良いテラス席で、のんびりとページを捲る時間が心地良い。頻繁というほど訪れている訳ではないが、目を引くリゼルは非常に印象に残りやすいのだろう。

店側からすれば充分に常連と言えた。店の席が全て埋まることなど滅多になく、居心地が良いからと微笑みと共に告げられれば嬉しくない訳がないので長居はむしろ大歓迎だ。

店の品格が上がったように思わせる読書姿に、店内の客達が時折そちらを見るのも分かる気がすると店主は語る。大きく開かれた窓を額縁のように、その姿はまるで一枚の絵画を見るかのようで。柔らかな手付きで自らの淹れたコーヒーを飲む姿が不思議と誇らしい、とも。

「(そろそろ手紙、届いたかな)」

そよぐ風に微かに紙を揺らしながら、リゼルは美しい栞をページの隙間に差し込んだ。

ジャッジの手紙は、王都の様子や自身のこと。そして此方を心配する言葉が所狭しと並んでいるという何とも彼らしいものだった。折角だからと手紙という発想がないだろうスタッドの分も書いたのだが、仲良く読んでいるだろうか。

国同士の距離もあって配達代はそれなり。しかしきっと、二人ともまた返事をくれるのだろう。微笑み、静かに本を閉じる。

「ごちそう様です」

「またお待ちしております。お気をつけて」

店内へ向かって声をかければ、店主の落ち着いた声が返ってくる。

いつものように銀貨一枚をコーヒーの皿に添え、リゼルはそのまま立ち上がった。値段よりも高いそれは、長居したくなる居心地の良い空間へのお礼。店主も初めこそ戸惑っていたが、今では何も言わずに受け取ってくれる。

その代わり、次に来た時には少しの茶菓子がついてきたりもするのだが。リゼルは微笑んで、数段しかないテラスの階段を降りた。

「(どうしようかな)」

地に足をつけ、さて何処に行こうかと目的地も決めず歩く。

時間は昼前。ジルに貰った短剣でも研いでもらいに滅多に行かない鍛冶屋に一人デビューでもしてみようかと、そんな事を思いながら歩いていた時だった。

「ん」

ふと、港に向かって歩いている見知った顔を見つけた。

いつもと違う格好と持ち物に興味を引かれ、向かい側から歩いてくる相手に声をかける。

「宿主さん」

「その優雅な足取りと耳に優しい声は貴族なお客さん。お出かけですか俺もです」

声をかければ少しばかり驚いていたが、宿主は荷物を背負い直しながら足を止めた。

リゼルはその背にある、見覚えはあるが馴染みのない荷物を見てゆるりと首を傾げる。その視線に気付いたのか、宿主が片手にぶら下げた籠を持ち上げてみせた。

「ちょっと時間が空いたんで久々に趣味の釣りにでもと思いまして。良いやつ釣れたら夕食に出しますので請うご期待ですよ」

「釣り」

成程、と頷いてリゼルはじっと背負われている釣り竿《ざお》を見た。

恐らく木で作られているのだろう。表面は光沢を持ち、しかし使い込まれているのが分かる。趣味だというし、宿業務の合間に今までも度々釣りに出ていたのかもしれない。

リゼルとて、冒険者になって魔物ならば魚を仕留めた事もある。だが、魔銃で撃ち抜くのと釣るのとでは全くの別物の筈だ。

「本当は早朝が良いんですけど、今日は当たりって聞いてるし今からでもまぁ釣れると」

「俺も一緒に行って良いですか？」

「マジか」

素人連れでは釣れるものも釣れないだろうか、と思いつつも聞いてみる。ただひたすらに釣りをしてみたい。

「御迷惑でしたら良いんですけど」

「いやいや迷惑じゃないけど何だコレ。お客さんが釣りしてるとこ全っ然想像出来ないんですけど」

やはり無理だろうかと思ったが、どうやら嫌がられてはいないようだ。

何やらイメージが、だの注目度が、だのと呟いている宿主の返答を待つ。駄目だったのなら少し残念だが、後日イレヴンにでも言えば連れて行って貰えるだろう。

「俺も一人よりは全然楽しいし、普通にのんびり釣るだけですけど良いですか」

「はい」

「ならオッケーですけどどうしよう。竿一本しかなくて」

「教えてくれるんですか？」

釣らずとも見ているだけで、とも思っていたが、どうやら一緒に釣りをやろうと思ってくれたようだ。微笑み、大丈夫だと頷く。

今まで一度たりとも使ったことはないが、リゼルも釣り竿ならば一本持っていた。

「宝箱から出た〝持つと凄くしっくりくる竿〟があるので大丈夫です」

「何だこれ超しっくり来る」

ポーチからずるずると取り出した竿を渡せば、宿主は大層感動してくれた。

ちなみにしっくり来るだけで、釣りやすいとかそういった効果は全くない。アスタルニアの海の迷宮で出たものだが、頼んだ鑑定士は酷く居た堪れなさそうに鑑定結果を教えてくれた。

「こんなものまで宝箱から出るんですね」

「不思議ですよね」

ジルとイレヴンには爆笑されたのだが、心底不思議そうに竿を眺める宿主にリゼルはその事実を全て隠した。彼はいまだに冒険者らしい迷宮品を諦めてはいない。

「何処で釣るんですか？」

「港の桟橋ですよ、今の時間空いてるんで」

リゼルは宿主から釣り竿を受け取ってポーチへと仕舞い、先導されるままに歩き出した。


リゼル達は長い桟橋の中程で、青い海を見渡していた。

「こういうの、穴場って言うんですっけ」

「お客さんって何でそんな顔広いの？」

この場所を勧めてくれたのは、港で偶然出会った一人の漁師だ。

鎧王鮫《オリハルコンシャーク》の解体に一役買ってくれた漁師の内の一人で、リゼルが釣りに初挑戦すると言ったら「一度はやっておけ」と力説して、漁師以外は滅多に利用しないこの桟橋を紹介してくれた。

アスタルニアでは誰もが幼い頃に一度は釣り遊びをするという。今までやった事がないと言うリゼルの言葉が、それほど信じ難かったのだろう。

「簡単な奴ですが椅子どうぞ」

テキパキと準備をしている宿主が、木製の小さな折りたたみ椅子を勧めてくれた。

「宿主さんが自分用に持ってきたやつでしょう？　一つしかないし、使って下さい」

「俺だけ座ってお客さん地面に座らせるとか全力で石投げられるレベルでやっちゃいけない事だと思います」

真顔で断言する宿主に、リゼルは苦笑しながらポーチを漁った。

「なら、俺も自分のがあるので」

何だかんだで野営も度々あり、見張りでは椅子も使う。

初野営の時に地べたに座るのを良しとしなかったジャッジの影響により、リゼルの中では見張りは椅子に座りながら行うものであった。当然そんな事はないのだが、本人は知る由もない。

「ただちょっと、桟橋には不釣り合いな気がしますけど」

「空間魔法って凄いですねマジで」

ジャッジにより用意された椅子は、背もたれも肘掛けもある普通の椅子だ。

宿主の折りたたみ椅子の横にコトリと置き、これなら大丈夫だろうと満足げに眺めるリゼルの隣。

何とも言えない顔をした宿主が、まぁ折りたたみ椅子に座るより違和感はないかと何とか納得していた。

「じゃあ釣り始めましょうか」

「はい」

宿主が持っていた木の籠を海へ沈める。

持ち上げても水は漏れない。釣れた魚を入れるのだろうかと覗き込んでいれば、宿主は荷物の中から三つの木箱を取り出した。しゃがんで桟橋の上に並べられたそれを、リゼルもしゃがんでじっと眺める。

「本当に釣りに興味あったんですね」

「ありますよ」

今更ながら意外そうに告げた宿主に、何故それほど意外そうなのかと思ってしまう。

「はい今回用意した餌は三種類ですご覧ください」

リゼルが見つめるなか、一つ目の木箱の蓋が開かれた。

「一つ目は俺お手製練り餌で、固めて針につけるも良し撒《ま》いて魚をおびき寄せても良しの優れ物」

「成程」

餌まで手作りするなど、彼の凝り性っぷりが存分に発揮されていた。今までの食事や弁当を見ていれば納得だが。

「二つ目は魚卵です種類は色々。どうにも固くて食用には向かない卵が釣り用に安く売られてたりします」

「無駄がないですね」

固いだけではなく、味もあまり美味しくないようだ。固い触感を楽しむ塩漬けなどが酒のツマミとして売られているものの、通常の料理には向かないらしい。

そのかわり針に刺しても簡単に崩れず、大きさも大小あるそうで釣り人には重宝されているという。釣り人によっては狙う魚によって使い分けたりもするそうだが、リゼルには大きさ以外の区別はあまりつかなかった。

「そして三つ目ですが貴族なお客さんの目に入れるのがとてつもない罪悪感。でもめっちゃ知りたそうに見られてるし行きますよ、ハイどーん！」

そして三つ目、箱の中には激しく蠢《うごめ》く白いミミズが詰め込まれていた。

しかし動きすぎではないだろうか、とリゼルは不思議そうにそれを眺める。ミミズというよりは、陸に上がった魚のようにビチビチとその身をくねらせていた。

「これって魔物ですよね。図鑑で見た事があります」

「おっと意外と普通に返された。そうですね、畑荒らしで有名な種喰いワームの子供です」

本来、ミミズの住み着く畑は良い畑だという。

だが、この魔物はミミズの姿をした全くの別ものだ。何故なら畑に蒔かれた種を全て食べ尽くす、最大二メートルまで巨大化する、巨大化したら種どころか作物まで食い荒らすと、農家の天敵でもある。

普段は土の中にいるので見つけにくく、普通のミミズと見間違って放置してしまうなどの厄介な魔物だが、釣りの餌には最適らしい。何十匹も蠢くそれらが今までどんな悪行を働いて来たのかと無駄に想像してしまう。

「好きなの選んでもらって良いですよ」

「そうですね」

うーん、とリゼルは真剣に悩む。

「お客さんのこんな真剣な顔はじめて見た……いやここで？　それで良いの？」

「うん、決まりました」

「あ、そうですか。まぁ魚卵だったら二粒ぐらいつけちゃっても」

初心者だしつけやすそうだし、恐らくそれを選ぶだろうと説明しかける宿主の前で、リゼルがひょいっと種喰いワームを摘み上げた。

「やっぱり大切なのは鮮度と活きの良さだと思うので、コレで」

「ぎゃあぁーーー!!　まさかの手づかみに俺の目が激しい違和感を感じすぎて現実を見失った！　ちょっと待って理解が追いつかない！」

宿主が叫ぶ。

穏やかで品の良い顔立ち。洗練された物腰。人の視線をふっと引き寄せる微笑みと、高貴を宿した瞳。差し出された整った指先……の先で激しく動く種喰いワーム。違和感しかない。

「それを選ぶとは……いや魚目線で全力を尽くそうとしたんですよね分かりますよ……でも俺ほかのお客さんに怒られねぇかな……」

「まさか」

項垂《うなだ》れる宿主に可笑しそうに笑い、リゼルはまじまじと摘んだ種喰いワームを見た。この大きさだとまだ噛みつかないようだ。

そしてもう片手で釣竿から針を引き寄せ、よし、と構える。

「ん、動いて刺し辛いです」

「危ない危ない手付きが危ない！　何で頭から刺そうとしてるんですか！」

びちびちと激しく動く種喰いワームの動きに合わせて針をウロウロさせていたら、叫んだ宿主に止められた。とはいえ言うほど危なっかしい手つきではないのだが、慣れた宿主から見ればぎこちなかったのだろう。

「針を隠した方が良いって聞いた事があるので、頭から通して針に被せるようにぐっと」

「しようとしたんですね分かります。でも難しいから止めておきましょう、背中にちょいっと刺してくれれば充分なんで」

背中にちょい。

リゼルは手元を見下ろしながら、背中側と腹側を見極めようとするも全く分からなかった。だが、どちらでも良い事ぐらいは分かる。

頭なのか尾なのか分からないが、いまだに盛大にびちびちとしている魔物の半ばを指で押さえて、ぐいぐいと針を押し付けた。意外と表皮が固く、数度桟橋へと落とした上、その内の一度はそのままワームが隙間を通り抜けて海に落ちてしまったりもしたが、何とか無事に餌を付ける事に成功した。

そして宿主は手を出したくてもどかしげにしていたが何とか見守ることに成功した。

「宿主さんは何を使うんですか？」

「俺は魚卵ですね、保存利かないんで。練り餌のが食いつき良さそうだったら変えますけど」

糸の先で暴れるワームを感心したように眺め、リゼルは宿主を見る。

彼は手早くプチプチと卵を刺し、ひょいと竿を操りながら立ち上がった。そして撒き餌にもなるという手製の練り餌を海に撒く。海中に落ちたそれが、溶けるように広がった。

宿主が竿を操り、そこにひょいっと釣り針を投げる。

「流石、慣れてますね」

「いやいやそれ程でも」

リゼルも立ち上がり、宿主の真似をするように竿を構えた。

柄のギリギリを持って、少し竿をしならせるように。握り心地が非常にしっくりした竿を振りかぶり。

「失敗しました」

失敗した。

「大丈夫ですか怪我ないですか刺さってないですか！」

「いえ、服に引っ掛かっただけです」

背中側に回った針が、そのまま服に引っ掛かったのだろう。

自分の竿を桟橋に固定した宿主が、焦ったように背中に回って針を取ってくれた。ついでに振り被った拍子に何処かに飛んで行った餌も付け直してくれる。

「すみません、有難うございます」

「いえいえ全然幾らでもどーぞ。投げ込む時は糸持ってみましょうか。竿だけ前出して糸摑んで、振り子みたいにひょいっと離すと狙い通りのトコ行くと思いますよ」

リゼルの握る竿を支え、宿主が糸を手繰り寄せてくれる。

アドバイスに従い、リゼルは受け取った糸をひょいっと離した。すると、上手いこと釣り針が撒き餌の範囲に落ちてくれる。一瞬後にぷかりと浮かんだウキが波に揺れた。

「後は待つだけなので座って待ちましょうか。多分そんな待たないとは思いますけど」

「はい」

椅子に座り、リゼルは手にした釣り竿の先を見る。

手にビンビン来たらかかっている、と宿主は言うが、正直今でも微かにビンビン来ているような気がした。釣り竿の先も小さく引いて見えるのだが、しかし宿主が何も言わないのなら食いついていないのだろう。

静かに深呼吸して、潮《しお》の香を吸い込む。何処かで魔鳥の鳴く声がした。

「よっしゃ来た！」

ふいに、宿主が立ち上がる。

さほど大物ではないのか、そのままひょいと釣竿を持ち上げた。糸に二つついた針には、両方とも小型の魚が食いついている。それを器用に針から外し、宿主は水の入った籠の中へと放り込んだ。

「小さいですけど、これも食べられるんですか？」

竿を持ったまま移動し、籠を覗き込むリゼルに宿主は考えるように口を開く。

「唐揚げとか美味しいですよ、小さいから骨まで食べれるし。まぁお客さん達には絶対足りないので俺の夜食にでもしようかな、ってお客さん引いてる引いてる！」

宿主に促され、リゼルはウキを見た。

波に揺れているのと大して違いがないように思えるが、気付いてみれば竿を握った手にびくびくと何らかの抵抗を感じる。気がする。

「引いて、お客さん引いて！」

「どっちにですか？」

「どっち!? あー、上！　上！」

手応えの割に意外と重い。

リゼルは宿主に促されるままに竿を引きあげた。露わになった糸の先には、一つだけの針に魚が一匹しっかりとかかっている。

「凄い、釣れました」

「よっし！」

嬉しそうなリゼルに、宿主もニッと笑い返した。

「そのままこっち寄せて下さい、うっわ凄い勢いで来た」

「あ、すみません」

針から取ってくれるのだろう。

そっと竿をそちらに向けようとしたら、思いのほか勢いがついた。咄嗟に仰け反って避けた宿主が、魚が暴れるのも相まってぐるんぐるんと揺れる糸を難なく捕まえ、すんなりと魚を外してくれる。

「あーお客さん、コレ毒持ちですよ」

残念そうな声に、しかしリゼルはひるまず頷いた。

「ならイレヴン用ですね」

「⁉」

リゼルに自分で初めて釣った魚を海へとリリースする気など微塵もない。

毒とはいえ舌が痺れる程度で命の危険はないものだ。とはいえこれを調理するのかと黙々と毒魚を眺めている宿主の横で、リゼルは早速次の魚を釣ろうと暴れまわる種喰いワーム相手に奮闘していた。


その日の夕食時。

普段ならば特に互いに声をかける事のない三人だが、今日はリゼルが率先して他の二人を食堂へと誘った。

「今日の夕食、俺が釣った魚が出るんですよ」

揃って階段を下りながら楽しそうに告げるリゼルに、ケラケラとイレヴンは笑う。

「リーダー釣りしたんスか。似合わねぇー」

「捌いてねぇだろうな」

「本当はやりたかったんですけど。〝この前猫の手を覚えました〟って言ったら、猫の手じゃ太刀打ち出来ない相手だからって断られました」

宿主渾身《こんしん》のファインプレー。

「イレヴンの為にたくさん釣ったんです」

「へぇ、楽しみ」

微笑むリゼルに、イレヴンも機嫌を良くしながら目を細める。

そして、全く釣れなかったという事はなかったようで何よりだと内心呟いた。それもそうだろう。慣れた人間のフォローもある上に、一番大切な場所選びも海のプロである漁師によって案内されたのだ。釣れない筈がない。

食堂へと入り、既に三人分の食事が用意された机へ。そして魚料理と付け合わせが並ぶ机を見てイレヴンは足を止めた。正確にいえば、机の上に置かれたプレートを見て、だが。

「なんか俺だけ指定席になってる」

「そこ、イレヴンの席なので」

並べられた食事の前に置かれた〝ELEVEN ONLY〟のプレート。

無駄に凝った装飾なので、置いたのはリゼルだろう。そう思えば避ける訳にもいかず、イレヴンは一体何がと思いながらその席へとついた。

そして間を空ける事なく、キッチンから宿主が姿を現す。

「はいこれが最後の皿、魚の唐揚げですごゆっくりどうぞー」

狐色の衣を纏う美味しそうな唐揚げだ。

じっとイレヴンがその皿を見下ろす中、温かい内にとリゼルとジルが料理に手をつける。イレヴンもそれに続いて、神妙にフォークを魚の身に突き立てた。釣りたてだからだろうか、身が引き締まっていてとても美味しい。

「流石、宿主さんが釣った魚ですね」

「お前が釣ったんじゃねぇのかよ」

「俺のはイレヴンのだけです」

複雑そうな顔で、サクサクサクと魚を食べるイレヴンへ視線が集まる。

「……これ、嫌がらせじゃねぇんスよね」

「すみません、俺はそれしかかからなくて」

苦笑するリゼルに、なら良いけどと彼は更に一口含んだ。

イレヴンにとって毒など全く問題にならない。ならないが、自分だけ毒入りの魚を出されては何事かと思う。それが善意だというのだから、何かがおかしい気もするが。

「お前な」

「わざとじゃないんです」

事情を察したジルの呆れたような視線に、リゼルがすかさず弁明する。

リゼルとて狙ってその魚ばかり釣った訳ではないのだ。偶然の産物でしかない。しかもそれなりの数が釣れてしまったものだから、確実にあるだろうイレヴンのおかわりは全て毒入りが確定していた。

「餌を変えたりもしたんですけど……釣りも奥が深いですね」

「餌の問題じゃねぇだろ」

「リーダー運が良いのか悪いのか分かんねぇ」

その後、イレヴンは何だかんだ言いながら最後の一匹までリゼルが釣った魚を堪能した。

閑話：その頃元の世界では（リゼルの家族編）

我らの王は孤高であるが孤独ではない。

それは夜空に浮かぶ月が星々を従える姿に似ていて、太陽のようだと言われる事の多い王が持つ月色の髪に納得を抱いてしまう。

彼を慕う者は多く、ゆえに彼に従う者も多い。並び立つ者は一人としていない。立場以前に、生来持ち得る圧倒的な存在感が周囲に願う事すら許さないのだ。

それを憂う事なく、むしろ自身の意思を持って実現させる。愉快げに笑い、獰猛《どうもう》に笑い、そして悠然と笑いながら自らの前に膝をつく者を受け入れるのだから、生まれながらの王であるのだろう。

誰かの下につく姿など想像も出来なかった。

そんな王が唯一隣に置く事を望んだ相手が、書記官である私の直属の上司。リゼル様だ。

「面倒だからと手柄を主張しない子だからね。だから残された周りは、穴を埋めようにもどうしたら良いのか分からない」

「リズが表に出てくる前に戻っただけだろうが。ラク覚えて甘えてた奴らが悪ィんだよ」

「そうだね。あの子の恩恵を受けていたと、気付くのが遅い連中が多いのが親としては受け入れがたいかな」

「そりゃ同感」

そのリゼル様の御父上が今、執務室を訪れ国王陛下と話しております。

リゼル様がいない間、代理で公爵を務めているのは今や先代である御父上です。元々リゼル様が公爵位を継いだのは何年も前ですが、その後も暫くは御父上がその役目を負っていたので、大したブランクもなく仮復帰を果たしていらっしゃいます。

宰相に任命されたばかりで爵位まで継いで、リゼル様も手が足らなくなったとのこと。今の全てをソツなくこなす姿からはなかなか想像が出来ません。

御父上とも今までに数度、顔を合わせた事がありますが、よく似ている親子でいらっしゃいますね。穏やかでマイペース。けれど御父上のマイペースには周囲への配慮が一切ない。そこだけが決定的に違うでしょうか。

しかしいつも思っていますが、何故この方は国王陛下に対してタメ口なんでしょう。臣下でありながらタメ口が許されているのを、私はこの方以外に知りません。

「ま、優秀な奴は気付いてんだから良いだろ。無能に価値なんざ説いても無駄だ」

「あの子もあの子で、それを楽しんでる所があるからね」

書類の受け渡しをしながらの会話は微妙に物騒です。

私の他には誰もいないので良いのですが。家燃やされ済みの私はしっかりと聞かなかった事にして、回された分の書類をひたすら仕分けしていきます。本来ならば書記官程度では指一本触れられないようなものもあるのですが、知らない振りも慣れたものです。

その時、扉の向こうからカツカツと歩み寄って来る靴音が聞こえました。話し合う二人にも聞こえているでしょうが、特に反応はありません。

「失礼致します、国王陛下！」

名乗りが上げられ、警護の騎士によって扉が開かれます。

立っていたのは一人の青年。見覚えのある姿に、手を止めて直立しました。なにせ、自分とは比べ物にならない家柄を持つ方です。

彼は律儀に国王陛下の許可を得てから部屋に足を踏み入れました。その目がちらりと私を見て、その顔が顰められます。

「補佐でしたら私がすると以前から申しておりますのに。貴方と共にあるような者が、低級貴族などでは相応しくないでしょう」

よく言われます。

「良いんだよ、使えるから」

「何でしたらアイツがいない間……いえ、いたとしても私が宰相として御側に侍ると申しておりますのに！」

「リズの為に作った役職なんだからてめぇじゃ意味ねぇだろ」

先に言った通り、国王陛下を敬愛し、心酔している者は多くいます。

彼はその筆頭と言えるでしょう。リゼル様とは同年代であり、対抗心なのか事あるごとに突っかかっているのを見ます。

地位はリゼル様と同様の公爵家直系。しかし爵位は、まだ彼の父が持っていた筈です。爵位を継ぐと共に、国の財政を一手に担う財務のトップも受け継ぐのでしょう。将来の重鎮の一人でもあります。今も既に似たような事をしているので、彼の父親もじきにその爵位を明け渡すのではないかという噂もあるようですね。

「やぁ、私には挨拶がないのかい」

「失礼致しました。お久しぶりです、叔父上」

そして、リゼル様の従兄弟《いとこ》様です。

リゼル様の御母上の兄の子、らしいのですがお顔立ちはあまり似ていらっしゃいません。リゼル様は御父上似なので当然ですが。

「丁度良い、叔父上の意見も聞かせて頂きたいのですが」

「うん？」

「これについて御説明頂きたいと、この度は伺いました」

従兄弟様が手にした書類を一枚、国王陛下に向けて掲げてみせました。

何だ仕事の話かと面倒そうにそれを覗きこんだ国王陛下は、つまらなそうに背もたれに体を押し付けます。

「ただの予算案じゃねぇか。何の問題があんだよ」

私も密かに視線を向けてみれば、ざっくりとした予算の統計。とはいえ項目は細かく、今までの統計との比較までついているのだから、従兄弟様の優秀さと几帳面さが窺えます。

そう、心酔しながらも言うべきだと判断すれば国王陛下相手だろうと意見できる方です。でなければ国王陛下のこと、わざわざ相手にはしないでしょう。

「こちらです。アイツの帰還手段の研究費が、国費の二パーセントというのは明らかに多すぎます。叔父上もそう思われるでしょう！」

「それであの子が帰って来るなら何も問題ないと思うけれどね？」

確実に尋ねる相手を間違えていらっしゃいます。

御父上は、リゼル様を連れ戻す以上に優先するものはない派です。貴族として国に仕えるし、役目を果たすのが義務だと理解していようと、それはそれと堂々とおっしゃる方です。むしろ使った国費も「数年後には倍にして返すから問題ないだろう？」と平然とおっしゃるし、実際にそれが出来る方なのでしょう。

絶句した従兄弟様は、微笑む御父上から助け舟は出ないと察したのでしょう。咳ばらいを一つ、聞かなかった事にして国王陛下へと嘆願しています。

「アイツの失踪は機密扱いなので、この費用も広まる事はないでしょうが……国王が国費を私事《しじ》で使うには過ぎた金額だと、失礼ながら申し上げたく」

「私事ねぇ」

国王陛下の月色の瞳が、獰猛に細められました。

まるで獲物をいたぶる捕食者のように。ゆっくりと艶めく机へと片肘をつき、目の前でグッと口を噤んだ従兄弟様を見据えます。

「てめぇが俺に跪《ひざまず》いていてぇなら、てめぇにとっても私事じゃねぇか」

相手を見上げながらも、見下ろすような琥珀《こはく》色はただただ支配者の具現で。

国王陛下が、リゼル様がいないなら国王をやっていないと常々口に出している言葉は決して冗談などではなく。きっとそれは、ご自身の立場がどうであれ己のやる事に変わりがないと、そう考えているからなのでしょう。

国王陛下はいつだって唯一人が望むままに王座に座り、国を治めていらっしゃいます。

「ッ……！」

何かを言おうとした従兄弟様は、何も言えず悔しげに顔を歪めます。

そして胸に手をあて、腰を折って了承を示しました。私としても、リゼル様がいない損失を考えると二パーセントでは逆に少ないのではと思うので万々歳です。

むしろリゼル様の帰還研究に必須であり、最も金額の嵩《かさ》む魔石の調達を国王陛下が担っているだけマシではないでしょうか。この前など、某国で国民を恐怖に陥《おとしい》れた竜種の魔石を、丁度良いとばかりに討伐して持って帰ってきて下さいました。

国王陛下が何も知らせて下さらないものですから、某国から感謝状と膨大な謝礼が届いた際には城の中が大混乱です。いつもならリゼル様が片手間に、更には円満に解決してくれるというのに、主に外交官らを中心に大奔走《ほんそう》したのは記憶に新しい事でした。

「どうして、あんな奴が……ッ」

苦々しげな言葉が、ぽつりと部屋に落とされました。

従兄弟様の握った予算案が、ぐしゃりと音を立てて握りつぶされます。普段ならば国王陛下の御前で何を不敬なと咎められる行為です。しかしリゼル様への批判は決して許さない御二人も、苛立ちを覚えるべき私も、ただその光景を眺めていました。

それには、明確な理由があります。

「この子は本当にうちのにそっくりだね」

「リズの母親な」

咎めるどころか面白そうに、立ち尽くす従兄弟様を眺める理由など唯一つ。それは、リゼル様の御母上の血を色濃く映すからに外なりません。


まだ俺が王位を継いでいない十代の頃。

王族としての通過儀礼か何かで、自国の領地をひたすら見て回った事があった。主要都市の領主に顔見せしながら、数泊しては次へ。転移魔術は禁止されているので、かなりの長旅だ。

領地を歩き回っている時はともかく、馬車にひたすら揺られる移動時間は酷く退屈だった。

「領地回りっつうのは面倒だけど。リズんとこが最後なのは良いな」

「順調な旅路だったようですし、少しくらい滞在が長くなっても叱られないでしょう。ゆっくりしていって下さい」

だが、最後の目的地に辿り着けばそれも吹っ飛ぶ。

広い領地を持つ、王国の末端に位置するリズの都市。正確には公爵であるリズの父親の領地だが。

そんな通称〝逆鱗都市《げきりん》〟に到着すれば、すぐにリゼルが出迎えてくれた。

「しかしあのおっさん、接待する気ねぇな」

各領地に到着して早々、勿論一番にやるべきは領主への挨拶。

他の領主は御機嫌伺いだの長ったらしい挨拶だの、儀礼的にも色々気を回していたというのに、
案内された屋敷で顔を合わせたこいつの父親は「やぁ、久しぶりだね。ゆっくりして行ってね」で
終わった。楽で良いけど。

「私が殿下の案内をさせてほしいって言ったからかもしれませんね」

「良いよ別に。今更謙《へりくだ》られても気持ち悪ぃだろ」

用意されたのは広い客室。

内装のセンスは流石にそこそこ良い。ソファに腰かけ、馬車内で凝りきった腕をグルリと回す。

メイドによって運ばれてくる紅茶は不思議と香りを損なう事なく冷えていて、喉が渇いていた事も
あって一気に飲み干した。すぐに新しい紅茶が用意される。

リズのは普通に熱い紅茶だった。事前に俺用に頼んであったのだろうと思うと気分が良い。

「今日はゆっくり休んで下さい。明日は、陛下が見たいものを見に行きましょうか」

「あー……逆鱗都市名物の白軍服とか見てぇかも」

「名物っていうのも変ですけど」

白の軍服を身に纏《まと》う、凄腕と噂の領地の守護者たち。

分類的には領主の私兵だし、危険視して見ておきたいってのが普通だろうけど、俺はただ単に観光ついでだ。それを分かっているのだろう、苦笑するリズに笑いながら三段トレーのサンドイッチを摑む。

どうにも小腹が空いていた。口に放り込めば普通に美味い。見ればどれも好みの具だった。

「あと書庫。〝大図書館〟とか呼ばれてんだろ」

「良いですよ。それは、今日の内にでも」

嬉しそうな顔をするリズは、どうせ暇があれば入り浸っているんだろう。

他国にも名を轟《とどろ》かせる程の蔵書数を誇る書庫。屋敷に入る前にも一瞬見えたが、まるで塔のようだった。それでもメインは地下だというのだから、個人が所有する書庫じゃないと一部でやけに有名なのも頷ける。

そこでなら手に入らない本はないという噂に、入りたがる研究者や本マニアは多いらしい。

「よその奴に読みてぇって言われたらどうすんの」

「身元がはっきりしてる方なら、付き添いを付けて入って頂いてます」

そんな事を話している時だった。

ふいに客室の扉がノックされ、壁際で待機していたメイドが扉へ向かう。特に気にかける事なく話を続けていれば、訪問者の用件を聞いたらしいメイドがリズへと静かに近付いた。

「失礼致します、リゼル様」

「ん？」

何かを耳打ちされたリゼルが、少し困ったように笑ったのが気に入らなかった。

すっと身を起こしたメイドが再び定位置へと戻る。一瞥すらせず眉を寄せ、促すように名を呼んだ。

「リズ」

「お母様が殿下に御挨拶をと、こちらに向かっているそうです」

苦笑と共に告げられた言葉は意外なものだった。

リズの母親といえば、何度か社交界で顔を合わせた事がある。顔はきつめの美人。スタイルが滅茶苦茶良くて、パートナー同伴必須の時にはリズの父親の隣で完璧に役目をこなしていた。

公爵家出身ということもあり、いかにも上流階級出身の女。酷く上手に作り上げた笑みだよな、というのが第一印象。リズの母親という感じはあまりしなかったのを覚えている。

「本来ならお父様と一緒に御挨拶の予定だったんですけど、お父様があれだけで済ませたので……。数日滞在するなら顔を合わせる機会もあるかもしれませんし、改めて御挨拶をと思ったんでしょう」

「ふぅん」

リズの口ぶりから、特に嫌がっている訳ではなさそうだと頷く。

こいつが嫌がるなら拒否でも何でもしてみせるが、そうでないなら困ったような顔の理由を知りたかった。俺一人の時に公爵夫人を招き入れる訳にもいかないし、夫婦揃うには今更大袈裟すぎる。

丁度良いだろう。

通すように告げれば、既に近くまで来ていたらしい。大して間を置かずに扉が開かれた。

「ご無沙汰しております、殿下」

現れたリズの母親は、相変わらず美人だった。

艶やかに笑い、完璧な仕草でスカートに手を添えて一礼。こういった仕草が整っている所は、確かにリズに似ているのかもしれない。

座ったまま軽く手を上げれば、その背筋がすっと伸ばされた。スタイルの良さが際立つ。

「このような挨拶となり申し訳御座いません。あの人と共にお迎え出来ればと願っておりましたが」

「気にしない」

「お心遣いに感謝申し上げます」

ちらりとリズを見る。

先程まで正面に座っていたが、今は俺の斜め後ろに立っていた。浮かんでいるのは常と変わらない微笑み。俺が見ている事に気付いたのか、ふっと此方を見下ろして深まるそれは柔らかい。

それに満足げに目を細めてみせれば、そこでようやく母親の目がリズを見る。その時初めて、入室から今まで一度もその目が我が子を映していなかった事に気付いた。

「相変わらず人に媚《こ》びるのが上手ね。誰に似たのかしら？」

「お母様」

冷たい声に、リズの表情が微かに陰った。

その顔を見て、その言葉の意味を理解して、ひやりと腹の底に氷を投げ込まれた感覚を抱く。腹の奥が煮え立つような不快感があるのに、ただただ冷たい。

リズが俺に向ける感情を、例え他者であっても偽物だと軽んじられるのは酷く不愉快だった。

「私ではないわよねぇ。似ている所なんて一つもないのだし」

「そんな事……」

「嬉しいわよ、リゼル」

否定をしようとしたリズを遮る様に、突き放すような声が被せられた。

母親に浮かぶのはただ笑みで、作られたものではなく本心からの笑みで、それは真っ直ぐに自らの息子に向けられている。それは、これから告げる言葉が真実だと何より鮮明に示していた。

「貴方のような子と血が繋がっているなんて私、信じたくはないもの」

「お母様、もう」

止めてくれと、耐えられないと。震えるように伏せられた瞼《まぶた》が下からはよく見えた。

頭の中で何かが焼き切れる。許した覚えなどないというのに、俺以外の誰が、こいつにこんな顔をさせている。

「殿下！」

爆発するように高まった魔力を、制御する気もなく母親へ向けて薙《な》ぎ払《はら》う。

それは床を抉り、壁を無残に破壊した。しかし本来そうなるべき相手は吹き荒れた風に髪を大きく揺らしながら、場違いな程の美しい姿勢のままで凛と立っている。

狙いが逸れた。その原因は明確だ。留めるように肩に置かれた手の感覚。珍しく声を張り上げた

その手の持ち主を、怒りに目を見開いて睨みつけた。

「……何してんだてめぇ」

「殿下、落ち着……」

「何してんだっつってんだろうが!!」

肩に触れる手が離れた瞬間、その胸倉をつかみ上げる。

床に叩きつけるように引き倒せば、膝を床に打ちつけたのか小さな吐息が耳に届いた。しかし構わない。俺の足元で、俺の膝に手を添えたリズに促すように力を籠めれば、その顔は逆らわず此方を見上げた。既に痛みなど感じさせない顔をしている。

「俺と相対した奴を庇う?」

膝に触れる手が、いまだ何かを訴えるように柔らかく布地を握る。

「それがどういう事か、分からねぇ筈ねぇよなぁ」

それはつまり俺を否定するということ。俺以外の誰かに侍るということ。どんな状況だろうが、どれだけ一瞬の事だろうが、許される事じゃない。俺にとっても、リズにとっても。そんな事、とっくの昔に理解しているだろうに。

掴み上げていた胸倉を離せばリズの体から力が抜ける。咳き込むのを耐えているのか深く息をしているが、その目はずっと俺の瞳を映していた。

アメジストの中に月が浮かぶようだった。揺れるそれを眺めている内に、徐々に自身の衝動が収まっていくのを感じる。しかし腹の底に居座る苛立ちのまま白金色の前髪を掻き上げてやり、そのまま握りしめた。

微かに伏せられた顔を引き上げる。

「また躾けられてぇか。なぁ、リズ」

自分がどんな笑みを浮かべているのかは分からなかった。

告げれば、リズは穏やかな顔を変えずにいつものように微笑む。

「私はもうこれ以上ない程、とっくに貴方に躾けられています」

「ハッ、よく言う」

「本当です。いつだって貴方を優先して、いつだって貴方の為にあるんですから」

知っている。知っている上で苛立ったのだから仕方がない。

立てと口に出す代わりに、その顎を指の背で押し上げてやる。言わずとも察するリズは真っ直ぐに立ち上がり、乱れた髪を耳へとかけていた。見慣れたその仕草を眺め、ふと視線は笑みを浮かべたまま何も言わずに待っている女へ。

「仲が宜しいですわね。とても羨ましいこと」

殺されかけた事に一切の動揺も見せないまま美しく微笑む姿に、流石はリズの母親だと息を吐く。

「入れてやんねぇよ、とっとと帰れ」

「殿下にとって、実りある滞在となりますよう」

母親は一通りの非礼を詫び、恭《うやうや》しく部屋を出て行った。

何処かが歪んだのだろう、嫌な音を立てながら扉が閉まる。すると今まで恐怖も動揺も浮かべず待機していたメイドが一斉に片付けに動き出した。壊したの俺だけど、マイペースなとこまで雇い主に似なくて良いんじゃないかと思う。

「リズ」

「はい」

新しい部屋の準備やら何やら指示をしているリズを呼ぶ。

母親が来る前と同じように向かいに座らせた。素直に従うリズは、何を言われるのか分かっているのだろう。苦笑を浮かべている。

「母親だからって理由は許さねぇ」

「はい」

「消させねぇ理由は」

「お母様の生家は、うちと同じぐらい大きいですし……それに」

言葉をきり、リズはスッと指を一本唇へとあてた。

その視線が扉へと流れたのを見て、俺もそちらを見る。閉じられた扉に一体何があるのかと思った時だ。ふいに、立ち去った筈の相手の声が聞こえた気がした。

「殿下直々に御手を下すに相応しい理由がないのが申し訳なくて」

耳を澄ませば、扉越しに確かに届く。

『あぁぁぁあん！　うちの子可愛いぃぃぃぃぃ！』

全てを吐き出すような雄たけびの如き声だった。

無言でリズを見る。慈悲さえ感じさせる穏やかな微笑みが無言で頷き返してきた。

『私に似ないで愛想も人当たりも良い天使を褒めようと思ったのに、どうしてあんな言い方しか出来ないのかしら！　本当に私に似なくて良かったと毎日毎日感謝して、そのお陰であんなに……あん……っあぁぁぁぁん！　可愛い可愛い私のリゼル！　天使！　あの子は私の天使！　なのに……ッ』

『奥様、しっかりなさって下さい！』

『クズよ！　私はクズ！　殿下のお力で消え去れば良かったのよ！　あぁ、でも駄目ね……殿下の御手を煩わせるなんて過ぎた真似だわ。あんなにうちの子と仲良くして下さっている素晴らしい殿下を汚す訳にはいかないもの。……あ、でも最後に羨ましいって言っちゃったわね。あんっ、リゼルってば聞いてたかしら恥ずかしい！』

まさかの本心。

確実に嫌味にしか聞こえなかった言葉の数々が、限りなく良い意味での本心。

誰がそれを予想できるのか。作りものの笑顔も当然だ。あんな本心を持ちながら、不本意な言い方しか出来ない不甲斐なさを抱いているならば、笑顔など作らなければ出てこないだろう。

悶えながらも愛を叫ぶ声が徐々に遠ざかっていくのを、ドン引きしながら最後まで耳を澄ました。

それが聞こえなくなり、無言でリズへと視線を戻す。

「この年になって親に甘やかされてるのを見られると、ちょっと恥ずかしいですね」

そうじゃねぇだろと言いたい。だが、そうじゃない事もないのだ。

リズはもはや聞き慣れているのだろう。親に褒められた子供そのままに、照れたような嬉しそうな笑みを浮かべていた。

「お前……凄ぇ母親持ってんな」

「お父様にもあんなんですよ。お父様から〝お母様は顔を合わせてる間は嘘しか言えない病気なんだよ〟って幼い頃に言われてなければ、嫌われてるって思いこんだかもしれませんね」

つまりリズは、幼い頃から嘘しか言えない母親相手に本心を探し続けていたのだ。しかも姿を消した途端にこっそりと正解が聞けるオマケ付き。こいつが感情の機微に敏い理由が分かった気がした。

母親はリズに強く当たれば当たる程、後々開放される自虐《じぎゃく》が激しくなるらしい。だからリズもなるべく落ち着けようとするが、それも難しいようだ。紛らわしい。

椅子の背もたれに思いきり体重をかける。椅子は少しの音も立てず俺の体重を受け止めた。

「私が原因で、殿下が不信を買うような事があれば耐えられないので」

ふいに告げられたそれは、先程尋ねた〝理由〟への解答なのだろう。

自分の母親だからという配慮はあるだろうが、自分の母親だからという理由にはなり得ない。それだけ聞ければ充分だと、ぼろぼろの部屋で新しく注がれた紅茶に口をつける。

きっとリズは、実際に俺が母親を手にかけようと何も変わらないだろう。

「あの母親が本気でお前のこと貶《けな》して傷付けんなら、俺は今度こそ殺すぞ」

「それが殿下のご意思なら」

それ程に想って貰えるのが嬉しいと、蕩《とろ》けるように微笑んだリズに唇の端を吊り上げた。

「あんな、いつだってほのほの笑ってるような奴をどうして傍に置くんです！　アイツは相手に何を言われても微笑んで流せるようなマイペースですし、視野の広さ故に周りを的確に動かせる所為で大した運動もしておりません！　私の方が護衛としても動けて御側に相応しいというのに……ッ」

どう聞いても褒めていらっしゃる。

私はリゼル様の御母上にはお会いした事がないですが、どうやらこんな感じだといつも国王陛下がおっしゃるので、親子仲は悪くないのでしょう。素晴らしい事ですね。

ちなみに出会い頭に私へ向けられた「低級貴族など～」は、リゼル様曰く「彼には彼の役目があるのだから拘束しては可哀想でしょう。私の方が手を出せる範囲も広いでしょうし良ければ代わりを務めますよ」らしいです。以前に一度、顔を合わせた時に似たような事がありました。

リゼル様と従兄弟様の関係ですが、特別悪くはありません。従兄弟様からの同年代のライバル意識はありますが、特に敵対心という訳でもなく、御二人で話している所も度々見かけます。

「ッとにかく、やはり二パーセントは多すぎるので少々削らせて頂きます。その分、私の私財から不足分を補うようにしますので、どうか御了承下さいますようお願い致します！」

従兄弟様はキッと凛々しく国王陛下を見据え、そう言い放つと踵を返しました。

律儀に退室の礼まできっちりと行い、退室するのはいつもの事です。真面目ですよね、というのはリゼル様の談だったでしょうか。

国王陛下はハイハイと適当に挨拶を返し、従兄弟様を見送るとおもむろに呟きました。

「あいつ本当にリズのこと大好きだよな」

「小さい頃から遊んでいるからね。もっとも、小さい頃は彼も素直だったけれど」

そう、悪くないどころか普通に仲が良い御二人です。

自覚がないのは従兄弟様本人だけでしょうか。彼はリゼル様と仲が良いと言われると「普通だろう」と素で返すといいます。貴族社会でその返答を出す時点で、既に仲が良いと言っているようなものなのですが。

「まぁ、リズの母親に比べりゃぬるいか」

「彼女も頑張っているんだけどね。あの性質は根強いようだ」

ちなみにリゼル様の御母上は今、遠方の聖堂にいらっしゃるとのこと。

この国で主流の月信仰、その総本部である荘厳《そうごん》な聖堂で、数年前から祭司らと共に精神修行に励んでいるとか。時折帰ってきてはリゼル様と顔を合わせるも、暫く会えていなかった反動もあり、変わらぬ態度をとってしまうそうです。

従兄弟様さえぬるいと称される性質を持つ、美しいと噂の御母上をいつか拝見させて頂きたいものですね。

「そういやリズ消えたの知ってんの？」

「知っているよ。出来れば彼女がいない間にリゼルが帰って来てくれるのが一番だったけれど、あれは月に一度は必ずリゼルの顔を見に帰ってきているから」

「少しは素直になったか」

「振動が目に見えるくらい震えながら、何を言っているのか分からない涙声で悪態をついていたね。

本人は笑っているつもりだろうけど、全く作れていないんだからいっそ泣いてしまえば良いのに」

従兄弟様でさえリゼル様が消えた時は普段以上に本音がぽろぽろと零れていたというのに、御母上のそれは随分と根強いようです。ちなみに私の城内大激走は今でも時々噂されます。我ながら速かった。

「さて」

ふいに、御父上が国王陛下に署名を貰った書類を整えます。

私も仕分けを終えた紙の束を渡せば、有難うと礼を言われてしまいました。その笑みは、リゼル様と少し似ていらっしゃいます。

「そろそろ行こうかな……、ん」

元々、雑談が目的だったのでしょう。公爵様が書類運びなど普通はしません。

情報交換も済んだし、と立ち去ろうとした御父上は、しかし踵を返しかけた足を止めました。どうかしたのだろうとそちらを見ると、その視線が国王陛下の執務机の上にあるレターケースに向けられています。

リゼル様と手紙のやり取りが出来るよう、国王陛下が常に近くに置いているそれ。時折ペンで蓋を持ち上げては、手紙がない事に舌打ちをしていらっしゃいます。

「何となくだけど、あの子からの手紙が来ている気がするね」

「あ？」

手紙が来ても、何の合図もないレターケース。

しかし平然とそう告げた御父上は、国王陛下が止める間もなくひょいっと蓋を開けました。私も机から少しだけ身を乗り出して、僭越《せんえつ》ながらレターボックスの中を窺います。

そこには確かに、国王陛下がいつも使用する封筒はなく。見覚えのない、しかし酷く品の良い封筒が静かに横たわっておりました。国王陛下がすぐさまそれを手にします。

「元気そうかい？」

「黙って読ませろ」

子を心配する親を容赦なく切り捨て、国王陛下は黙々と手紙を読み始めました。

リゼル様がお元気そうで何よりです。恐らく暫くは政務が止まるので、仕分けた書類を配りにいこうかと考えていた時でした。

ふと国王陛下の目の前で、御父上が手にしていた書類をパラパラと捲ります。

最終確認でもしているのでしょうか。間違いのないよう努める姿勢はぜひ見習いたいものです。

そう思って眺めていると、書類の半ばでそれが止まりました。

その隙間から取り出されたのは、一通の手紙。一体いつの間に、と呆然と眺める私の前で、御父上は特にこそこそするでもなく堂々とそれをレターケースの底へ置きます。細く長い指が、トンッと蓋の縁を押しました。

パタン、と音。国王陛下が鬱陶しそうに一瞥します。

「何してんだよ、壊すなよ」

「壊さないよ。少し指が当たってしまった」

御父上の指が、閉じられた蓋へ触れました。

ゆっくりと開かれていくケースの中には、手紙など影も形もなく。

「じゃあまた、新しい情報があったら教えてほしいな」

「おー」

そんなまさかとケースと御父上を見比べている間に、御父上は何事もなかったかのようにそれだけ告げて踵を返しています。そんな彼と、ふと視線が合いました。

「…………――」

ほんの一瞬、微笑んだ口元にスッと立てられた指の意味が分からない筈もなく。

あぁ、本当にリゼル様は御父上似だと、私は酷く納得の息を吐いてしまうのでした。


アスタルニアにある、とある宿。

そのリゼルの部屋に三人は集まっていた。特に用があって集まっている訳でもないのだが、いつの間にか揃っている事も度々ある。

「リーダー手紙来た？」

「はい、お父様からですけど」

「は？　へーカじゃなくて？」

「お父様からの手紙は珍しいですね、勿論嬉しいですけど。……あ、やっぱりお母様を驚かせたみたいです。不可効力とはいえ申し訳ない気も」

「これは仕方ねぇだろ」

「そうですけど」

「貴族っつうと……政略結婚？　とかあんスよね。リーダーんとこもドロドロ？」

「いいえ、うちも確かに家の釣り合いがあって顔を合わせたみたいですけど、多分違うと思います」

「多分？」

「お父様から聞いた話では、初めての顔合わせの時にお母様に散々嫌味を言われたそうで」

「すっげぇ嫌がられてんじゃん」

「それで政略じゃねぇなら何なんだよ」

「いいえ、拒否権が全くない訳じゃないんですよ。その時はお父様も嫌なら断ろうかなと思ったみたいですし。けど、帰ろうとした瞬間にお母様のお兄様に引き止められて」

「俺の妹貰ってやってくれーって？」

「噴き出す寸前みたいな顔で屋敷の庭に連れていかれて、言われるままに木陰に隠れた瞬間、赤い顔をしたお母様が二階の窓を勢い良く開けて空に向かって『滅茶苦茶好みー!!』って叫んだのを見て婚約を決めたそうです」

「何処で決まったんだよ」

「リーダーんとこの親凄ぇ」

今日も元気なアスタルニア王族たち

アスタルニアの軍は、大きく三つの兵団に分かれています。

空を飛び回るアスタルニア軍の花形、魔鳥《まちょう》騎兵団。海で商船や貿易船を警護する猛者《もさ》達、船兵《せんぺい》団。そして民に寄り添い国を守る、私の属する歩兵団。魔鳥馬鹿の集まりの騎兵団や、悪事を働かないだけの海賊である船兵団と比べれば地味ですが、最も規模の大きい兵団です。

歩兵団は今や名ばかりで、憲兵みたいなものです。この兵団は幾《いく》つかの隊に分かれていますが、その中の王宮守備兵について語りましょう。

歩兵団の中でもエリート中のエリートの集まり。時には兵団から独立し、王族直属の兵として動く事もある、王宮勤めの兵達。

その中で中堅ぐらいの位置付けにいるのが私です。宜しくお願いします。


うちの王族の方々はとにかく自由だそうで。

いいえ、私も他国の王族と顔を合わせる機会がないので分からないのですが。既に引退した老練の先輩方のお話からするに、他国ではもっと粛々《しゅくしゅく》としているものだとか。

王宮内を巡回していると、そんな自由な王族の方々をよく見かけます。

「布と糸が市井《しせい》で出回ってないとはどういう事だ、我が国の伝統たる魔力布《ふ》が潰《つい》えて良いと思っているのか愚か者め！　何処《どこ》の商会が独占している、私は商業ギルドに行ってくるぞ！」

「お待ちください！　お待ちくださ い殿下！」

早速キレ散らかしながら廊下を走って行ったのは、国王の十一人いる御兄弟の内の一人。分かりやすく国王を第一として、第五王子です。言葉通り魔力布の研究をしているんだとか。

魔力布はアスタルニアの特産品ですね。なんやかんやして魔力を宿した糸を、なんやかんや織って出来上がる刺繍《ししゅう》の美しい布です。練りこむ魔力や刺繍の種類で様々な効果を持つ布で、アスタルニアでは色々な場面で利用されています。

「私の方で商業ギルドには調査を依頼しておきますから！」

「すぐに出回ってくれんと私が研究しにくいだろうが！　ならば良い、アリム兄上から引っぺがした布を糸に戻して使ってくれる！」

「お止《や》めください、殿下！」

王族には一人一人に専属の世話役がつきますが、彼ら彼女らも大変ですね。

まぁ、こんな感じの方々が国王を除いてあと九人いると思って頂ければ間違いありません。今すれ違った方はむしろ普段は大人しい方です。いわゆる研究畑の方なので。

ああ、けれど気質の似たような王族の方がもう一人いますね。

王族兄弟の中で最も異質な存在。重度の引き篭《こ》もりであり、出歩いている姿は滅多になく、被った布の中など兄弟でさえ見た事がない者が大半であるという。

通称〝書庫の主《ヌシ》〟、先ほど名前が挙がったアリム殿下です。

本に囲まれているだけあって知識量が半端ではなく、王族の方々は何かあると直《す》ぐに相談に行くとか。それは国王であっても例外でなく、知恵を借りる事も多々あるといいます。

国一番の学者と称されているのも納得の方でしょう。私は見た事がありませんが。

「……、……ッ！」

巡回を続けていると、何やら喧騒《けんそう》が耳に届きました。

とはいえ慌てる事もないでしょう。王宮では日々、何処かで王族の方々が騒いでいるものです。

証拠に届く声も聞き覚えがあり、緊急性もありません。

しかし一応確認をと歩を進めれば、喧騒の中心地はどうやら書庫のようで。成程、王族の方々は相変わらず有言実行です。

「二枚三枚なくなっても問題はないだろう！　布を寄こせ！」

書庫の扉の前で頭を抱えている付き人を労《ねぎら》って中を覗けば、今まさに先程の第五王子がアリム殿下の布を奪い取ろうとしているところでした。今までずっとこのやり取りが続いていたのでしょうか。

それにしても初めて見るアリム殿下は、噂通り布の塊。意外と身長が高いです。

「あれは止めなくとも？」

「どうしようもなくなったら止めます……」

あれでまだ〝どうしようもなくなっていない〟という判断を下す付き人に、その苦労が垣間《かいま》見えました。

「兄上は布がなくとも本を読めるだろうが！　私は一切の研究が進まない！」

「知らない、よ」

滅茶苦茶良い声しましたけど。アリム殿下か、今の。

「効率の悪い真似をさせるな愚兄《ぐけい》！　さっさとそれを寄こッ」

そして第五王子が布をわし掴んだ瞬間、ゴッという音と共に彼の体がふらつきました。

というかアリム殿下がぶん殴りました。彼はゆっくりと第五王子に歩み寄り、その襟元《えりもと》を掴みあげます。

「言葉が、悪い」

確かに愚兄は言いすぎですね。

「ッ何を、する！」

第五王子が自身を掴む腕を思いきり振り払い、アリム殿下に掴みかかりました。

そして始まる殴《なぐ》り合い。王族同士の喧嘩《けんか》は何度か目にした事がありますが、大体こんな感じです。

大の男が本気で殴り合うので迫力があります。

王族の中にはもちろん女性もいますが、そちらもやはり手が出ますね。迫力としては変わりません。

「あ、あぁー……そろそろ止めたい……」

「いえ、もう止まるかと」

そわそわしている付き人に告げて、扉の前から足を引きました。

直後、第五王子の腹にアリム殿下の踵《かかと》がぶち込まれます。長い足がその勢いを失わず、悪態を叫ぶ第五王子を書庫の外に吹き飛ばしました。喧嘩が終わったようです。

「糸は、魔物の所為《せい》。書庫では、静かに」

酷く艶《つや》のある声が、低くそれだけを呟いて扉の向こうに消えていきました。

完全に締め切られた扉の外に残されたのは、腹を押さえて床に座り込む第五王子、もはや呆れたように傍に膝《ひざ》をつく付き人、そして私です。

「クソ、森に変なのが住み着いたか！　冒険者は何をやっている、依頼は出てるんだろうな！　冒険者ギルドに行くぞ、確認しないと気が済まん！」

「殿下！　お待ちください！　あぁもう！」

既に止まりかけている鼻血を乱暴に拭《ぬぐ》って、第五王子は荒々しく歩き去っていきました。

アリム殿下は珍しいですが、喧嘩自体は割と日常茶飯事《さはんじ》なので気になさらず。付き人の方だけ労って頂ければ幸いです。


そして今日《こんにち》。

まさか冒険者が王宮に通う日が来るとは思っていなかったし、その冒険者を呼んだのがアリム殿下だと最初に聞いた時は「は？」と守備兵全員で口に出しました。

なにせあの姿を見る事も稀《まれ》で、基本的に誰とも交流を持たず、書庫に引きこもっているアリム殿下です。いいえ、あの方が非常に頭の回る方であるのも、それを兄弟の方々が非常に頼りにしているのも知っています。仕えるべき王族として敬意は払っておりますが、それとこれとは別でして。

「こんにちは」

「はい、こんにちは。どうぞ」

そして話題の冒険者が今、王宮の門を潜っていった方です。

門番は守備兵が持ち回りで担当していまして、今日は私が当番でした。守備兵の人数も多くはないので、こうして迎え入れるのも何度目でしょうか。

穏やかで品の良い冒険者。この時点で酷く矛盾が生じていますが置いておいて、今日のお連れは黒衣《こくい》のよく似合う冒険者最強。見るからに〝一刀《いっとう》を雇う事に成功した何処かの王族〟ですが、どれだけ調べ上げても極々一般的な冒険者という信じがたい事実しか出てきませんでした。

そう、私達も調べ上げたんです。

最初に話に聞いたのは、王宮へ招かれた冒険者の中に一刀がいるということ。私達も流石に実力にはそれなりの自負がありますが、暴れられて止められる保証がありません。

よって調べれば、一刀は実力がずば抜けているものの人格に問題はなく。好青年とは決して言えませんが、むやみやたらに剣を抜く真似はしないだろうと結論付けられました。

同じパーティに属している獣人《じゅうじん》も同様。調べた限り、普通に腕の立つ冒険者です。最初に目の当たりにした時に、この方もサシでは勝てないなとは思いましたが。

そして予想外だったのが、この穏やかな方。王宮関係者にはおっとりさんと呼ばれています。

一刀について調べていた筈が、いつの間にか誰もが彼について調べていました。本当に何処その王族ではないかと。

けれど、何をどう調べても出てくるのは至って普通に冒険者として暮らしている姿。王都で冒険者登録して、FランクからCランクまで早めではありますが常識の範疇《はんちゅう》で上がっています。

なんと騎兵団と一緒に来た冒険者が彼らだと言いますが、道中で変わった事もなく空の旅を楽しんでいたとか。彼らが騎兵団の副隊長に何事もないかのように話したパルテダールでの大侵攻についても、両国のいざこざに関しては騎兵団隊長から上に報告は上がっていましたが、冒険者が大侵攻時に協力するのは普通の事です。

あれだけの実力者なら領主に重宝《ちょうほう》もされるでしょう。その過程でまさかの陰謀を目《ま》の当たりにしようが不可抗力。今思えば情報をくれたのも、運んでくれた礼ってやつでしょうか。

「慣れたよなぁ」

ふいに、一緒に門に立つ同僚から声がかかりました。

「何がだ?」

「おっとりさんだよ。最初見た時はびびったろ」

「ああ」

ちなみに、おっとりさんが初王宮に驚いたという意味ではありません。彼は非常にマイペースに王宮を見上げていました。

彼を目の当たりにして思わず真顔になるほど衝撃を受けたのは私達の方です。調べていたとはいえ、これが冒険者かと。

「まさか冒険者ギルドが冒険者寄越すようになるとはな」

カラカラと笑う同僚に、もっともだと頷きました。

そう、何よりおっとりさんが王族に拝謁《はいえつ》したがった訳ではないというのが決め手でした。攻略のカギとなる技術を修められそうなのがアリム殿下しかいない為、ギルドが国へと申し出たとのこと。

殿下自身がかつてないほど望んだ事もあり、おっとりさんが派遣されてきているのが現状です。他意もなさそうだし良いかと許可が出ました。

「まぁ、付かず離れずよりは協力関係の方が良いだろう」

「そりゃそうだ」

国とギルドの距離感はなかなかに厄介なものですので。

「そういやナハスが最近、走り回ってんの見んな」

「落ち着いたイメージだったが」

「いや、実際年の割に落ち着いてたぞ。おっとりさんが来るようになってからだな」

例の副隊長は、いつの間にかおっとりさん担当になっています。

何かある度に彼に報告がいくので、それで忙しいのでしょう。別に彼がそう明言した訳でもなく、正式に世話係に任命されている訳でもないのですが、自然とそうなっていました。

その影響でアリム殿下にも顔を覚えられたとか。王族からの覚えが良いというのは出世に直結するので良い事ですね。私は今の地位で十分に満足していますので御免ですが。

「アリム殿下以外の王族と顔を合わせないように気も回してるらしいしな」

「あの三人を?」

「そりゃそうだろ、誰が誰に会っても厄介そうだ」

確かに。

おっとりさんはああですし、一刀も冒険者最強ですし、獣人も癖が強い。うちの王族の方々ならば興味を持たずにいられないでしょう。

「あ、お疲れーっす」

ふいにアスタルニア国民ならば聞き慣れた羽音と共に、目の前に魔鳥が降りてきました。その上から片手をあげた騎兵に、私達も手を上げ返します。

間近に見る色鮮やかな魔鳥に、少しばかり頬が緩みました。守備兵として王宮に仕え、どれほどの誇りを持っていようが、やはり空を駆けまわる彼らに憧れずにはいられませんね。

彼らにしてみれば、王宮守備兵こそ選ばれしエリートって特別な敬意があるようですが。ないものねだりというものでしょう。

船兵団？　彼らは海にしか興味ないので。

「うちの副隊長見てねぇっすか」

「見てねぇなぁ」

「おっとりさんは来てるぞ」

「あー……書庫？」

「「書庫」」

断言すれば、騎兵が顔を引き攣らせます。

そもそも、兵の中にはああいう静かな場を苦手とする者が多いです。更にはアリム殿下のテリトリー。何かやらかせばどうなるか分かりません。

「何だ、急ぎか？」

「見習いの魔鳥選びに立ち会って欲しいんすよ。隊長いねぇし」

「お、めでたいな！」

そういえば朝、狂喜乱舞して王宮を駆けまわる騎兵団見習いを見ました。

そして今まさにその見習いが、絶望悲痛の面持ちで副隊長を連呼しながら街中へ駆けだしていきます。もはや禁断症状。一秒たりとも待てないといったように。

そんな見習いを見て、目の前の騎兵はというと「分かる分かる」と微笑ましそうに頷いて自らのパートナーを撫《な》でています。騎兵団に対して「ヤバいな」と思うのはこういう時です。

「あれは可哀想だな……」

「私が書庫を見てこよう」

「お、頼んます！　俺は空からもうちょい探すんで」

飛び立つ魔鳥の風圧が顔を打ちます。

そして上空へと舞い上がる鮮やかな色を暫く見上げて、私は後を同僚に任せて書庫へ向かいました。

私を含め、王宮に勤める人々の大部分が滅多に近寄らない書庫。

訪れたのは一度きり。アリム殿下と第五王子の喧嘩を目撃した時だけなので、想像以上にシンと静まり返った空間に入りづらさを感じてしまいます。

「失礼致します」

王宮勤めならば誰もが利用できる場所なので、本来ならば許可は必要ないのですが、王族の一人がいるのは確実なので一声かけて足を踏み入れました。

初めて中をじっくり見ましたが、とにかく本・本・本。何をそんなに書いて残す事があるんでしょう。口頭で残せないものがそれ程あるというのも不思議ですが。

まっすぐ進めずに本棚の細い隙間《すきま》をうろつく事しばらく。何処からか微かに声が聞こえました。か細い音色。恐らく探している相手ではないでしょうが、いるとしたらそちらだろうと目指します。

そしてふいに、開《ひら》けた空間へ。

真っ先に目に入るのは、数多の本棚に囲まれた机で向かい合う二人。日の光の入らない空間で、魔力灯《とう》の柔らかな光に照らされ、両者はそれぞれ開いた本へと視線を落としていました。

「先生」

ふいにアリム殿下が零します。もそりと布の塊が動きました。

それに対しておっとりさんが紙面から顔を上げ、私はようやくそれがおっとりさんへの呼び名だと気づきました。王族が冒険者にどんな呼び方をしているのかと、思わず息を呑みます。

「〃――……√〃、感情、上向き、それがくっついた音です」

その唇から零された音色は優しく、指先はゆっくりとアリム殿下の本をなぞりました。

今のが古代言語というものでしょうか。綺麗な言葉ですが、やはり私では覚えられる気がしません。

全く違う言語を知るというのは、どういう感覚なんでしょうね。魔物の言葉が分かるようになるようなものでしょうか。ちなみに騎兵団は割と自らのパートナーに話しかけますが、あれは会話が成立している訳ではありません。

「なら、文脈から？」

「喜ぶ」

「正解です」

それにしてもおっとりさんは王族相手に全く気負いませんね。

褒めるような微笑みは、しかし決して上からの物言いではなく。こんなこと初めてでしょうに、まるで格上相手に物を教える事に慣れているようです。

「じゃあこの文を訳すと……」

「〝私は、喜んで、ペンダントを、握り潰した〟」

何だって？

「あ、惜《お》しいですね」

「え、と」

「以前はこれで〝潰した〟って訳しましたけど、曲調が柔らかいので」

「握った……包み、込んだ？」

「そう、そのくらいです」

アリム殿下も苦戦しているようです。

いえ、学び始めた時期を思えば習得は非常に早いのかもしれませんが。兎《と》にも角《かく》にも未知の領域すぎて、私にはその判断ができません。

しかし、授業の邪魔をする訳にもいかないでしょう。騎兵団の副隊長はどうやらいないようで、果たして何処に行ったのか。

「うぉ」

本棚の角を曲がった途端、ふいに黒い影が現れました。

よく見れば一刀です。この方、ひたすら黒いので微妙に影に紛れます。ですが丁度良い所に。

「失礼。騎兵団の副隊長は来ていないか？」

「見てねぇ」

「そうか、有難う」

こちらを一瞥《いちべつ》しないまま告げ、一刀は本棚を眺めています。

どうやら何かの本を探している様子。自分で読むのか、おっとりさんに頼まれているのかは分かりませんが、意外と光景に違和感はありません。

それにしても、彼を目の前にすると改めて痛感しますね。私の実力もまだまだのようです。


結局、件の副隊長は見習いが何処からか引っ張ってきました。

上官相手に本気でブチギレていたのを、やはり私たちに声をかけた騎兵が「分かる分かる」と微笑ましそうに頷いていたのが印象的でした。魔鳥騎兵団に素直に憧れだけを抱けないのはこういう所です。

「あの微笑ましげだった奴いんじゃん？」

そんな彼らを見送って、すぐ。

私と同僚の隣に、見るからに軽そうな方がやってきました。肘をかけるように門に凭れ掛かった彼に、私も同僚も驚きはしません。

「魔鳥触らせろっつったら絶対ムリって拒否んだわ」

「そこまで触られたくない魔鳥もいるんですね」

「いやその理由が？　何か？　俺のこと生理的に駄目っつって？」

それはショックですね。

「いやおかしいだろガチで。守る相手ムリとかあり得ん」

いかにも散歩中に門番に絡む国民といった方ですが、彼も王族です。

国王陛下の十番目の御兄弟ですが、とにかく出歩くのが好きな方なので今も何処からか帰ってきたみたいですね。まぁ放っておいても自分達で何とかする方々なので。

「何が駄目なんすかね」

「匂いっぽい」

「臭いんすか」

「臭くねぇーーーわ!!」

余計な事を言った同僚が顔面に掌《てのひら》を押し付けられていました。

「どうだ、あ!?」

「あー……木樽《きだる》の匂いです」

「樽にでも入ったんですか？」

「さっきまで酒樽運んでた」

よく酒場に入り浸っている方なので、納得と言えば納得です。

入り浸っているといっても働く側。本人曰く趣味だとか。どうやら酒場の雰囲気が好きなようで、色々な酒場で玄人《くろうと》並みの働きぶりを見せているそうです。

客側にも店側にも、素性《すじょう》を気付かれる可能性はまずないでしょう。気付いても「あれ殿下じゃね？」で済むかとは思いますが。

「あーあ……他の魔鳥触ってこよ」

「付き人の方が探してましたよ」

「げ」

どうやら本日分の勉学が終わっていないのでしょう。

眼鏡の似合う冷ややかな眼差しの女性。そんな付き人から預かっていた伝言を伝えれば、殿下は顔を盛大に引き攣らせながら去っていきました。

やや速足なので、まだまだ逃げる気なのかもしれませんが。

「今日も平和だなぁ」

「そうだな」

何事もない日々で何よりです。

夕日がすっかり沈んだ頃、私は門番を交代して宿舎へと歩いていきました。

王宮の敷地内にある、王宮守備兵用の宿舎です。今日はもう巡回も宿直《しゅくちょく》もないので、ゆっくり夕食へと洒落《しゃれ》こんでも良いかもしれません。

食事は王宮内にある食堂でとります。私達のような兵や、王宮勤務の人々が利用する大きな食堂です。

「？」

ふいに、ばさりと大きな羽音。

王宮にいれば特に珍しくもなく、毎度毎度気に掛ける事もありませんが、すぐ近くから聞こえると流石にそちらを見てしまいます。水平線の向こうから太陽の残滓《ざんし》が残るのみ、そんな薄暗さの中を魔鳥が飛ぶのも珍しいですね。

「お」

「ああ、見習いはどうだ？」

「無事にパートナーと出会えてたぞ。さっきは探して貰ってすまなかったな」

流石にこれ以上暗いと危ないという判断でしょうか。

下りてきたのは、昼間その姿を探した騎兵団の副隊長でした。彼は片手で手綱を引き、魔鳥を座らせます。

「なら、もう見習いとは呼べないか」

「どうせまともに飛べるまでは数年かかる。まだ見習いで十分だろう」

笑う副隊長に、納得を以《も》って頷きました。

ただ上に乗って飛べる事を、彼らは〝飛ぶ〟とは言いません。魔鳥の荷物とならないように、その動きを微塵《みじん》も制限しないように、パートナーがいてこその飛び方を身に付けて一人前なのでしょう。

「御客人は帰ったか？」

「おっとりさんと一刀なら少し前にな」

「……そう呼ばれてるのか」

「王宮内ではそう呼ぶ奴が大半だぞ」

騎兵団の面々は道中での呼び方のまま〝御客人〟呼びを続けていますね。

何とも言えない顔をしている副隊長は、おっとりさんがおっとりしていないと思っているんでしょうか。どう見てもおっとりして見えるんですが。

「確かに分かるが、それだけでもないだろう」

「そうなのか？　門を通る時、いつも穏やかに挨拶をくれるから納得していたが」

「そういう所はちゃんとしてるんだ、あいつは。それにも拘《かかわ》らず何でいつも思いもよらない騒動を……」

色々言いつつも、嫌そうには見えないので特に問題はないのでしょう。

その時、ふいに大人しくしていた魔鳥が跳ねるように後ろを振り返りました。視線の先には城壁。その向こうに広がるアスタルニアの街並みを透かすかのように、ジッと。

「何かいるのか？」

声を潜めて問いかける副隊長に、私も剣に手をかけました。

声色を聞く限り不審な反応なのでしょう。魔鳥は視線を逸らさぬまま頭を下げ、地面を踏み均《なら》すように足を動かしました。

ガリリ、とかぎ爪が土を掘る音。そして、私が一歩足を踏み出した時。

「どうした」

ふいっと魔鳥は頭を持ち上げ、背筋を伸ばしました。

「気のせいだったか？」

首を傾げ、座り直した魔鳥を撫でながら副隊長が言います。

私も剣から手を放し、肩の力を抜きました。反応したという事は何かしら居たんでしょう。魔鳥見たさに城壁を上る悪ガキもいるので、その類《たぐい》かもしれません。

「騒がせて済まないな」

「いや、いつも助かってる」

互いに一日の労を労い、別れました。

去っていく魔鳥の尻を何となく眺めてしまうのは、恐らく私だけではないでしょう。ひょこひょこと揺れる尻尾が何だか面白いです。

その後、宿舎に寄ってから向かった食堂では、何故か調理場で調理に励む王族を見かけました。

国王の妹君で、十一人の内の上から七番目の殿下です。

「剣を振ってる内に究極の刃物は包丁なんじゃないかって思えてきたわ!!」

非常に武芸に秀《ひい》でた方が非常に迷走していますね。

日々ご自身の御兄弟について報告を受ける度、国王が深く息を吐きつくして頭を抱えているという噂にも信憑性《しんぴょうせい》があるなと。そんな事を考えながら、私は夕食をのんびりと堪能するのでした。

その頃、闇に包まれたアスタルニアの片隅で。

「あれで気付かれんのか、やべぇ鳥」

長い前髪で両目を隠した男が、一人呟いたのを知る者はいない。

あとがき

前回は挿絵すらなかった宿主が、まさかの表紙を飾るという奇跡の大逆転です。

宿主好きの方、大変お待たせいたしました。恐らく私に任せたら再び顔出しゼロとなった宿主も、今巻で見事その顔面を皆様にお披露目する事が叶いました！

ちなみにドラマＣＤカバーでの宿主の惨状はご存知おおむね私の所為です。愛はあるんですよ、本当に……でも宿主が宿主らしくいる為にはああするしか……。

そんな七巻で御座います。皆様お世話になっております。

そう、リゼル達の声帯の震えをお届け出来る日が来たんです！

聞いて下さった方も、ご自身のイメージを大切にして控えて下さった方も、皆様ほんとうに有難うございます。ここまで来られたのはリゼルと一緒に休暇を歩んで下さった皆様のお陰です。

そのドラマＣＤでは原案を担当したんですが、私は一度もプロットというものを作った事がなく。いえ、「プロット無くても書けるんですよウェヒヒヒ」という話ではありません。もはやそれどころじゃありませんでした。書けないと実際に作業に支障をきたす。勉強せねばという焦燥感。

その結果、〝宿主が一時間突っ込み続けるドラマＣＤ（原文ママ）〟とかいうテーマのＡ４一枚のメモ書きを渡すという暴挙に出ました。そんなプロットもどきから、あそこまでの脚本に仕上げて頂いた時の圧倒的感謝と罪悪感は半端ないです。本当に「（略）ウェヒヒヒ」とか言ってる場合じゃありませんでした。

そして猛省し、練習しようと六巻特典でプロット（ただし単語の箇条書き）を書いてみて、そのプロットを消し忘れたまま編集さんに送り付けたのが後日談です。誰か私を止めてくれ……。

このように、様々な方にお世話になりながら無事に皆様にお届け出来た七巻でした。綺麗で華やかで最高の魔鳥を見せてくれたさんど先生。頭のトサカをもふもふしたいです。多種多様なスキルを以て、色々な休暇を素敵に仕上げて下さる担当編集さん。色々な企画にたやすくオッケーを下さるＴＯブックス様。

何より、この本を手に取って下さった方々へ。有難うございました!!

二〇一九年十二月　岬

著 岬
ill. さんど
TVアニメ化決定！
穏やか貴族の
休暇のすすめ。
A MILD NOBLE'S
VACATION SUGGESTION

穏やか貴族の休暇のすすめ。7

2020年　1月1日　第1刷発行
2024年10月1日　第3刷発行

著　者　岬
編集協力　株式会社MARCOT
発行者　本田武市
発行所　TOブックス
〒150-0002
東京都渋谷区渋谷三丁目1番1号　PMO渋谷Ⅱ　11階
TEL 0120-933-772（営業フリーダイヤル）
FAX 050-3156-0508
印刷・製本　中央精版印刷株式会社

ISBN978-4-86472-864-5

Printed in Japan